Philip Reeve

# PREDATOR'S GOLD

# 罪孽赏金

[英] 菲利普·瑞弗 著　姜迪夏 译

上海译文出版社

献给莎拉和山姆

第 *1* 卷

第 2 卷

第 *3* 卷

第 1 卷

# 1 北地冻土

弗蕾娅早早醒来，在黑暗中又躺了片刻。她能感觉到她的城市在身下颤动和摇晃，它那强劲的引擎推动着它在冰面上轻掠而过。她睡眼惺忪地等待仆人来服侍她起床。过了一会儿她才回想起她们全都死了。

她掀开被子，开亮氙气灯，蹚过一堆堆丢下的落满灰尘的衣物，来到浴室里。几个星期以来她都想鼓起勇气冲个澡，但今天早上淋浴间里复杂的控制开关再一次打败了她：她没法让流出的水变热。最后她只是和以往一样，在洗手池里放满水，拍湿脸颊和脖子。肥皂还剩下一小片，她往头发里揉了一些，然后将头浸入水中。如若侍浴仆人仍在，就会给她使用香波、护肤乳、软膏、护发素、各种各样气味芬芳的香膏，可是她们都死了，于是浴室橱柜隔间里架子上一排排的瓶瓶罐罐仿佛都在恐吓着弗蕾娅。面对着如此多的选择，她最终选择什么都不用。

至少她弄明白了如何穿戴。她从地板上挑了一件皱巴巴的长裙，将它铺在床上，然后从它底下钻了进去。她在里面奋力挣扎，直到手臂和脑袋从正确的洞里伸了出来。披在长裙外的毛皮镶边长马甲穿起来则容易得多，但那些纽扣还是费了她好大的劲。她的侍女总是能既迅速又轻松地帮她搞定那些纽扣，一边还谈笑风生地聊着新的一天，却从来不会把哪颗纽扣系进错误的纽扣洞里去，可是她们全都死了。

弗蕾娅边骂边使劲拉扯，笨手笨脚地弄了一刻钟，然后才来到爬满蛛网般裂缝的镜子前打量自己。还不坏，她想。综合各方面来看，也许戴些珠宝看上去会更好。但当她走进珠宝室里，却发现大多数精美的珠宝都不见了。最近这几天里东西总是不断消失。弗蕾娅想象不出它们会到哪里去了。话说回来，她也并不真的想要在她用肥皂洗得黏糊糊的头发上戴一顶珠冕，或是在她脏兮兮的脖子上围一条黄金琥珀项圈。当然，妈妈不会允许她不戴珠宝就抛头露面的，可妈妈也死了。

在宫殿空旷寂静的走廊里，灰尘积得像雪一样厚。她打铃传唤听差，然后在等待他前来的时候站在一扇窗前向外凝望。外面一片昏暗，北极地带的灰色晨光照射在她的城市那铺满寒霜的一座座屋顶上。地板随着城市下方引擎区里的齿轮和活塞的节奏而震颤，但往外几乎看不出城市在移动，因为这里是冰封高原，极北之北，沿途没有任何地标，只是一片苍茫的白色雪原，倒映着天空的蒙蒙微光。

她的听差来了，一边将他扑了粉的假发拍平。

"早上好，鱼鸭。[1]"她说道。

"早上好，殿下。"

一时间，她有一种冲动想要叫鱼鸭去她的卧室里，去处理灰尘、满地衣物、遗失的珠宝；去为她演示淋浴间应该如何工作。但他是一个男人，一个男人进入女藩侯的卧室是对传统的破坏。于是她只是说了每天早上的固定套话："你送我去早餐厅吧，鱼鸭。"

他两一起乘着升降梯前往下层，脑海中想象着她的城市飞驰着穿越冰盖，仿佛一只渺小的黑色甲虫爬过巨大的白盘子。问题是，它往哪里去？这正是鱼鸭想知道的。你能从他的表情上看出来，能从他好奇的目光不断瞥向她的神情中看出来。掌舵委员会也想知道。东奔西跑地躲避饥饿的掠食者也就罢了，可现在已经到了弗蕾娅决定她的城市未来会如何的时刻。数千年来，安克雷奇[2]的人民都指望着拉斯穆森家族来做出这样的决定。毕竟，拉斯穆森家族的女子是特别的。难道她们不是从六十分钟战争时期起就统治着安克雷奇吗？难道冰雪之神不是在梦中告诉她们，若要寻找可靠的贸易伙伴并避免寒冰陷阱和掠食者的话，城市该驶往何方吗？

可是弗蕾娅是她家族中的最后一位成员，冰雪之神也没有给过她

---

1. 即白秋沙鸭。

2. 安克雷奇是美国阿拉斯加州最大的城市，也是美国人口超过 10 万的城市中最北面的一座。

神谕。现在几乎没人和她说话，就算说话，也只是以最礼貌的口气询问，什么时候她会决定航线。为什么要问我？她真想对他们大吼。我只是个小姑娘！我不想当女藩侯！不过她的家族里已经没剩下其他人能让他们发问了。

至少今天早上弗蕾娅为他们准备了一个答案。她只是不确定他们会不会喜欢它。

她坐在一张长长的黑色餐桌边的一把高背黑椅上，独自用了早餐。她的餐刀在餐盘里的碰击声，以及茶匙在茶杯里的搅动声，在一片寂静中响得让人难以忍受。那些神圣祖先的肖像挂在阴暗的墙壁上，俯视着她，看上去有点不耐烦，就好像他们也在等待她决定目的地似的。

"别急。"她对他们说，"我已经下定决心了。"

早餐结束时，她的总管走了进来。

"早上好，鱼鸭。"

"早上好，冰原之光[1]。掌舵委员会正等着殿下的召见。"

弗蕾娅点点头，于是总管打开早餐厅的门，让委员会成员们入内。从前有过二十三名成员，现在就只有斯卡比俄斯[2]先生和派小姐了。

---

温窦莲[1]·派是一位高大朴素的中年妇女，淡黄色的头发扎成一个扁平的发髻，令她看上去像是在头上顶着一块丹麦酥皮饼。她从前是前总领航员的秘书，似乎能很好地理解他的那些图表，但只要女藩侯在场时她都很紧张，每次就算弗蕾娅抽抽鼻子，她都要微微地行个屈膝礼。

她的同事，索伦·斯卡比俄斯则大相径庭。他的家族担任引擎主管的历史几乎和这座城市开始移动的年代一样久远，他也是仅存的与弗蕾娅地位最接近的人。如果一切正常，她本会在明年夏天与他的儿子艾克斯尔结婚；女藩侯总是会从引擎区选择一名男子成为她的配偶，以令这座城市的工程师阶级满意。不过一切并不正常，艾克斯尔死了。弗蕾娅偷偷地觉得挺高兴，因为她可以不必让斯卡比俄斯成为她的公公——他是一个极其严厉、阴郁、沉默的老人。他的黑色丧袍就好像伪装色一样混进了早餐厅里的黑暗之中，就只有他那一张惨白如死人遗容的脸如同没有身躯一般飘在阴影里。

"日安，殿下。"他僵硬地鞠了一躬，说道。派小姐则屈膝行了一礼，红着脸匆忙站到他身边。

"我们位于何处？"弗蕾娅问道。

"哦，殿下，我们差不多在唐怀瑟山脉以北两百英里处。"派小

---

1. 名字来源于英国日化公司利洁时旗下的一个品牌，"窗必净"玻璃清洁剂。在本书故事发生的年代，由于文化断层，很多人的名字都取自数千年前的商标品牌名。

姐叽叽喳喳地说，"我们处在坚实的海冰上，没有目击到任何其他的城市。"

"引擎区等待着您的指令，冰原之光。"斯卡比俄斯说，"您是否希望掉头往东？"

"不！"弗蕾娅回想起从前他们差一点就被吃掉，不禁打了个哆嗦。假如他们掉头向东，或者转向南方去冰原边缘一带做贸易，阿尔汉格尔斯克的猎手团一定会听说的。在只有最基本的工作人员操作着引擎的情况下，弗蕾娅可不认为她的城市能够再次甩开那个强大的掠食者。

"也许我们应该向西而行，殿下？"派小姐紧张地提出建议，"有几个小镇在格陵兰的东岸过冬。说不定我们能做些小小的交易。"

"不。"弗蕾娅坚决地说。

"那么也许您心里有另一个目的地，殿下？"斯卡比俄斯问道，"冰雪之神向您降下神谕了吗？"

弗蕾娅庄严地点了点头。实际上，这个主意已经在她心里翻来覆去想了一个多月，她并不认为它是来自任何神明，那只是她所能想到的唯一能令她的城市永远躲避掠食者、瘟疫以及间谍船的方法。

"设定航线，前往死亡大陆。"她说道，"我们回家。"

## 2　赫丝塔和汤姆

*赫丝塔·肖*渐渐开始习惯心情愉悦的感觉。在大狩猎场上的沟渠和拾荒村里颠沛流离忍饥挨饿地过了这么多年之后，她终于在这个世界上找到了一席容身之地。她有了自己的飞艇，"鬼面鱼"号（要是她伸长脖子，这会儿正能看到它那红色气囊的顶部，从停泊在十七号系泊柱的那艘桑给巴尔[1]香料货船后面露了出来），她还有了汤姆，温柔、英俊、聪明的汤姆，她全心全意地爱他，而且不管怎么说，他似乎也爱着她。

在很长一段时间里，她都感觉他们的关系是不会持续下去的。他们俩是如此地不同，并且赫丝塔也在任何人眼中都不会显得美丽；她个子瘦高，像个粗鲁无礼的稻草人，黄铜色的头发紧紧地编成辫子。

---

1. 桑给巴尔是位于印度洋上的群岛，以香料而闻名，该岛也叫做"温古贾岛"。

脸被一道旧剑伤分成两半，一只眼睛和大部分的鼻子都被这道伤口夺去了，嘴巴则被扭曲成一道龅牙的冷笑。不会持续下去的。当他们在黑岛[1]上等待船工来修理可怜残破的"鬼面鱼"号时，她不断这么告诉自己。他只是出于同情才和我在一起。当他们向南飞往非洲，然后横跨海洋前往南美时，她不断这么想着。他能在我身上看到什么？当他们因为向南极大陆的那些宏伟钻油城市运送补给而突然变富，然后因为在火地群岛[2]上空要甩开空中海盗所以不得不抛弃货物而又突然变穷时，她不断这么猜测着。在与一支贸易护航队一起飞越蓝色大西洋的途中，她悄声对自己说，这不可能持续下去的。

然而它持续下来了，到现在已经持续了超过两年。坐在"皱褶区域"的阳台上，那是天空之城的高街上为数众多的咖啡店之一，坐在9月的阳光里，赫丝塔觉得自己开始相信它可能会永远持续下去。她在桌子下面悄悄捏了捏汤姆的手，朝他露出一个扭曲的笑容，而他则望着她，眼中带着他的城市死去的那晚她在美杜莎飘扬的光辉之中初次吻他时相同的爱意。

这个秋天，天空之城飞到了北方，现正悬挂在霜冻荒地上空数千英尺处。那些在极昼[3]的几个月里一直待在冰上的小拾荒镇，现在都聚集到了天空之城下方来进行贸易。一个接一个的气球升了上来，

---

1. 哈萨克海中的一个岛屿。
2. 位于南美洲的最南端。
3. 在北极地区的夏季，太阳整个晚上都不会落山，称为极昼。

停靠在这座飞行自由港的系泊柱上，从这些气球里涌出身穿各色服饰的古代科技商人，他们刚一踏足天空之城的轻型甲板，就开始大声叫卖他们的货物。北地冻土是失落科技挖掘者们的一片上好狩猎场，这些先生们出售潜猎者的部件，特斯拉枪的电池组，以及五六个不同文明遗留下来的叫不出名字的零碎机械玩意儿，甚至还有自从六十分钟战争时期起就未受惊扰地一直躺在冰封高原下的某架古代飞行机器的一些残片。

在他们下方，霜冻荒地向南、向东和向西一直延伸进苍茫之中：这是一片岩石嶙峋的寒冷国度，一年之中有八个月处于冰雪之神的统治之下，在纵横交错的城镇辙印的幽暗沟底，早已有一片片积雪覆盖。北面耸立着如一座黑色玄武岩高墙般的唐怀瑟山脉，这一系列的火山标出了大狩猎场最北面的边界。其中几座正在喷发，它们喷出的灰色浓烟如同撑天巨柱。在它们中间，隐隐约约地隔着一层灰烬之幕，汤姆和赫丝塔只能勉强看见极天际地的白色冰封荒原，以及某个正在那里移动的东西，庞大，肮脏，毫不留情，仿佛一座流浪的大山。

赫丝塔从她风衣的某个口袋里拿出望远镜，举到眼前，调整起变焦轮，直到模糊的景象变得清晰。她正望着一座城市：八层甲板上有着一座座工厂、奴隶营，以及众多喷吐煤烟的烟囱。一列空中列车乘着城市后方的滑流飞翔，一艘艘寄生飞艇在空中过滤着城市排出的废气尘柱以求筛出废弃的矿物。而在它下方，一个个巨大的轮子如同幽灵一般，掩映在雪粉和碎石扬起的迷雾中，辚辚向前。

"阿尔汉格尔斯克！"

汤姆从她那儿拿过望远镜来。"你说对了。它整个夏天都待在唐怀瑟山脉北面的丘陵地带，吞吃那些穿越山口的拾荒镇。现在的极地冰盖比古时候要厚得多，不过在夏季结束之前，有些地方的冰盖还是没有厚到能够承受阿尔汉格尔斯克的重量。"

赫丝塔笑了起来："你这个百事通。"

"我只是情不自禁。"汤姆说道，"我以前是个历史学家学徒，记得吗？ 我们得背下全世界著名牵引城市的列表，而阿尔汉格尔斯克就在这个列表最靠近顶上的地方[1]，所以我是不会忘记它的。"

"你就炫耀吧。"赫丝塔咕哝道，"我真希望那是津布拉[2]，或者赞尼桑丹斯基[3]。那样的话你就不会显得如此聪明了。"

汤姆再度从望远镜里看去："从现在起任何时候它都可能抬起履带，放下钢铁冰刀，开始在冰上滑行，以搜寻那些冰原城市和雪疯拾荒者的镇子，把它们狼吞虎咽地吃掉……"

然而眼下阿尔汉格尔斯克似乎满足于进行贸易。它太庞大了，没

---

1. 阿尔汉格尔斯克的首字母是"A"，故而列在最前的几位。

2. 津布拉是一座牵引城，其首字母为"Z"，因此位于前文汤姆所述列表的末尾。这座城市的名字来自20世纪80年代传声头像乐队的一首歌，具有大量非洲音乐元素。

3. 赞尼桑丹斯基是一座源于保加利亚的牵引城，其首字母为"X"，因此位于前文汤姆所述列表的末尾。

法拖着自己的身躯穿越唐怀瑟山脉狭窄的山口。从它的空港升起一艘艘飞艇，它们穿过迷蒙的雾霾，向南朝着天空之城飞来。当先的一艘盛气凌人地穿过环绕着飘浮城市的一圈气球，嗖地俯冲下来停靠到了六号系泊柱边，正位于汤姆和赫丝塔的歇脚处下方。随着它的系泊夹具嵌住码头，他们便感觉一阵微微的颤动。这是一艘修长的近距离攻击艇，深黑色的气囊上绘着一头红色的狼，下方用哥特字体写着："晴空湍流"号。

一帮人大摇大摆地从装甲船舱里走了出来，迈着重重的步伐踩上码头，沿着通往高街的楼梯往上走。他们高大魁梧，身披毛皮斗篷，头戴毛皮帽子，外套下的链甲闪着寒光。其中一人头戴一顶钢盔，其上顶着两支形如留声机的巨大的喇叭形长角。一根双绞电线从这顶钢盔延伸到另一个人手里攥着的一支黄铜麦克风上。当他爬上楼梯时，他的说话声音被放大，嗡嗡地传遍了整座天空之城。

"各位天空人，大家好！伟大的阿尔汉格尔斯克，震撼冰封高原的巨锤，北地的天灾，斯匹兹卑尔根[1]定居地的吞噬者，向大家问好！我们带来了黄金，向你们交换任何有关冰原城市位置的消息！要是你的消息让我们猎获成功，就付你三十金索弗林[2]！"

他从"皱褶区域"的餐桌之间挤出一条路来，一边还不断嚷嚷着

1. 即斯瓦尔巴群岛，位于挪威北面，在北极圈内。
2. 一种英国古代金币，维多利亚时代起重新开始发行，面值一镑。

他的出价。周围的飞行员们都摇着头，苦着脸转开身去。眼下猎物到处都十分短缺，好几座大型掠食城市都为发现者开出了悬赏，但没几个是公开进行的。诚实的空中商人们开始害怕他们很快就会被那些小型冰原城市拒绝在门外，因为假如一艘飞艇可能在飞离某座城市后，就把它的航线信息卖给一座像阿尔汉格尔斯克这样贪婪的巨型掠食城，那么什么样的市长会冒这个风险允许飞艇停靠？然而总是有另一些人愿意接受掠食城市的赏金，这些人包括走私犯、兼职海盗，以及那些没能用飞艇赚取原先冀望的利润的商人。

"假如这个夏天你有登上过基威图[1]，或者布雷扎维克[2]，或者安克雷奇去做生意，同时知道它们打算去哪里过冬，那就到'气囊和船舱'来找我！"这个新来的人大声催促道。他是个年轻人，看上去愚蠢、富有、营养充足："三十个金币，我的朋友们，足够叫你的飞艇整整一年都不缺燃料和气体……"

"那个人是朴特·马思嘉。"赫丝塔听见邻桌的一位丁卡族[3]女飞行家对她的朋友们说道，"他是阿尔汉格尔斯克的总长最小的儿子。他把他手下那帮人叫作猎手团。他们可不光是招募探子，我曾经听说他们驾着那艘飞艇降落到一些和平的小城市上，那些小城跑得太快了，阿尔汉格尔斯克追不上它们，所以他们就强迫它们停下来，或者掉

---

1. 曾是加拿大北部努纳武特地区的一个因纽特人聚居地。
2. 位于挪威北特伦德拉格郡的一个村庄。
3. 非洲南苏丹境内的一个民族。

头回去——用剑锋强迫它们直接驶进阿尔汉格尔斯克的巨颚里去！"

"可是那不公平！"汤姆大叫道。他也一直在旁听着。不幸的是，女飞行家的演讲正好短暂地停顿了片刻，于是汤姆的声音顿时显得十分响亮。那个猎手转过身来，他那张硕大、慵懒而又不失英俊的脸俯视着汤姆，咧嘴一笑。

"不公平，天空人？什么不公平？这是一个城吃城的世界，你懂的。"

赫丝塔紧张起来。有一件事是她永远也没法理解汤姆的，那就是他为什么老是期望所有事情都公平。她猜那是他从小的家教，要是他得靠着机智在某座拾荒村里生活几年，一定就能把这种念头从他的脑子里赶出去。但他是伴着历史学家公会所有的那些规矩和习惯长大的，它们将现实生活都拒之门外。而且，尽管从那时起他见识过了各种各样的事，他依旧会因为马思嘉这样的人而震惊。

"我只是说，这违反了城市达尔文主义的所有规则。"汤姆仰视着那个大个子，解释道。他站起身来，却发现他还是得仰视，因为那个人高马大的猎手至少比他高出一英尺。"跑得快的城市吃掉跑得慢的，强大的城市吃掉弱小的。那才是它应该遵循的方式，就像是大自然。为发现者提供赏金以及劫持猎物都会扰乱平衡。"他继续说道，就好像马思嘉只是历史学家学徒辩论社里的一个对手一样。

马思嘉笑容更盛。他轻快地拂开他的毛皮斗篷，拔剑出鞘。四下里响起一片倒抽冷气声，惊呼声，以及椅子噼里啪啦倒下的声音，所有人都试图躲得越远越好。赫丝塔一把抓住汤姆，将他拉开，同时始终紧紧注视着闪亮的剑锋："汤姆，你这傻瓜，别管了！"

马思嘉盯着她看了一会儿，然后发出一阵轰然大笑，将剑收回鞘中："看啊！这个天空人有个漂亮妹子在保护他！"

他手下的船员们跟着他笑起来。赫丝塔的脸涨红成了一片斑驳，拉起她的旧红围巾遮住了脸。

"过会儿来找我，姑娘！"马思嘉大声喊道，"我对漂亮姑娘总是热情接待！而且记住，要是你能告诉我哪座城市的航线，我会给你三十个金币！你就可以给自己买个新的鼻子！"

"我会记得的。"赫丝塔一边承诺着，一边推着汤姆赶紧离开。怒火像一只被困的乌鸦一样在她体内拍打着翅膀。她想要转回身去打一架。她敢打赌马思嘉并不懂得如何使用他那柄自豪的剑……但她阴暗、凶残、睚眦必报的一面是她近来极力想要隐藏起来的，所以她只是暗中抽出小刀，在路过的时候悄无声息地割断了马思嘉的麦克风线。下次他再想宣布什么的时候，别人就会对着他嘲笑了。

"对不起。"汤姆腼腆地说。他们匆匆地往下走到停泊环区，这儿现在已经挤满了刚从阿尔汉格尔斯克来的商人和观光客。"我不是要——我只是想——"

"没关系的。"赫丝塔说道。她想要告诉他，假如他不是时不时地做些像这样勇敢而又愚蠢的事情，他就不是汤姆了，而她可能也不会这么爱他。不过她没法用语言来表达这些意思，所以她把他推进一根甲板支柱下方的空地里，瞅准了没有别人看过来，便用自己细瘦的双臂圈上了汤姆的脖子，然后拉下遮脸围巾，吻了他："我们走吧。"

"可我们还没有货物。我们要寻找一个皮货商或者——"

"这儿没有皮货商，只有古代科技，而我们不打算开始运载那种东西，对吗？"他看上去不太确定，所以她在他来得及说任何话之前又吻了他，"我厌倦了天空之城。我想回到鸟道上去。"

"好吧。"汤姆说道。他微笑起来，轻轻吻着她的嘴，她的脸颊，还有伤疤穿过她眉毛所形成的扭结。"好吧。我们已经看够了北方的天空。我们走吧。"

但是没那么简单。当他们来到十七号系泊柱边，有一个人等在了"鬼面鱼"号的旁边，坐在一个大皮包上。

"日安！"那人大声喊着，站起身来，"纳茨沃西先生？肖小姐？我想你们就是这艘精美的小艇的主人？哎呀，他们在港务局跟我说你们很年轻，可我没想到有多年轻！你们才比小孩大不了多少！"

"我快十八岁了。"汤姆戒备地说。

"算了，算了！"这个陌生人笑容满面地说，"只要心胸伟大，年龄不是问题。而我确信你有伟大的心胸。'那个帅小伙是谁？'我问我的朋友港务总监，于是他告诉我：'那是汤姆·纳茨沃西，"鬼面鱼"号的驾驶员。''彭尼罗[1]啊。'我对自己说，'那个年轻人也许就

---

1. 意为"胡薄荷"，是一种调料和草药，带有毒性。

是你在找的人！'所以我就在这儿啦！"

他就在这儿了。他是个小个子，秃顶，略显肥胖，白色的胡子修剪得十分整齐。他的衣物正是北地拾荒者的典型服饰——一袭长长的毛皮风衣，一件带着很多口袋的外套，厚厚的马裤，还有毛皮镶边的靴子——但它们看上去都太昂贵了，就好像是由一位时尚的裁缝，为了一出背景设在冰封荒原的戏剧而为他缝制的戏服。

"怎样？"他问道。

"什么怎样？"赫丝塔问。她第一眼就不喜欢这个装腔作势的陌生人。

"对不起，先生。"汤姆说话礼貌得多，"我们真的不明白你想要什么……"

"哦，我真抱歉，请你们原谅。"这个陌生人嚷嚷着，"请允许我阐明！我的名字是彭尼罗——宁禄·博雷加尔·彭尼罗。之前我一直在这片宏伟而可怕的险峻火山中稍事探索，而现在我正在回家的路上。我希望能在你们这艘迷人的飞艇上订一个位子。"

## 3 乘客

彭尼罗这个名字在汤姆听来有些耳熟，尽管他想不起来原因。他确信自己以前身为历史学家学徒的时候，在某堂课上听到过这个名字——但彭尼罗做了什么，或者说了什么，才使得他能在课堂上被提到，这他就不记得了；以前他花了太多时间做白日梦，没怎么听老师讲课。

"我们不载乘客。"赫丝塔坚决地说，"我们飞往南面，独自旅行。"

"南面就正好，太棒啦！"彭尼罗眉开眼笑地说，"我的家乡是度假胜地筏城布赖顿[1]，这个秋天它正在中海巡游。我急切地想要尽快

---

1. 布赖顿是英国东南的海滨城市。

回家，肖小姐，我的出版商，费尤麦和斯布兰特[1]，正期待着在月亮节前收到我的新书，因此我需要在我那间宁静的书房里开始整理我的笔记。"

说话的同时，他飞快地回头望去，扫视着停泊环区上人们的脸庞。他略微流着汗，赫丝塔觉得他根本就是鬼鬼祟祟的，完全不像是那么急切想要回家的样子。但汤姆听得入了迷："你是个作家，彭尼罗先生？"

"是彭尼罗教授。"那人高兴地笑着，十分亲切地纠正了他，"我是一位探索者、冒险家以及架空历史学家。可能你见过我的作品《失落的沙漠城市》，也许，或者《美丽的美洲——死亡大陆的真相》……"

现在汤姆想起他以前是在哪里听过这个名字了。恰德雷·珀玛罗伊有一回在一堂"历史学的新趋势"的课上提到过宁禄·博·彭尼罗。彭尼罗（那位老历史学家说）完全不尊重真正的历史研究。他那些鲁莽的探险经历仅仅是为了吸引眼球的作秀，他在自己那些书里写满了不着边际的理论和耸人听闻的浪漫冒险故事。汤姆倒挺喜欢不着边际的理论和耸人听闻的故事，之后他去博物馆的书库里寻找彭尼罗的著作，可古板的历史学家公会都不肯收藏这些书，因此他一直都不知道彭尼罗的探险行程都去过哪些地方。

---

1. 费尤麦意指动物的粪便，斯布兰特意指水獭的粪便。

他瞄了一眼赫丝塔："我们的确有地方容纳一名乘客。而且我们也正缺钱……"

赫丝塔皱起眉头。

"哦，钱不是问题。"彭尼罗信誓旦旦地说着，拿出一个鼓鼓囊囊的钱包，丁零当啷地晃了晃，"这样吧，先付五个金索弗林，等我们在布赖顿靠港，再付五个？这份报酬比不上朴特·马思嘉会为你们背叛某座可怜城市而付出的赏金那么丰厚，但还是不错的，而且你们还能为文学做出重大贡献。"

赫丝塔瞪着码头上的一盘锚缆。她知道自己已经输了。这个过分友好的陌生人十分清楚该怎样打动汤姆，何况就算是她也不得不承认十个金索弗林迟早是会有用的。她最后做了一次努力来抵抗无可避免的结局，踢了踢彭尼罗的背包，问："你的行李里是什么？我们不载任何古代科技的，我们看过太多它们能干出的事情了。"

"老天在上！"彭尼罗大声叫了起来，"我太同意这话了！我也许很另类，但我可不是个笨蛋。我也一样，看到过那些倾其一生挖掘古代机械的人的下场。他们要不就是被奇怪的辐射所荼毒，要不就是被失灵的部件炸得粉身碎骨。不，我携带的就是一套替换内衣，还有几千页笔记和速写，都是为我的新书《火焰山——自然现象还是古人的过失？》做的准备。"

赫丝塔又踢了一下那个背包。背包缓缓地倾向一边，但没有发出任何金属的声音来表明彭尼罗在说谎。她低头看看自己的脚，然后又往更下面看去，穿过天空之城的打孔甲板望向大地，那儿有一座城市正缓缓向西爬行，身后拖着长长的影子。好吧，她心想。这时节中海一定阳光和煦，一片蔚蓝，与脚下这片阴沉惨淡的荒原有天壤之别。只要花上一个星期就能到达那里。她当然能够忍受彭尼罗教授挤在汤姆和她之间当一个星期的电灯泡，在他俩的余生中她都会让汤姆只和她在一起。

"好吧。"她说着，抢下那个探险家的钱包，在他来得及改变主意之前数出五个金索弗林。身边的汤姆开口说道："我们可以帮你在前货舱里铺张床，教授，要是你希望的话，也可以把医务舱当成书房。我计划今晚留在这里，明天黎明时起飞。"

"要是对你来说不麻烦的话，汤姆。"彭尼罗再次用那种奇怪的紧张眼神朝停泊环区瞄了一眼，说道，"我宁可马上就走。绝不能让我的灵感久等啊……"

赫丝塔耸耸肩，又把钱包倒了倒："等港务总监给予准许之后我们就可以立刻出发。"她说道，"不过要额外收你两个索弗林。"


太阳落山了，红色的余晖沉入唐怀瑟山脉西面的一片苍茫之中。一只只气球仍然不断从下方的贸易聚落升上来，各式各样的飞艇仍然陆续从巨城阿尔汉格尔斯克出发，飞越玄武岩山地向南而来。其中一艘属于一位名叫韦杰理·布林科的和蔼老绅士。他是一位古代科技古董代理商，他的店铺位于阿尔汉格尔斯克的港口区，为了维持收支平衡他把店铺楼上的几个房间都租了出去，还为任何付他钱的人提供情报。

布林科先生把他的妻子们留下来系泊飞艇，自己匆匆忙忙地笔直走进港务总监的办公室，询问道："你见过这个人吗？"

港务总监看着布林科先生往书桌上推过来的一张照片，说道："啊，这是彭尼罗教授，那位研究历史的绅士。"

"绅士个头！"布林科怒气冲冲地大喊道，"他过去六个星期借住在我家里，等一见到天空之城就开溜了，欠我的钱一分都没有给！他在哪里？我到哪儿可以找到这个禽兽？"

"太晚啦，老兄。"港务总监咧嘴笑了，每当宣布坏消息的时候他总是有某种快感，"他乘着最早那批气球中的一只从阿尔汉格尔斯克过来，打听往南去的飞艇。我为他介绍了那两个驾驶'鬼面鱼'号的少年人。那艘飞艇刚起飞还不到十分钟，前往中海去了。"

布林科呻吟着，一只手虚弱地扶在了他宽阔、苍白的脸庞上。失去彭尼罗所承诺的那二十索弗林令他难以负担。哦，为什么，为什么，为什么他没让那个恶棍预先付款？当时彭尼罗送了他一本签名版的《美丽的美洲》（"送给我的好朋友韦杰理，并致以最亲切的问候"），于是他就被恭维得找不着北了。等到那位伟人向他保证会在下一本书里提到他时，他就更激动了，就连彭尼罗开始让酒商把账单记到他的账上，他都没有觉察到可疑。甚至当那人开始公开与最年轻的那位布林科夫人打情骂俏时，他也没有反对！所有的作家都不得好死!

接着，港务总监刚才提到的某样东西破开了自怨自怜的迷雾以及笼罩在布林科思绪上的头痛。一个名字。一个熟悉的名字。一个有价值的名字!

"你刚刚说'鬼面鱼'号？"

"是的，先生。"

"但那不可能! 诸神摧毁伦敦城时它就消失了!"

港务总监摇摇头："不是这样的，先生，根本不是。过去两年它都飞翔在异国的天空中；停靠在新玛雅的那些台城上做生意。 我是这么听说的。"

布林科先生谢过他后便跑到了外面的码头上。他是一个富态的人，不经常跑步，不过这事看来值得他跑一回。他推开一群正轮流对着一具望远镜看的小孩，自个儿用这具架在栏杆上的望远镜扫视天空。在南偏西一点的方向上，黄昏的阳光闪耀在一艘飞艇船尾的舷窗上；这是一艘小型的红色飞艇，船舱如煤渣烧结而成，还悬挂着双发热内—卡洛引擎吊舱。

布林科先生急匆匆地回到他自己的飞艇，"昙花一现"号上，回到他那些逆来顺受的妻子身边。"快! "他大叫着冲进船舱，"打开无线电! "

"看来彭尼罗又从他的指缝里溜走了。"一名妻子说。

"真惊讶啊真惊讶。"另一名妻子说。

"就和在阿尔汉格尔斯克发生的一模一样。"第三个说。

"安静,老婆们!"布林科大声叫道,"这很重要!"

他的第四名妻子苦着脸:"为了彭尼罗可不值得这么麻烦。"

"可怜的,亲爱的彭尼罗教授。"第五个悲悲切切地说。

"忘了彭尼罗吧。"她的丈夫一边喊着,一边摘下帽子,戴上无线电耳机,把收发机调到一个秘密的波长,然后不耐烦地朝第五个妻子打着手势,让她止住哭鼻子去摇启动曲柄。"我知道有人会为了我刚刚听说的事情而付大价钱的!彭尼罗刚刚搭乘离开的是方安娜以前的飞艇!"

直到现在,汤姆才明白他有多么怀念与其他历史学家在一起的时间。赫丝塔总是快活地听他回忆以前当学徒的时候听来的奇奇怪怪的故事和真相,但她没多少能对他讲的。她从小就只靠着自己的小聪明过生活,尽管她懂得如何跳上一座飞驰的城镇,如何逮住一只猫并将它剥皮,以及如何朝着想要抢劫她的人身上最怕痛的地方踢下去,她却从来没怎么想要学她所在的这个世界的历史。

现在,彭尼罗教授来了,他那和蔼可亲的人格魅力洋溢于"鬼面鱼"号的飞行甲板上。他对每一件事情都有一种理论或是一套解决方法。听他说话让汤姆几乎对往昔的时光充满怀旧之情,那时候他生活在伦敦博物馆里,周围到处都是书籍、真相、古董以及学院式的辩论。

"来瞧瞧这些群山。"彭尼罗正指着右舷窗外说道。他们正沿着唐怀瑟山脉的一条向南方延伸的漫长支脉飞行,一座活火山口里的岩浆火光照耀在这位探险家的脸上,闪闪发亮。"这是我新书的主题。它们是从哪儿来的? 古时候它们可不在这里,我们能从遗存下来的地图上知道这一点。所以它们是怎样如此之快地升起的? 原因是什么? 在遥远的山国也一样。战山是地球上最高的山峰,然而在所有的古代记载里都没有提到过它。这些新兴的山脉是否就像我们一直以为的那样仅仅是自然界火山活动的结果? 还是说,我们眼前所见的其实是古代科技发生灾难性失控的后果? 也许是一个实验性的能量源,或者是一架恐怖的武器!一架火山制造器!想想看那将会是何等重大的发现,汤姆!"

"我们对寻找古代科技不感兴趣。"赫丝塔自然而然地接口道。她正在地图桌边上,想要绘制一条航线,但彭尼罗让她越来越烦。

"当然不,亲爱的姑娘!"彭尼罗望着她身边的舱壁大喊道(他还做不到笔直看着她可怕的脸而不皱眉),"当然不!这是一种既高尚又明智的偏见。然而——"

"这不是一种偏见。"赫丝塔断然说道。她举起一支两脚圆规指着他,其气势甚至令他害怕她可能会深深伤害到他:"我妈妈曾是一位考古学家。她身兼探险家、冒险者,还有历史学家,就和你一样。她前往美洲死亡大陆,发掘出了某件东西并把它带回了家。某件叫作美杜莎的东西。伦敦城的统治者们听说了它,就派出他们的手下瓦伦丁杀了她，把它抢到手。当他动手的时候，他就当着我的面犯下了那罪行。他将它带回伦敦，那里的工程师们修复了它，然后砰！它爆炸了，于是那就是结局。"

"啊，是的。"彭尼罗颇为歉疚地说，"每个人都知道那次'美杜莎事件'。哎，我能够清楚地记得当时我在做什么。我正在西塔摩托垒[1]上，身边陪着一位名叫明蒂·白丝奈[2]的美丽动人的年轻女性。我们一起眺望着相隔半个世界之遥的那道闪光照亮了东方的天空……"

"好吧，我们可就在它边上。我们飞越了冲击波，第二天早上我们看见了伦敦的残骸。一整座城市，汤姆的城市，都被我妈妈发掘出来的东西焚成了残渣。那就是我们为什么要远远避开古代科技的原因。"

"啊。"彭尼罗说。他现在感觉十分不自在了。

"我要上床睡觉了。"赫丝塔说，"我头疼。"这是真的。彭尼罗一连几个小时滔滔不绝的讲课令她瞎了的那只眼睛后方生出猛烈的抽痛。她走向驾驶员的座位，想要给汤姆一个晚安吻，但她可不想被彭尼罗旁观，于是她飞快地亲了亲他的耳朵，说："等你需要休息的时候叫我。"然后便往后朝尾舱走去。

"哎哟！"等她离开之后，彭尼罗说道。

---

1. 意大利语，意为"引擎城"。
2. 这个名字意为"薄荷味的小面包卷"。

"她有一点脾气。"汤姆承认道，他为赫丝塔的暴脾气而感到尴尬，"不过她其实非常可爱。她只是害羞罢了。只要你了解了她之后……"

"当然，当然。"彭尼罗说，"在那有些不同寻常的外表之下，一眼就能看出她绝对地，嗯……"但他想不出有什么好的词语能用来描述那个少女，于是他就让自己的声音渐渐变弱了下去，站在那儿望着窗外月光下的连绵山脉，望着下方平原上某座行驶着的小镇的灯火。

"你要知道，关于伦敦她说得不对。"最后，他终于开口说道，"我是指，关于它被烧成残渣，那是不对的。我与去过那儿的人们交谈过。有很多废墟留存了下来。城市之肠的整片区域被遗弃在永固寺西面的野外大地上。哎，我认识的一位考古学家，一位名叫克吕维·莫查德的迷人的年轻女性，她宣称曾经真正地进入过一座较大的残骸废墟里面。听上去十分离奇，炭化的骷髅到处散布，还有大块大块的半熔化的建筑物和机械。美杜莎带来的残留辐射令残骸碎片中冒出五颜六色的光球，就像一个个鬼火一样……或者该说是一团团？"

轮到汤姆不自在了。故乡的毁灭仍旧是他心中历久弥新的伤痛。两年半过去了，那场大爆炸的余辉仍然映照着他的梦境。他不想谈论伦敦的残骸，于是将谈话转回到了彭尼罗教授最喜欢的话题上：彭尼罗教授。

"你一定去过一些非常有趣的地方，我猜？"

"有趣！哦，你连半点都想不到，汤姆！那些我见识过的东西！等我们在布赖顿的空港降落，我会直接到一家书店去给你买一套我的全集。我真惊讶你竟然从来没有读过它们，像你这么一个聪明的年轻人。"

汤姆耸耸肩："恐怕是因为他们不肯在伦敦博物馆的书库里收藏那些书……"

"当然不！所谓的历史学家们的公会！呸！一群积灰的老屁……你知道吗，我曾经申请加入过他们。他们的会长，泰迪乌斯·瓦伦丁，断然拒绝了我！仅仅是因为他不喜欢我在美洲之旅中发现的东西！"

汤姆的好奇心被激了起来。他不喜欢听到他从前的公会被当成一群积灰的臭屁而摒弃，但瓦伦丁则是另一回事。瓦伦丁曾经想要杀了他，还谋杀了赫丝塔的父母。任何瓦伦丁所反对的人，对汤姆来说都是好的。

"你以前在美洲找到了什么，教授？"

"啊，好吧，汤姆，那可是一段传说！你想要听吗？"

汤姆点点头。风从南方迎面吹来，他今晚没法离开飞行甲板，所以他很高兴能有一个好故事让他保持警醒。不管怎么说，彭尼罗的话激起了他心中的某些东西，一段对单纯岁月的回忆，那时候他在三等学徒的宿舍里，窝在被子下面用手电筒读那些伟大的历史探险家的故事，蒙克顿·怀尔德和清迈·斯波福斯，瓦伦丁和费水科还有康普顿·卡克[1]。

"是的，请说吧，教授。"他说道。

---

1. 除瓦伦丁外，其余人的姓氏都取自英国的地名。

# 4 勇者的家园

"北美洲。"彭尼罗说,"是一块死亡大陆。每个人都知道。在1924[1] 年,它由伟大的探险家兼名侦探克里斯托弗·哥伦布发现,随后就成为了一个帝国的国土。这个帝国曾经一度统治世界,但在六十分钟战争中被彻底摧毁。这片土地上遍布鬼魂出没的红色荒漠,剧毒的沼泽,原子弹的爆炸坑,以及锈迹斑斑死气沉沉的岩石。只有少数几个勇敢的探险家去那里冒险,像是瓦伦丁还有你那位年轻女伴的可怜母亲那样的考古学家,去那儿的古代地堡建筑群里搜集古代科技的残片。

"然而人们也听到各种传闻、故事。在破旧的空中驿站里,由醉醺醺的老船员们讲述的传说。那些逸事讲述了某些飞艇被吹离航线后,发现它们自己飞行在一片迥然相异的美洲大地上:一片葱茏的

---

1. 哥伦布发现美洲应为 1492 年。这里彭尼罗在信口胡说。

绿色风景，到处是森林和草地，还有巨大的蓝色湖泊。大约五十年前，据说一个名叫斯诺利·奥瓦尔逊的飞行员真正地降落到了一片被他称为桃花源[1]的绿色土地上，他还为雷克雅未克的市长大人制作了一幅那儿的地图。不过当现代研究者们去寻找地图的时候，他们当然没能在雷克雅未克的图书馆里找到它的踪迹。至于其他的记述，关键点总是一样的：飞行员年复一年地想要再一次找到那个地方，却永远没能成功。要么就是他降下飞艇后，只发现从上空望去如此诱人的绿色，实际上只是在爆炸坑形成的湖泊里茂盛繁殖的有毒绿藻。

"不过像我们这样的真正的历史学家，汤姆，知道在这样的传奇故事背后经常隐藏着真相的种子。我搜集了所有我听过的故事，便判断出那里面的确有一些值得追寻的东西。美洲是否真的死了，就如像瓦伦丁那样的智者一直告诉我们的那样？抑或有可能存在某个地方，位于比古代科技猎人们所拜访的那些死城更加遥远的北方，在那里，从冰封荒原的边缘流出的冰雪融水汇聚成河，冲去了毒素，令死亡大陆再度绽放鲜花？

"我，彭尼罗，决心要发现真相！89年春天的时候，我出发去探寻究竟。我自己再加四个同伴，登上了我的飞艇'艾伦·夸特梅因'号[2]。

---

1. 直译为"文兰"，是公元1000年左右冰岛维京人传说中的一片土地，据考证位于美洲北部，加拿大的纽芬兰地区。
2. 艾伦·夸特梅因是19世纪英国探险小说《所罗门王的宝藏》系列的主角，是经典的维多利亚时代非洲探险家的形象。

我们飞越北大西洋，不久便降落在了美洲海岸边，一个在古代地图上被称作纽约的地方附近。那儿就像我们一直听说的那样死寂；一系列庞大的弹坑，它们的内侧都被那场数千年前的战争的极度高温熔化成了一种叫作爆炸玻璃的物质。

"我们再次起飞，飞向西方，进入了死亡大陆的中心地带，而就在那时灾难袭来了。几乎超自然般的猛烈风暴使我那可怜的'艾伦·夸特梅因'号坠毁在了一片浩瀚无边的污染荒野之中。我的三位同伴在撞击中丧生，第四位几天之后也死了，他喝了一个池塘里的水后中了毒。那水看上去挺干净，但一定是被某些恐怖的古代科技化学物质污染了——他浑身变蓝，而且散发出旧袜子的气味。

"我独自一人向北蹒跚而行，穿越那传奇都市芝加哥和密尔沃基曾经一度矗立于其上的弹坑平原。我放弃了一切想要寻找我那绿色美洲的念头。现在我唯一的希望就是可能抵达冰封荒原的边缘，然后被一些游荡的雪疯小队救起。

"最后，就连那份希望也消退了。我精疲力竭，缺少饮水，全身虚弱，躺倒在宏伟的黑色崎岖山脉之间一条干旱的谷地里。在绝望之中，我大声呼喊：'难道这真的就是宁禄·彭尼罗的末路了吗？'群山似乎都在回应：'对嘞。'一切希望都没了，你看不出来吗？ 我将我的灵魂交给了死亡女神，闭上双眼，想着等我再次睁开眼睛的时候就只是幽冥之乡的一个鬼魂了。接下来我所记得的事情就是被裹在毛皮之中，躺在一条独木舟里，一些迷人的年轻人正划着桨将我送往北方。

"这些人并非像我一开始猜测的那样是来自大狩猎场的探险家，他们是土著人！是的，真的有一个部落居住在死亡大陆的最北面！在此之前，我一直接受的都是那个传统的故事——我相信你一定从历史学家公会那儿听说过这个故事——少数不幸的人在美帝国的崩溃中幸存了下来，逃到了北方的冰原上，与因纽特人混居在一起，诞生了我们今天所知的雪疯族。可是现在我明白有一些人留在了后面！他们是那个贪婪、自私、一度将全世界毁灭的国家的后裔，野蛮而又未开化——然而他们仍旧保留了足够多的人性，才会拯救一个像彭尼罗这样既不幸又饥饿的可怜人！

"使用手势和姿势，不久之后我就能与救了我的那些人交谈了。他们是一个女孩和一个男孩，他们的名字是可机洗和十二天运货。看来当他们发现我的时候，他们自己也是在进行一次探险，去一座被称为杜鲁斯的古代城市废墟里挖掘爆炸玻璃。（我发现，顺便一提，他们那个野蛮部落的成员十分看重爆炸玻璃所制的项链，正如巴黎或牵引格勒的任何一位盛装的女士那样。我的两位新朋友都戴着用这种材料制作的臂环和耳环。）他们在恐怖的美洲荒漠里的求生技术十分高超：把石头翻过来以抓获可食用的蛆虫，观察某种藻类生长的模式以寻找可以饮用的水。不过那片废土不是他们的家园。不，他们是从更北面的地方来的，而现在他们似乎正带我回到他们的部落去！

"想象一下我当时的激动之情，汤姆！沿着那条河溯流而上就仿佛是一路回到世界的洪荒开端。一开始，除了贫瘠的山岩之外什么都没有，上面东一处西一处地穿插着饱受时光侵蚀的石块以及扭曲的钢梁，那些就是古代人的宏伟建筑仅存的残余。然后，某一天，我看到了一片青苔，然后又是另一片！继续往北旅行了几天之后，我开始看到青草、蕨类簇拥在两岸。河流本身也越来越清澄，十二天货运抓到了鱼，每天晚上可机洗就在岸上为我们生火烤鱼。还有树木，汤姆！桦树、橡树和松树的美丽风景铺满大地，河流拓宽进入一片开阔的湖面，而在岸边就是那个部落一栋栋简陋的小屋子。对一名历史学家来说这是多么震撼的画面啊！经过了漫长的数千年后，美洲复活了！

"至于我如何与那个部落的好人们一起生活了三年，我就不对你多唠叨了。也不必多说我是如何在一头饥饿的熊面前救下了酋长的美丽女儿邮政编码，她是如何爱上了我，我又是如何不得不逃离她那个愤怒的未婚夫。甚至不必说我是如何再度向北旅行来到冰原上，在经历了很多的冒险之后终于回来，回到了大狩猎场。等我们抵达布赖顿，你就可以在我的国际畅销书《美丽的美洲》中读到这一切。"


汤姆一言不发地坐了很久很久，他的脑海中灌满了彭尼罗叙述中描绘出的奇妙景象。他简直难以相信自己以前从来没听说过这位教授的伟大发现。这是震惊世界的！是丰功伟绩！历史学家公会是要蠢到怎样的程度，才会拒绝这样一个人！

最后他开口道："可是你有回去过吗，教授？ 肯定有第二次探险，带着更好的装备……"

"哎呀，汤姆。"彭尼罗叹了口气，"我怎么也找不到人来资助回去的旅程。你肯定还记得，我的照相机和采样设备都在'艾伦·夸特梅因'号的残骸里毁损了。离开那个部落的时候，我带了几件工艺品，但都遗失在了我回家的旅途中。没有证据的话，我又怎么能指望得到回那儿探险的资助呢？我了解到，光凭一位架空历史学家的一面之词是不够的。唉……"他悲哀地说道，"到今天为止，汤姆，还是有人认为我根本就没有去过美洲。"

## 5  狐狸精

次日一早赫丝塔醒来时，彭尼罗的话音依旧嘹亮地回响在飞行甲板上。难道他整夜都在那里？ 也许不。她一边在"鬼面鱼"号的机上厨房里的小盥洗池里洗脸，一边做出判断。他已经去床上睡过了，不像可怜的汤姆，现在他又被汤姆的早餐咖啡香气引诱着，回到了这里。

刷牙的时候，她转头从厨房的舷窗向外望去——随便看什么都比对着盥洗池上方镜子里自己的影像好。天空的色泽犹如冲调出的奶糊，上面还飘着状如红茎芹菜的长条形云彩。三个小黑点挂在视野中央。一定是玻璃上的尘斑，赫丝塔想，但当她想要用袖口把它们擦去时，她发现自己错了。她皱起眉头，然后拿出她的望远镜对着那些斑点细细看了一阵。于是眉头皱得更厉害了。

等她来到飞行甲板上时，汤姆正准备上床去打个盹。狂风并未减弱，不过他们现在已经飞出了山区。尽管风会令他们的速度变慢，却不会再有被风刮进火山喷出的烟柱或者被吹得朝悬崖上猛撞上去的危险。汤姆神情疲惫但却心满意足，对着猫腰钻过舱门的赫丝塔眉开眼笑。彭尼罗坐在副驾驶座上，手里捧着一杯"鬼面鱼"号上最好的咖啡。

"教授正在对我讲述他的几趟探险旅程。"汤姆站起身来让赫丝塔接手操控，并热切地说道，"他的那些冒险经历会让你难以置信！"

"可能的确不会相信。"赫丝塔赞同道，"然而眼下我唯一想要听的是为什么有一个编队的炮艇正在逼近我们。"

彭尼罗惊恐地尖叫一声，随后立刻伸出一只手捂住了自己的嘴。汤姆走到左舷的窗口，朝赫丝塔指着的方向看去。那些斑点现在更加接近了，分明就是飞艇，一共是三艘，并排形成一条横列。

"他们可能是商人，去往天空之城的。"他心怀希望地说。

"那可不是商队。"赫丝塔说，"那是一个进攻阵形。"

汤姆取过挂在主控台下方钩子上的野外双筒望远镜。那些飞艇离他们约有十英里远，不过他看得出它们速度很快，而且全副武装。它们的气囊上绘着某种绿色的标志，但除此之外它们从头到尾一片纯白。这使得它们看上去邪气凛然：如同几艘飞艇的幽灵，在破晓的晨光中飞驰。

"它们是联盟的战斗机。"赫丝塔漠然地说，"我认得出那种喇叭形的引擎吊舱罩。紫狐狸精型。"

她的声音听上去带着恐惧，当然这是有原因的。在过去的两年里，她和汤姆一直都很小心地躲避着反牵引联盟，因为"鬼面鱼"号以前属于一名联盟的特工，可怜的已故的方安娜，虽然他们确切来说不是从她那里偷来的这艘飞艇，他们却知道联盟或许不这么认为。他们曾寄希望于在北边会比较安全，因为自从去年斯匹兹卑尔根定居地覆灭之后，联盟的力量在北地就被打得七零八落。

"最好掉头。"赫丝塔说，"让风向对着我们尾部，尝试把他们甩掉，或者在山区里躲避他们。"

汤姆犹豫起来。"鬼面鱼"号比它那木质船舱和废品场里拼凑出来的引擎吊舱表面上看起来的样子要快得多，可是他不确定它能赛过狐狸精型飞艇。"逃跑只会让我们看上去畏罪。"他说道，"我们没做错任何事。我会和他们谈谈，看看他们想干什么……"

他伸手去开无线电，但彭尼罗一把抓住了他的手。"汤姆，别！我听说过这些白色飞艇。它们根本不是一般的反牵引联盟分子，它们属于绿色风暴，一个新分裂出来的狂热组织，立足于北方这片地区的一些秘密基地而执行行动。他们是极端主义者，立誓要摧毁所有的城市——以及所有城市里的人们！诸神在上，要是让他们抓到我们的话，我们都会被杀死在这个船舱里的！"

这位探险家的脸色变得好像昂贵的奶酪一样，针尖般的细密汗珠从他的额头和鼻子上冒了出来。抓着汤姆手腕的那只手在发抖。汤姆刚开始还想不出有哪儿不对。显然一个像彭尼罗教授那样经历过许多次冒险的人是不会被吓到的吧？

赫丝塔回到窗边，正看到其中一艘正在接近的飞艇朝着他们上风处发射了一枚火箭，示意"鬼面鱼"号移动过去，并让它接舷。她不确定是否应该相信彭尼罗，可那几艘飞艇带着某种危险的气息。她确信它们不是偶然遇到"鬼面鱼"号的。它们是被特意派来寻找它的。

她碰了碰汤姆的胳膊："走。"

汤姆用力拉起船舵操纵杆，让"鬼面鱼"号绕了个弧线，直到它转向北方，让狂风从后面吹来。他将一系列的黄铜手柄往前推去，引擎的轰鸣顿时升到了一个更高的音调。又拉了另一根手柄之后，所有的小型风帆张了开来，这些风帆是半圆形的，由硅丝织成，张在引擎吊舱和气囊侧腹之间，能增加一些额外的推力，帮助驱动"鬼面鱼"号飞越天空。

"我们正在拉开距离！"他一边大声喊着，一边望着潜望镜里头上下颠倒模模糊糊的船尾侧景象。然而那些狐狸精型飞艇锲而不舍。它们改变了航线，紧紧跟着"鬼面鱼"号，同时小心地操控着它们的引擎，输出更多动力。不到一个小时，他们就已经近到能让汤姆和赫丝塔看清它们侧面涂绘的那个符号——不是反牵引联盟的那个破轮，而是一道锯齿形的绿色闪电。

汤姆扫视着下方的灰色大地，希望找到一个小镇或是一座城市让他寻求庇护。可是除了两座正缓缓移动着的拉普兰[1]农镇外，他什么

---

1. 拉普兰人是北欧的原住民，是北极地带的游牧民族。

都没有看到。那两座农镇正引着他们的驯鹿群穿越东方远处的冻土，他没法在不被狐狸精型飞艇拦截下来的情况下赶到那里。唐怀瑟山脉拦在了前方的地平线上，群山之间的峡谷和火山尘云成了他们找到藏身之处的唯一希望。

"我们该怎么做？"他问道。

"继续往前。"赫丝塔说，"也许我们能在山区里甩掉他们。"

"要是他们朝我们射火箭怎么办？"彭尼罗呜咽着说道，"他们都近得吓人了！要是他们开始朝我们发射怎么办？"

"他们想完整无缺地得到'鬼面鱼'号。"赫丝塔对他说，"他们不会冒险使用火箭的。"

"想得到'鬼面鱼'号？为什么会有人想要这艘老破烂？"紧张的压力使彭尼罗的火气直冒，当赫丝塔解释了原因之后他大吼起来，"它以前是方安娜的船？伟大的克莱奥啊！无所不能的保斯基[1]啊！可是绿色风暴组织崇拜方安娜啊！他们这个组织是在北方空中舰队的灰烬中建立起来的，发誓要为那些在永固寺被伦敦特工杀死的人复仇！他们当然会想要取回她的飞艇！慈悲的神明啊，为什么你们之前不告诉我这艘飞艇是偷的？我要求全额退款！"

赫丝塔将他推到一边，走到了地图桌旁："汤姆？"她研究着他们

---

1. 一位神，其名字来本书作者的好友克亚坦·保斯基，一位童书作家兼演员。本书作者曾为他的儿童数学读物《凶残的数学》绘制插图。

的唐怀瑟山区地图，说道，"从这里往西的火山链中有一道峪口：风筝隘。也许在那儿会有某座城市可以让我们降落。"

他们继续飞行，爬升到雪峰上方的稀薄空气中，一度冒着极大的风险近距离绕着从一座年轻的火山口中喷发出的浓密烟柱飞翔。没有山峪，没有看到任何城市，那三艘狐狸精型飞艇一直稳步缩短着与他们之间的距离，又过了一个小时后，一枚火箭弹从窗外闪着光飞过，就贴着右舷前方爆炸了。

"喔，魁科啊！"汤姆惊叫道——可是魁科是伦敦的神明，假如他都懒得拯救他自己的城市，为什么他要帮助一艘迷失在唐怀瑟山脉充满硫黄的上升气流中的破烂小飞艇呢？

彭尼罗试图躲到地图桌下面去："他们正在发射火箭！"

"哦，谢谢，我们还在猜那几个会爆炸的大家伙是啥呢。"赫丝塔说。她对自己先前预测错了感到生气。

"可你说他们不会的！"

"他们瞄准的是引擎吊舱。"汤姆说，"假如他们把吊舱打坏了，我们就在空中没法动了，他们就会从边上抓住我们，派一支登舰队过来……"

"哎，你们就不能做些什么吗？"彭尼罗质问道，"你们就不能开火回击吗？"

"我们没有火箭。"汤姆郁闷地说。在前一次伦敦上空的可怕空战里，他射落了"秘层电梯"号，眼睁睁地看着它的船员们在熊熊燃烧的船舱里浑身着火，在那之后他就发誓会让"鬼面鱼"号成为一艘和平的飞艇。从那时起，它的火箭发射器就一直是空的。现在他为自己当时的顾虑而后悔了。因为他的缘故，赫丝塔和彭尼罗教授很快就会落到绿色风暴的手里了。

又一枚火箭呼啸而过，砰的一声爆炸。是时候做一些铤而走险的事情了。他再一次地呼喊魁科的神名，随后驾着"鬼面鱼"号急速兜向左舷方向，同时关闭了动力，一头钻进迷宫般的重峦叠嶂之中，飞快地穿过风蚀玄武岩峭壁的阴影，接着再一次钻了出来，回到光天化日之下。

在他下方，距离很远的下方前头，他看见有另一场追逐正在进行。一座渺小的拾荒镇向南飞蹿，穿越一道山口。在它后方，有一座庞大、锈蚀的三层牵引城，它的巨颚正大张着，滚滚向前而行。

汤姆操纵着"鬼面鱼"号朝它飞去，时不时地往潜望镜里观看，那三艘狐狸精型飞艇仍顽强地缀在他们后面。彭尼罗一边啃着他自己的指甲，一边语无伦次地念着晦涩不明的神祇尊名："哦，伟大的保斯基啊！哦，迪博[1]啊，保佑我们！"赫丝塔再次打开无线电，向着疾速驰来的城市呼叫，请求得到停泊许可。

无线电中的声音停顿了片刻。一枚火箭轰地在距离船尾三十码开外的山体上激起一片雾气和石屑。随后一个女人的声音在无线电中断

---

1. 名字来自杰森·迪博，一位美国的童书作家兼插画家。

断续续地响起，说着带有浓厚斯拉夫口音的空中世界语："这里是新下市港务局，你的请求已被驳回。"

"什么?"彭尼罗尖叫起来。

"但那不是——"汤姆开口道。

"这儿有紧急状况!"赫丝塔对着无线电说，"有人在追赶我们!"

"我们明白。"那个声音再次响起，遗憾却又坚定地说，"我们不想惹麻烦。新下市是一座爱好和平的城市。请离远些，否则我们会向你们开火。"

一枚火箭从当先的那艘狐狸精型飞艇上射出，旋转着飞来，紧挨着船尾呼啸而过。无线电里那几个绿色风暴飞行员的粗鲁话音一时间淹没了新下市的威胁之声，接着那个女声又一次响起，坚持不让地说，"让开，'鬼面鱼'号，否则我们就开火了!"

汤姆想到了一个主意。

没时间向赫丝塔解释他接下来要做的事。不管怎么说，他也不觉得她会允许他那样做，因为他是从瓦伦丁那儿学来这一套飞行动作的；从《一个脚踏实地的历史学家的冒险》的一章里。这是从前在学徒时代他所钻研过的几本书之一，那时候他还不清楚真正的冒险是什么样的。"鬼面鱼"号从背部的一根根排气管中喷出气体，急速下降到了那座城市迎面而来的路线上，然后马力全开，沿着对撞的航线冲了上去。无线电里的声音陡然拔高成了尖叫，赫丝塔和彭尼罗也跟着尖叫起来，与此同时，汤姆驾驶着飞艇，贴着位于城市中层边缘的锈迹斑斑的工厂建筑上方低低地飞了过去，他操纵着飞艇从两根硕大无朋的巨型支撑柱之间穿了进去，驶进了上层甲板的影子里。在他后方，两艘狐狸精型飞艇匆匆拉升起来，但领头的那一艘胆子更大，跟着他直飞入城市中心。

这是汤姆头一次造访新下市，只不过这场拜访如白驹过隙转瞬即逝。触目所及，这座城市以与可怜的老伦敦差不多的布局铺展开来，每一层都是一条条宽阔的街道从中央广场辐射出去。沿着这些街道之中的一条，"鬼面鱼"号保持在路灯的高度疾驰着。一张张惊骇的脸从沿途上方的窗户里探出来，张口结舌地俯视着它。而人行道上的行人们则匆忙四散寻找掩蔽。在临近这一层的中心处，一丛密密麻麻的支撑柱和电梯井隐约浮现出来。这是一条回旋盘绕的航线，小飞艇以几寸之差险而又险地从中间溜了过去，还碰擦了一下气囊，蹭掉了转向叶片上的一些漆。紧追而来的狐狸精型飞艇就不这么幸运了。汤姆和赫丝塔两人都没怎么看清发生了什么，不过即使"鬼面鱼"号的引擎就在边上轰鸣，他们还是能听见爆炸撕裂的声音。从潜望镜里能看到飞艇残骸向着甲板滑落，船舱撞到了头顶上方的一条吊车轨道上，像喝醉了一样旋转着甩开。

转瞬之间，他们从城市另一侧飞了出来，回到令人目眩的阳光之下。看上去他们已经逃脱了，欢欣之情突如其来，降落到了他们每个人的身上，甚至连吓得不能动弹的彭尼罗也欢呼起来。可是绿色风暴不会如此轻易就放弃。"鬼面鱼"号从拖在城市后面的废气烟雾中刚一穿梭出来，剩下的两艘狐狸精型飞艇已经等在了上方的澄澈空气之中。

一枚火箭猛地撞上了右舷引擎，爆炸的冲击波震飞了飞行甲板的窗户，将赫丝塔甩到了地板上。她跌跌撞撞地爬起来，看见汤姆还趴伏在控制台上，碎玻璃渣像结了霜一样覆盖在他的头发上和衣服上。彭尼罗倚着地图桌瘫倒，鲜血从他秃顶上的一条伤口里淌了出来，那是被"鬼面鱼"号的某只铜铸灭火器掉落下来时斜斜砸伤的。赫丝塔把他拖到窗边的一个座位上。他还有呼吸，可他的眼睛已经朝上翻去，眼皮下面只露出两片半月形的眼白。他看上去就好像是在研究自己头壳里某个十分有趣的东西似的。

更多的火箭轰了上来。一支扭曲变形的螺旋桨叶咻的一声飞过，打着旋儿向下方的雪地落去，仿佛一只失手了的飞去来器。汤姆仍旧在奋力推动各种操纵杆，然而"鬼面鱼"号已经不再听从他的指挥——要么方向舵已经没了，或者就是操纵舵的电缆已经被扯断。一阵猛烈的狂风从山峰间的一个豁口中呼啸涌出，将它甩向那两艘狐狸精型飞艇。较近的那艘迅速地做出躲闪动作，避开了与它的碰撞，可反而和自己的姐妹艇撞到了一起。

爆炸几乎就发生在右舷不到二十码处，骇人的强光充满了"鬼面鱼"号的飞行甲板。当赫丝塔恢复视力的时候，天空中已经到处都是翩翩飘零的残屑。她能听见那两艘狐狸精型飞艇较大的碎片沿着山崖弹来撞去跌入下方的隘口中时所发出的撞击与破裂之声。她能听见后方几里外新下市引擎的低声咆哮，以及它拖着庞大身躯迤逦向南时履带发出的尖利摩擦和雷鸣轰响。她能听见自己的心跳，非常响亮同时又非常地快，然后她意识到"鬼面鱼"号的引擎已经停转了。由汤姆从扯动到敲打控制杆越来越疯狂的方式可以看出，似乎已经没什么希望再将它们重新发动起来。冷冽的寒风从破碎的窗户中直吹进来，挟带着片片雪花，以及清冽的冰雪气息。

　　她为绿色风暴飞行员们的灵魂念了一句简短的祷文，希望他们赶紧降入幽冥之国，别留在地上制造更多的麻烦。然后她僵硬地走到汤姆身边站着。他放弃了对操纵杆的无用努力，伸出双臂环绕着她，他们站在那儿，彼此拥抱，凝视着前方的景象。"鬼面鱼"号正飘过一座宏伟火山的山麓。在这座火山的后方已经没有别的山峰了，只有无尽的蓝白色平原，一直延伸到地平线的彼端。现在他们只能听风由命，而风正带着他们无助地飘入冰封荒原之中。

# 6　在冰上

"不妙呢。"汤姆说，"不降落的话，我没法修理受到损伤的引擎，而要是我们在这里降落……"

他无须说得更多。风筝崰的那场灾难已经过了三天，"鬼面鱼"号的残骸在天空中飘流，下方铺展着一片恶劣得有如冰冻月球一般的地貌，这是一片由古老厚重的寒冰交织成的粗粝荒原。偶尔有一座山峰从茫茫白色中穿刺而出，但就连它们也是毫无生气的，苍白而又荒凉。没有任何镇子或是城市或是游荡的雪疯团伙的踪迹，也没有任何信号回复"鬼面鱼"号的定时遇难呼叫。尽管现在才是晌午时分，太阳却已经开始下山了，像是一个毫无热气的昏暗的红色圆盘。

赫丝塔双臂环抱着汤姆，她感觉到了他正缩在厚实的毛皮镶边飞行员外套里发抖。这儿冷得吓人，寒气仿佛活物一样挤压着你的肌肤，寻找从你的毛孔里钻进去的门路，扑灭你体内早已萎靡不振的那一团温热。赫丝塔感到这股寒冷好像早已蔓延进了她的骨头里，她能觉察到它正咬啮着当年瓦伦丁的剑锋在她头骨上留下的沟痕。然而她却还比可怜的汤姆更暖和些，之前一个小时他一直待在船舱外面的右舷引擎吊舱，试着想要凿掉结在上面的冰，以进行修理工作。

她领着他往船尾走，让他坐在他们卧舱里的铺位上，往他身上堆满毯子和多余的外衣，然后自己也钻进去依偎在他身边，让他分享她自己保存着的那一小团温暖。

"彭尼罗教授怎么样了？"他问道。

赫丝塔咕哝了一声。情况很难说明白。这位探险家还没有恢复意识。她都已经开始怀疑他会永远昏迷下去。眼下他正躺在她在厨房里为他铺设的一张床上，身上盖着他自己的铺盖卷，以及赫丝塔分给他的几张毯子。她觉得分出那些毯子令她和汤姆几乎承受不起："每次我以为他终于咽了气，得把他扔出舱外的时候，他就稍微扭几下，说些胡话，于是我就知道还不能扔。"

她迷迷糊糊地打起盹来。入睡是简单而又令人愉快的。在她的梦里，一道奇异的光芒笼罩了卧舱，这是一道颤动的辉光，骤然闪耀，随后开始移动，就如同美杜莎的光芒。随着那一晚的回忆潜入她的心灵，她下意识地将汤姆搂抱得更紧了，她的嘴唇探索着触到了他的。当她睁开眼睛时，仍然能看见梦中的那道光芒，在他俊美的脸庞上映照出涟漪。

"北极光。"他轻声说道。

赫丝塔跳了起来："谁？ 哪里？"

"北极地带的特殊发光现象。"他指向窗外，笑着解释道。外面的夜空中，一层朦胧的彩色光幕悬垂在冰原上，一会儿绿色，一会儿红色，一会儿金色，一会儿各种色彩同时出现。有时它淡到几乎消失，有时则熊熊燃烧，形成一条条奔腾翻滚的耀眼光流。

"我一直想要亲眼目睹北极光。"汤姆说道，"自从我读过清迈·斯波福斯[1]所写的那本《与雪疯族共度一季》起就是了。现在终于见到它了。它简直就像是仅为我们俩而展现的一样。"

"恭喜你。"赫丝塔说着，然后将自己的脸埋进他下巴下面那柔软的凹陷处，这样她就看不到那光芒了。它确实很美，但那种美宏大辽阔，不近人情，令她情不自禁想到它很快就会变成照亮她葬礼的长明灯。"鬼面鱼"号的气囊和索具上积聚的冰层重量很快就会迫使它降落下来，而在黑暗之中，在喁喁低语的森寒笼罩下，赫丝塔和汤姆将沉入永远不会醒来的长眠。

她并不感到特别害怕。偎在汤姆昏昏欲睡的拥抱之中，她感觉有温暖从自己体内涓涓渗出，美妙而又慵懒。况且人人都知道，情侣若在彼此臂弯中死去，他们也将共赴幽冥之国，这是死亡女神最钟爱的。

唯一的问题是，她想要尿尿。她越是想忽略它，让自己镇定宁静

---

1. 一位旅行家，曾于牵引纪元 923 年采访过史莱克并写下《追寻潜猎者》一书。

地迎接黑暗女神的触摸，膀胱里的压力就胀得越来越急迫。她不想要心神不宁地死去，可她也不想就这么尿在裤子里，这么湿漉漉地进入死后的世界可太不浪漫了。

她嘟嘟囔囔地骂着，扭动身子从铺盖下钻了出来，慢吞吞地向前行去，摇摇摆摆地走在甲板表面结出的冰层上。飞行甲板后方的化学厕所早已被火箭的爆炸砸成了碎片，不过在它曾经的地板位置上有一个方便的洞口。她蹲到洞口上，被酷烈的严寒冻得龇牙咧嘴的，于是用最快的速度赶紧完事。

她想要直接回到汤姆身边，说不定不久之后她会后悔没这么做的，不过眼下某样东西促使她没有回去，而是沿着寂静的飞行甲板朝前走去。此刻这里相当漂亮，仪表板上的柔和亮光隔着一层层的霜晶映射出来。她在高天女神与飞行员之神站立的小神龛前跪了下来。大多数飞行员会用他们祖先的照片来装饰飞行甲板上的神龛，但不管是汤姆还是赫丝塔都没有他们已故父母的任何相片，所以他们用图钉把一张方安娜的照片钉了上去，这是在修理"鬼面鱼"号时他们从卧舱的一个行李箱里发现的。赫丝塔对她念了一句祷告，希望到了幽冥之国后她会成为他们的朋友。

就在她站起身来想要回到汤姆身边的时候，她恰好朝外瞥了一眼，目光穿过冰原，望见了那一簇灯火。一开始她以为它们只不过是汤姆喜闻乐见的那种天空中的奇异火焰投射在冰面上的反光——但它们是稳定的光点，不会改变颜色，只不过在寒冷的空气中略有闪烁。

她走近破碎的窗户。寒冷令她直泛眼泪，不过片刻之后她辨认出在光点四周有一团黑影，同时在它们上方有一条灰白的雾气或是蒸汽。在她眼前的是一座小型冰原城市，位于下风处大约十英里之外，正朝着北方前进。

她尽量忽视自己心中毫无感激之情的奇怪失落感，去叫汤姆起床。她不停拍着他的脸，直到他呻吟着开始挪动身体并说道："怎么啦？"

"某些神明对我们软下心肠了。"她说道，"我们得救了。"

等他来到飞行甲板上时，那座城市更近了，因为幸运的是风几乎正将他们笔直吹向它。这是一座小小的两层城市，正踩着宽阔的钢铁冰刀滑行。汤姆将双筒望远镜对准了它，便瞧见了它弧形的倾斜巨颚，紧紧闭着，形成了一面雪犁，也看见了推动着它穿越冰原的巨大带钩舰轮。这是一座优雅的城市，上层有着一幢幢形如新月的白色高耸房屋，近舰部处则是一片类似宫殿的建筑群落。然而它带着一股淡淡的悲悼气氛，有大片大片的锈蚀，很多窗户里没有灯光。

"我不明白为什么我们没有收到他们的信标。"赫丝塔一边说着，一边摆弄着无线电台的各种开关。

"也许他们没有信标。"汤姆说。

赫丝塔来回调节波段，搜寻导航信标的颤音。什么都没有发现。这座孤独的城市在寂静中朝着北方缓缓蠕行，带给她一种古怪和略微不祥的感觉。不过当她在公共频道向它打招呼时，一位极度友好的港务总监用盎格鲁语回复了她。半小时后,在一阵嗡嗡声中,这位港务总监的侄子驾着一艘名叫"寒鸦"号的绿色小型空中拖船前来拖动"鬼面鱼"号。

他们降落在靠近城市上层前部区域那座几乎被荒废了的空港里。港务总监和他的妻子都是友好的人,胖乎乎、有着橡树果实般的棕色皮肤,身穿连帽大衣,头戴毛皮系帽。他们引着"鬼面鱼"号进入一座像花瓣一样打开的圆顶机库,并用担架将彭尼罗抬到他们位于港务局办公室背后的家中。在那儿的一个暖和的厨房里,有咖啡和熏肉还有热乎乎的糕点等待着新来的客人。当汤姆和赫丝塔狼吞虎咽的时候,他们的主人站在一旁看着,笑呵呵地鼓励他们,并说道:"欢迎,旅行者们!欢迎,欢迎,欢迎来到安克雷奇!"

# 7 鬼城

这一天是星期三，每到星期三弗蕾娅的司机都会载着她去冰原诸神的庙宇，让她能向他们祈求指引。这座神庙距离她的宫殿不到十码远，就位于临近城市艉部同一座抬高的平台上，所以真没什么必要按部就班地召唤司机，钻进她的专属甲壳虫车，行驶短短一段距离再钻出来，不过弗蕾娅还是走了一遍整个过程——让一位女藩侯步行可太不像话了。

她又一次来到冰冷的神庙里，跪在昏暗的烛光下，仰望冰雪之主与冰雪女神的华美冰雕像，祈求他们告诉她应该做什么，或者至少降下一个征兆，让她知道她到现在为止所做的事情都是对的。而又一次地，没有任何回答：没有奇迹的光辉，没有在她心灵中呢喃的语音，没有在地板上自动排列成字句的霜花，只有引擎持续不断地隆隆低鸣，甲板在她膝下微微震颤。冬季的暮光沉沉逼压在窗外，她的思绪不断散漫开去，想着一些愚蠢的、烦人的事情，好比宫殿中丢失的那些东西。有人能溜进她的房间，拿走她的东西，这事令她愤怒不已，也有一点儿惊恐。她试着询问冰雪诸神小偷是谁，可他们当然也不会告诉她这个。

最后她为妈妈和爸爸做了祈祷。她猜想着他们在幽冥之国会是怎样一番情景。自从他们去世以后，她才开始渐渐意识到她并不真正了解他们，不是以其他人的方式了解他们。一直以来都是嬷嬷们和侍女们照顾着弗蕾娅，她只有在晚餐的时候以及正式的场合才能见到妈妈和爸爸。她得尊称他们为"殿下"和"爵士"。她与他们最亲近的时刻是在夏天里某些日子的黄昏，他们去女藩侯的冰上驳船野餐——简单的家庭活动，只有弗蕾娅和妈妈及爸爸还有七十名仆人和侍臣。后来瘟疫降临了，她甚至得不到许可去见他们，再后来他们就死了。一些仆人把他们放在驳船上，在上面点起一把火，然后将驳船送到冰原上。弗蕾娅站在她的窗前，望着烟气升腾，感觉就好像他们从来没有存在过一样。

神庙外面，司机等候着她，来回踱着步子，用靴尖在雪地里刮出图案。"回家，鱼鸭。"她宣布道。当他匆匆跑去拉开甲壳虫车的盖子时，她朝艏部方向望去，不禁想到最近几天城市上层的灯火真是少得可怜。她记得曾发布过一个关于空置房屋的公告，说是任何引擎区的工人，只要想要的话，就可以从他们的破败的小单元房里搬出来，住进城市上层的空置别墅里。可是没有多少人这样做。也许他们喜欢自己破旧的单元房。也许他们就像她一样迫切地需要舒适和熟悉的事物。

下方的空港里，一抹红色在四周的白色与灰色中鲜艳地凸显了出来。

"鱼鸭？那是什么？不会是一艘飞艇来了吧？"

司机鞠了一躬："它是昨晚到的，殿下。一艘叫作'鬼面鱼'号的贸易船。它被空中海盗或别的什么射中了，急切需要修理。这是港务总监阿丘克说的。"

弗蕾娅盯着那艘飞艇，希望认出更多细节。雪粉从房顶上被风刮下来，在空中打着旋，遮挡住视线，很难看清多少。经过了这段时日之后，再度想起有陌生人在安克雷奇上漫步，这种感觉真是奇怪！

"为什么你先前不告诉我？"她问道。

"仅仅是几个商人抵达，一般不会通知女藩侯的，殿下。"

"可是在这艘飞艇上的是谁呢？他们有趣吗？"

"两名年轻的飞行员，殿下。还有一个老人，是他们的乘客。"

"哦。"弗蕾娅说道，顿时没了兴趣。刚有那么一小会儿她几乎都激动起来了，想象起邀请这些新来者前来宫中的情景，但要是安克雷奇的女藩侯与两个流浪飞行员以及一个甚至都买不起自己飞艇的人开始厮混在一起，那可绝对不成。

"阿丘克先生告诉我，他们的名字是纳茨沃西和肖，殿下。"鱼鸭一边扶着她钻进甲壳虫车，一边继续说着，"纳茨沃西还有肖还有彭尼罗。"

"彭尼罗？ 不会是那个宁禄·彭尼罗教授吧？"

"我想就是他，殿下，是的。"

"那么我——那么我——"弗蕾娅踌躇不决，抚弄着她的系帽，又摇摇头。自从所有人死掉以后一直指导着她行动的传统风俗可不包括当奇迹降临时该做什么。"哦，"她低声说，"哦，鱼鸭，我必须去迎接他！去空港！带他去议会厅——不，去大礼堂。等你开车送我到家后你就立刻去——不，现在就去！我步行回家！"

随后她跑回神庙内，感谢冰雪诸神送来了她一直期待着的征兆。


就连赫丝塔也听说过安克雷奇。尽管它外形不大，却是最著名的冰上城市之一，因为它的名字可以一直追溯到古代美国。一群难民就在六十分钟战争刚爆发之前逃离了原来的那个安克雷奇，并在一座饱经风霜的北方岛屿上建立了一个新定居点。他们在那儿挺过了瘟疫、地震以及冰河时代，直到宏大的牵引时代浪潮席卷到了北地。随后每一座城市都被迫开始移动起来，否则就会被那些已经动起来的城市吃掉。于是安克雷奇的人们重建了他们的家园，启程开始了他们穿越冰原的无尽旅途。

它不是一座掠食城，位于它艏部的那几个小型钢颚只是用来收集废品，或者聚拢可以化成淡水的冰块，然后输送到锅炉里去。住在它上头的人们沿着冰封荒原的边缘进行贸易为生，在这儿他们可以用小巧的登陆跳板与其他和平城镇相连接，以提供一片集市，让拾荒者们和考古学家们可以聚集起来，售卖他们从冰下挖出来的东西。

那么，在这个远离贸易路线的地方，它一路向北，直冲入越来越深的严冬之中，究竟是要做什么？ 这个问题在赫丝塔帮忙系泊"鬼面鱼"号的时候就一直烦扰着她，而当她在港务总监的房子里，从让人精神焕发的长长一觉中醒来后，这个问题依旧萦绕在她心头。在这儿被当作是白天的朦胧黄昏里，她能看见那些新月形的俯瞰着空港的白色大宅上布满了条条锈迹，很多建筑物的窗户都破了，黑洞洞地打开着，就像是骷髅的眼窝。空港本身似乎也在一股衰败的潮流下濒临消亡，刺骨烈风卷起垃圾和雪片，抽打在一座座空荡荡的机库上，一条皮包骨头的狗跷起腿对着一堆陈旧的空中列车连接挂钩撒尿。

"真遗憾，真遗憾。"港务总监的妻子，阿丘克夫人说道。她正为年轻的客人们煮着上午茶："要是你见过这个可爱的地方过去时候的样子就好啦。有多么丰厚的财富啊，还有多么熙熙攘攘的来往人流啊。唉，在我的少女时代，我们这儿经常是飞艇层层叠叠堆起二十艘那么高，排着队等待泊靠。空中快艇，轻便飞艇，以及竞速帆船，都来这儿试运气参加北地赛船大会。还有那些壮观的大游轮，都是以古代世界的电影女皇来命名的，有'奥黛丽·赫本'号，还有'巩俐'号。"

"那么后来发生什么了？"汤姆问。

"哦，我们的世界改变了。"阿丘克夫人悲伤地说道，"猎物变得稀少，那些大型掠食城例如阿尔汉格尔斯克，从前都不瞧我们第二眼的，现在只要有可能就会追着我们不放。"

她的丈夫点点头，为他的客人们斟了几杯热气腾腾的咖啡："后来，就在今年，瘟疫降临了。我们让一帮雪疯族拾荒者登上了城市，他们刚找到了某件古代轨道武器平台坠毁在北极附近冰原上的一点碎片，后来才知道原来那东西感染了六十分钟战争时期某种恐怖的改造病毒。哦，别这么紧张，那种古代的战斗病毒生效极快，但随后就会变异成某种无害的东西。不过它就像野火一样传遍了整座城市，杀死了千百人。就连前代女藩侯和她的配偶也死了。等到这场灾难结束，检疫隔离区解除的时候，唉，很多人便觉得安克雷奇没有未来了，于是他们乘上仅剩的几艘飞艇，去其他城市寻找生路。我怀疑现在我们这儿整片地方剩下的人已经不足五十个了。"

"就这些？"汤姆十分惊讶，"可是才这么点人要如何才能维持这么大一座城镇的运行呢？"

"维持不了。"阿丘克答道，"没法一直维持下去。不过引擎主管老斯卡比俄斯先生创造了奇迹——许许多多的自动化系统，智能的古代科技设备，以及诸如此类的东西——他会一直让我们走得足够远。"

"足够远到哪里？"赫丝塔怀疑地问，"你们要去哪儿？"

港务总监的笑容消失了："那可不能告诉你，赫丝塔小姐。谁能保证你不会飞走，把我们的航线消息卖给阿尔汉格尔斯克或是其他某些掠食城。我们可不想看到它们趴在冰封高原上守候我们。现在吃你们的海豹肉汉堡吧，我们等会儿去看看能不能翻出一些备用的零件来，好修理你们那艘破破烂烂的可怜的'鬼面鱼'号。"

他们吃完后，便跟着他穿过码头，来到一座犹如巨鲸拱背般的庞大仓库。在昏暗的仓库内部，一堆堆垒得歪歪斜斜的古旧引擎吊舱以及船舱的舱板，从被解体的飞艇的飞行甲板上扯下来的零部件，还有如同巨人的肋骨般弯曲的铝质气囊支架，相互争夺着摆放空间。各种尺寸的螺旋桨高悬在头顶上方，随着城市的行进而轻轻摇摆。

"这儿以前是我表哥的地盘。"阿丘克一边说着，一边点亮废品堆上方的一盏电灯，"不过他染上那场瘟疫死了，所以我猜现在这儿就属于我了。别紧张，没有什么飞艇的毛病是我不会修理的，最近几天我也没什么其他重要的事情要做。"

他们跟着他走入一片染着锈色的黑暗之中。突然间，某个小零件发出银铛的响声，仿佛正在摸索着离开那一层层堆满了废品残件的铁架。赫丝塔与平常一样时刻警惕着，闻声便骤然将脑袋转向那个方向，用她的独眼在阴影之中搜寻。没有东西在移动。在类似这个地方一般的胡乱堆积的陈旧房间里，各种小玩意肯定经常都会掉下来吧，不是吗？ 在一幢有着糟糕的避震器的房子里，每当安克雷奇犁过冰原，便跟着摇晃震颤，这种事肯定经常发生吧？ 然而她还是不能甩开那种被人盯着的感觉。

"热内—卡洛引擎，对吗？"阿丘克先生开口问道。很显然他喜欢汤姆——人们总是喜欢汤姆——于是他花了很大的工夫来帮忙，在一座座废品堆成的小山之间匆匆走来走去，一边还在一本厚重阔大霉点斑斑的账本里查着记录："我想我有一些合用的东西。你们的燃气电池从外表上看是旧时候西藏人的作品，我会用一艘张晨天蛾型飞艇上的上好的 RJ50 来替换掉那些我们没法修补的电池。是的，我想你们的'鬼面鱼'号在三个星期内就能再度升空了。"

在下方深处的幽蓝阴影中，三双锐利的眼睛正盯着一面小小的屏幕，注视着汤姆和赫丝塔还有港务总监的粗糙影像。三对苍白得像是地底蕈类的耳朵，聚精会神地捕捉着从上方的世界传来的微弱、失真的语音。

回到港务总监的家中，阿丘克夫人给汤姆和赫丝塔装备上了长筒靴子、雪地鞋、保暖内衣、胚毛[1]织就的厚毛衣、手套、围巾，以及带兜帽的风雪大衣。然后还有防寒面具；这东西是皮革做的，带有毛皮镶边、云母镜片和供呼吸用的过滤器。阿丘克夫人没有说明所有这些东西都是从哪儿来的，不过赫丝塔留意到了他们家神龛里的那些装饰着祭奠缎带的照片，她猜想她和汤姆穿的是阿丘克家已故子女们的衣物。她希望那些瘟疫病菌真像港务总监所保证的那样都死干净了。

---

1. 天然绵羊毛上有一层油脂，通常在剪羊毛之后会去除。保留了这层油脂的羊毛称为胚毛，有一定的防水功能。

不过她倒是真的挺喜欢这面具的。

等他们回到厨房里，就看见彭尼罗坐在炉边，双脚浸在一盆热气腾腾的水里，头上打着绷带。他脸色苍白，不过除此之外风采依旧，一边小口啜饮着阿丘克夫人煮的一杯青苔茶，一边快活地向汤姆和赫丝塔打着招呼："真高兴看到你们平安无事！呃，我们一起经历了一场多么难忘的冒险啊！我想，可以写进我的下一本书里……"

炉边墙上的一个黄铜电话机发出轻轻的丁零声。阿丘克夫人冲过去拿起听筒，十分仔细地倾听着由她的朋友、接线员乌米亚克夫人转述的消息。她的脸上绽开了一个光彩照人的笑容，当她将电话挂回挂钩上，转向她的客人们时，她已经激动得几乎说不出话来了。

"好消息，我亲爱的！女藩侯答应了接见你们！是女藩侯亲自接见！她派了她的司机来接你们去冬宫！多么荣耀啊！想想看，你们要从我这卑微的小厨房直接前往女藩侯的接见室！"

# 8　冬宫

"女藩侯是什么？"当他们再度走到外面的刺骨严寒之中，赫丝塔悄悄地问汤姆，"听上去好像是某种饭后吃的东西……"

"我猜是某种类似女市长的头衔。"汤姆说道。

"女藩侯。"彭尼罗插进来说，"是一位女性的藩侯。很多这样的北地小城都有类似的人；一个代代继承的统治家族，将头衔从上一代传给下一代。藩侯。郡守。伯爵。艾森施塔特[1]的城市选帝侯。阿尔汉格尔斯克的总长。在这一带，他们十分注重他们的传统。"

"好吧，我没法理解为啥他们不能就管她叫女市长，别搞那么多花样。"赫丝塔郁郁不乐地说道。

一辆甲壳虫车正在港口大门处等候他们。这是一辆和汤姆记忆中

---

1. 艾森施塔特是奥地利东部的城市，名字意为"钢城"。

伦敦的甲壳虫车一样的电气车辆，尽管他不记得有哪辆能像这辆那么漂亮。它漆成火红色，侧面有一个金色的字母 R，周围环绕着花体曲线。后部唯一的轮子比普通甲壳虫车的后轮要大，并加装了轮钉，以抓住雪地。在两个前轮上方的弯曲挡泥罩上，安装着大大的电气灯笼，它们射出两道一模一样的光柱，雪片在光柱中狂乱飞舞。

司机看见他们一路过来，等他们走近了，便将钢化玻璃的车顶盖移开。他身穿一套红色制服，上头装饰着金色的穗带和肩章。当那名司机站直了身体，向他们敬礼时，他的身高大概只到赫丝塔的腰畔。一个孩子，她起初如此想，但随后她发现他的年纪其实比她大得多，有着一颗成年人的脑袋，却安放在一段矮小的躯体上。她飞快地移开目光，因为她突然之间意识到，她盯着他的目光，就如同人们有时候盯着她的目光那样，同样地伤害感情，同样地刨根问底，同样地充满怜悯。

"在下名为鱼鸭。"这个司机说道，"殿下派遣在下带各位前往冬宫。"

他们爬进甲壳虫车中，挤在后排座上彭尼罗的两侧。这个小个子竟然能占据这么大一片座位空间还真是让人惊讶。鱼鸭将顶盖滑动关闭，然后他们就出发了。汤姆往后望去，并朝着正透过自家屋子的窗户张望的阿丘克一家挥手。不过空港随即隐没在了漫天飞雪和幽暗冬夜之中。甲壳虫车沿着一条宽阔的大街行驶，沿街的两边对着一座座拱廊骑楼。商店、餐馆，以及豪华的宅邸，从他们两侧飞速闪过，全都毫无生气，全都一片漆黑。"这一带是拉斯穆森大道。"鱼鸭介绍道，"是非常优雅的街道。它笔直穿过上城区的中心，从艏部一直贯通至艉部。"

汤姆透过甲壳虫车的顶盖望出去。这片美丽而荒凉的地方深深地触动了他，但这里的空寂让他紧张不安。它就这样冲进荒芜的北地，是要到哪儿去呢？他回想起自己曾经登上过另一座城镇，它同样处在一个错误的地点，向着神秘的目的地前进：塘桥轮。那座城镇行事疯狂的镇长，驾驶着它沉入了哈萨克海底的墓地。一念至此，虽然裹在暖和的衣物中，他仍不禁发起抖来。

"我们到了。"鱼鸭突然说道，"这里就是冬宫，拉斯穆森家族延续八百年的府邸。"

他们已经来到了城市艉部附近，甲壳虫车的电动马达发出呻吟和抱怨声，载着他们驶上一段长长的坡道。在坡道的顶端矗立着汤姆前一晚曾从空中瞥见的那座宫殿。它犹如一座白色的金属螺旋，宫殿尖顶和阳台边缘都镶满了冰雪。顶上的几层看上去空无一人，已被废弃，但下面几层的某些窗口依旧透出灯光。圆形的大门外，汽灯的火焰在一支支黄铜三脚架上跳跃舞动。

甲壳虫车在结霜的车道上发出吱吱的摩擦声停了下来。鱼鸭扶着车顶盖，等待乘客们爬出车来，然后赶紧跑上宫殿前的台阶，打开外门，让他们走进一个称作热闸的小房间。他关上门，几秒钟后，与来访者们一起被放进来的冷空气就被天花板和墙上的加热器烘暖和了，然后内门才打开。他们跟着鱼鸭进入了一条装饰着墙板的走廊。两侧墙上悬挂着壁毯。两扇巨大的门扉浮现在前方,其上包裹着价值连城的古代科技合金。鱼鸭敲敲这道门,然后轻声说:"请在此稍候。"接着便匆匆走进了一条侧面的通道里。宫殿轻微地吱呀作响,随着城市的运动而微微摇晃。空气中有着一股发霉的气味。

"我可不喜欢这样。"赫丝塔一边说着,一边抬头望着缠绕在豪华吊灯上以及从供热管道上垂下来的厚重蛛网帷幕,"为什么她叫我们来这儿? 这可能是一个陷阱。"

"胡说八道,肖小姐。"彭尼罗嗤之以鼻地说。他不想让自己看上去因她的假设而警惕起来。"一个陷阱? 女藩侯为什么要对我们设下一个陷阱呢? 她可是一位十分高贵的人物,你要记得这一点,就等于是一位女市长。"

赫丝塔耸耸肩:"我只遇到过两位市长,两人都不怎么高贵。他们俩全都没啥优越的,都是疯子。"

门突然猛地一动,朝两边滑开,在它们自身的重量下发出轻微的摩擦声。鱼鸭站在门口,他现在身穿一件蓝色的长袍,头戴一顶六角帽,手持一支有他身高两倍那么长的节杖。他庄严地欢迎各位来客,就仿佛他从没见过他们一样。随后他将节杖在金属地板上顿了三次。"宁禄·彭尼罗教授及其同伴。"他高声宣布,接着退到一旁,让他们能从他身边走过,进入前面那座由一根根立柱所撑起的殿堂。

拱顶上悬挂着一排氙气灯泡,每一个灯泡都在下方的地板上投下一圈圆形的光晕，就如同是一行亮光形成的踏脚石，一直延伸到这座庞大殿堂的彼端。有人正在那边等待着他们，没精打采地坐在阶陛顶端的华丽王座里。赫丝塔摸索到汤姆的手，他们并肩跟上彭尼罗，穿过一道道交替的阴影和光亮，直到他们站在了阶陛之下，抬起头来仰望女藩侯的脸。

因为某些缘故，汤姆和赫丝塔都以为会见到一位老人。这座沉寂、生锈的建筑中的每一件东西，无不述说着陈旧和腐朽，述说着长久保存下来的古老传统，即使这些传统的根源早已被遗忘。然而那个傲慢地俯视着他们的少女甚至比汤姆和赫丝塔还要年轻，很显然还不到十六岁。她是一个高大美丽的少女，身穿一袭精美的冰蓝色长衫和一件白色的狐皮镶领罩衣。她的脸容带有一些与阿丘克夫妇相似的因纽特人特征，但她的皮肤非常白皙，秀发灿金。灿如秋叶，赫丝塔如此想着，悄悄掩起了自己的脸。女藩侯的美貌令赫丝塔自感渺小、无用、一无是处。她开始挑起女藩侯的瑕疵来。她真太胖了。而且她的脖子需要好好洗洗。而且蛾子都把那件漂亮裙子给蛀坏了，而且所有的纽扣也都扣错位了……

在赫丝塔身边，汤姆则想道，这么年轻，就掌控着一整座城市！难怪她看起来这么不高兴！

"尊贵的大人。"彭尼罗躬身说道，"请允许我向您表达无比的感激，您和您的子民将热情和友好带给了我和我年轻的同伴们……"

"你们必须称我为'殿下'。"少女说道，"或者，'冰原之光'。"

场内出现了一阵难堪的沉默。甚至能听见细小的刮擦声和敲击声从天花板上蜿蜒的供暖管道中传来。这些粗大的供暖管利用引擎的循环余热来为宫殿加热。少女瞄了一眼她的客人们，终于，她说道："假如你就是宁禄·彭尼罗，为什么你会比照片上胖那么多？ 还是秃的？"

她从一张小小的边桌上拾起一本书，然后将它举起来，给他们看书的封底。封底上有一幅画像，画中人看上去可能是彭尼罗更加年轻力壮的弟弟。

"啊，这个么，艺术加工，您懂的。"探险家大声嚷嚷起来，"那个愚蠢的画家——我告诉他要忠实于我的原貌，啤酒肚还有高发际线什么的。可是您明白这些艺术家都是什么样的人，他们都热衷于理想化的描写，来表现对象的内在……"

女藩侯笑了起来。（她笑起来甚至更加美丽。赫丝塔觉得自己更加讨厌她了。）"我只想确定是你，彭尼罗教授。"她说道，"我相当理解肖像画这回事。在瘟疫来到之前，我的肖像一直都印在邮票、硬币、盘子以及其他东西上，而他们几乎从没画对过……"

她突然住了口，似乎身体里有某个嬷嬷在提醒她，一位女藩侯是不该在客人面前表现得像个兴奋的年轻人那样絮絮叨叨的。"赐尔等座吧。"她用正式得多的语气说道，同时轻轻击掌。王座后方的一扇门打开了，鱼鸭迈着小碎步匆匆跑了出来，还拖着一组小椅子。这一回他又换上了另一身装扮：听差的方帽和高领短上衣。有那么一瞬间汤姆真的还猜测女藩侯手下是不是有三个相貌相同的小个子当差，不过等他凑近细看时，很显然就是同一个鱼鸭；因为快速换装的缘故，他犹自喘息着，而且饰演管家时的假发也从他的口袋里露出了一角。

"快一点。"女藩侯说。

"抱歉，殿下。"鱼鸭将三张椅子朝着王座摆好，然后便再次消失在阴影中。片刻之后他又回来了，推着一辆自带加热的小推车，车上有一壶茶和一盘杏仁饼干。与他一起出现的是另一个男子，高大、英俊、年长，一身黑衣。此人朝来访的客人们点点头，然后站在王座一旁。与此同时，鱼鸭将茶倒进小巧的黑色玻璃杯中，奉给客人们。

"那么，冰原之光呀，我想您了解我的工作？"彭尼罗说。他笑得有点假。

女藩侯那副典雅礼仪的面具再次滑脱，露出兴奋年轻人的本色。"哦，是的！我热爱历史和冒险。我以前一直都读这些……好吧，是在我成为女藩侯之前。我读过所有的经典：瓦伦丁，斯波福斯，还有塔玛尔顿·弗利奥特。但你的书一直是我最喜欢的，彭尼罗教授。它给了我灵感来……"

"注意，女藩侯。"她身边的那个男人说道。那人的声音低沉柔和，如同一具调整精密的引擎。

"好吧，反正就是那样。"女藩侯说，"所以冰雪诸神将你送来，这真是太美妙了！这是一个征兆，你看。一个预示着我做出了正确决定的征兆，预示着我们一定会找到我们要找的东西的征兆。有了你的帮助，我们怎么可能失败呢？"

"彻头彻尾地疯了。"赫丝塔极为小声地对着汤姆悄悄说道。

"我不太明白，殿下。"彭尼罗坦言道，"我觉得在我脑袋撞了那一下之后，我的头脑还是有点迷糊。我恐怕还没听清您的意思。"

"很简单的。"女藩侯说。

"女藩侯。"她身畔的那人再度警告道。

"哦，别像个老丧气鬼似的，斯卡比俄斯先生！"她反驳道，"这一位可是彭尼罗教授！我们可以信任他！"

"这一点我不怀疑，殿下。"斯卡比俄斯说道，"我担心的是他的那些年轻的朋友。假如他们对我们的航线有所风闻，一旦他们的飞艇修好，就会有他们跑去向阿尔汉格尔斯克出卖我们的风险。马思嘉总长会非常乐意得到我的引擎的。"

"我们永远不会做出那种事情！"汤姆大声叫道。要是赫丝塔没有拉住他，他绝对会跳上前去抗议那个老人的。

"我认为我可以为我的队员们担保，殿下。"彭尼罗说道，"纳茨沃西船长就像我自己一样，也是一位历史学家，曾在伦敦博物馆受过培训。"

女藩侯转过身，首次端详起汤姆来。她的目光饱含倾慕，令汤姆脸红起来，低头望着自己的脚尖。"那样的话，欢迎，纳茨沃西先生。"她轻柔地说道，"我希望你也能留在这里帮助我们。"

"帮什么忙？"赫丝塔直率地问。

"当然是帮助我们驶向美洲。"少女回答道。她将手里拿着的书翻过来，给他们看封面。封面上是一个肌肉发达、过分英俊的彭尼罗，正与一头熊搏斗着，边上还有一位身穿毛皮比基尼的女郎为他加油鼓劲。这正是第一版的《美丽的美洲》。

"这本书一直是我的最爱。"女藩侯解释道，"我猜这就是为什么冰雪诸神将美洲的念头注入了我的心中。我们要找出一条路来穿越冰原，抵达彭尼罗教授所发现的崭新的绿色之野。到了那里，我们会把我们的冰刀换成轮子，砍下树木当作燃料，与土著人交易，并将城市达尔文主义的优越性介绍给他们。"

"但是，但是，但是……"彭尼罗紧紧抓着座椅扶手，就好像坐在过山车上一样，"但我要说的是，加拿大冰盖——格陵兰以西——从没有哪座城市试过——"

"我明白，教授。"少女赞同道，"对我们来说，这会是一次漫长而又危险的旅程，正如你徒步走出美洲爬上冰原的那次一样。不过诸神与我们同在。他们必定同在。否则他们不会将你送到我们这里。我要任命你为名誉总领航员，在你的帮助下，我知道我们一定会安全抵达我们的新狩猎场的。"

汤姆为女藩侯那大胆的设想而感到兴奋战栗，于是朝着彭尼罗转过头来："运气真是奇妙啊，教授！"他高兴地说道，"你终于能够回到美洲去了！"

　　彭尼罗喉咙里发出咯咯的声音，眼睛凸了出来："我……总领航员，呃？ 您太慷慨了，冰原之光，太慷慨了……"他的冲击玻璃[1]茶杯从指间滑落，在钢铁地板上摔得粉碎，人则晕了过去。鱼鸭啧了一声，因为这套茶具是拉斯穆森家族的古老传家宝，但弗蕾娅毫不在意。"彭尼罗教授的冒险旅程令他仍旧虚弱。"她说道，"将他放到床上去！ 为他和他的朋友们在客房区的房间通风。我们必须照料他尽早恢复健康。也别再为那个傻气的小杯子烦恼了，鱼鸭。一旦教授指引我们到达美洲，我们就能挖出多得我们想都不敢想的冲击玻璃来！"

---

1. 冲击玻璃是砂子在高温高压下形成的黑色玻璃状物质。在本书中由古代高科技战争中使用的炸弹所制造。

# 9　欢迎来到本机构

在遥远的南方，冰原边缘之外，一座小岛矗立于冰冷的海水之中。它黝黑而又嶙峋，海鸥与贼鸥在它的礁岩之上筑巢，鸟粪将它点缀得斑斑驳驳。这些鸟儿叽叽喳喳，吵吵闹闹，尖叫声在几里外就能听见。它们或是一头扎进波涛中去捕捉海鱼，或是成群结队地盘旋在岛屿尖峰上空，有时栖息在那些低伏于岛上的陋屋的房顶上，有时降落在岌岌可危的金属步道的锈蚀栏杆上，这些金属步道从陡峭悬崖上探出，就好像枯树残桩上生长出的木耳一样。尽管这个地方看上去不宜居住，却仍然有人生活在这里。岩石上炸出的洞窟改造成了飞艇机库，一簇簇圆形的燃料罐像蜘蛛卵一样挤在狭窄的石缝里。这儿就是盗贼之窟，红色洛奇与他那支传奇的空中海盗团曾在此建立了他们的老巢。

洛奇现已不在，此地仍留有火箭爆炸的残痕，显示当年他的离开并不是那么心甘情愿。在一个宁静的夜晚，一支绿色风暴的突击队降落在此，屠杀了海盗团，随后占据了贼窟，建立起一座不会被任何饥饿的城市靠近的基地。

太阳渐渐下山，东方的天空中弥漫着紫色、红色，与火烧火燎的橙色云霞，将小岛渲染得比平时愈加邪恶。"昙花一现"号带着突突的引擎声从上风头飞来。一座座炮台像戴着头盔的脑袋一般缓缓旋转，追踪着这艘老旧敦实的飞艇。

"真是一堆垃圾！"韦杰理·布林科众多妻子中的一位一边从船舱里的舷窗望出去，一边抱怨道。

"你对我们说，举报那艘老飞艇会给我们带来运气和财富。"另一名妻子附和道，"你说我们能去一座漂流度假村晒日光浴，而不是一路跟到这儿的天涯海角来。"

"你向我们保证过会有新衣服，还有奴隶！"

"安静，老婆们！"布林科大吼道。他试图集中精力控制舵杆，而地面人员正挥舞着彩旗引导他进入机库。"都放尊重点！这里是绿色风暴的基地！被邀请到这里来是一种荣耀：是他们认可我们提供的服务的一个象征！"然而真相却是，当他被叫去盗贼之窟时，他就和老婆们一样不情不愿。当他将目击到"鬼面鱼"号的消息通过无线电发送到绿色风暴位于唐怀瑟山脉的基地后，他本还指望着会得到感谢，以及一笔丰厚的酬金。他显然没有想到等他一离开天空之城，就会被一队狐狸精型飞艇劫持，一路拖到了这里来。

"哟，说得像真的似的！"他的妻子们互相以手肘轻轻推着对方，咕咕哝哝地说。

"绿色风暴没像他尊重他们那样尊重他，还真是遗憾呢！"

"确实是认可他的服务呢！"

"想想看一路跟过来，我们丢了多少生意啊！"

"我妈告诫过我不要嫁给他的。"

"我妈也说过！"

"还有我妈妈！"

"他明白这是一场空！瞧瞧他的脸色有多着急！"


布林科先生走出停泊在混乱嘈杂的机库中的"昙花一现"号，一脸的着急，不过当一位美丽的中尉匆匆赶过来向他敬礼时，他的表情顿时转变为宽厚的笑容。韦杰理·布林科有一个致命弱点，那就是喜欢年轻漂亮的女人，所以他娶了五个。尽管那五个都尖刻、任性，还团结起来对付他，他还是忍不住思量着要不要开口请求眼前这位中尉成为第六个。

"布林科先生？"她问道，"欢迎来到本机构。"

"我记得这儿是叫作盗贼之窟，亲爱的？"

"指挥官希望我们这么叫它。"

"哦。"

"我来带你去见她。"

"她，呃？ 我还不知道你们的组织里有这么多的女士。"

少女的笑容消失了："绿色风暴组织相信男人和女人都必须参与即将到来的对抗牵引主义野蛮人的战争，一起让地球再次变成绿色。"

"噢，当然了，当然了。"布林科先生赶快说道，"我再赞成不过了……"他并不喜欢这一类交谈： 战争对生意来说真是不能再糟了。不过过去几年对反牵引联盟来说一直不太好： 伦敦几乎驶抵永固寺的城门，它派出的特工焚毁了北方空中舰队。那意味着去年冬天阿尔汉格尔斯克袭击斯匹兹卑尔根定居城时，根本没有多余的飞艇前往支援，于是北方最后一座反牵引联盟的大城被吞进了掠食者的肚子。很自然地，联盟中的一些年轻军官对于最高议会的犹豫不决失去了耐心，渴望着要复仇。但愿不会有什么结果。

他一边尾随着中尉，一边试着评估这座基地的实力。停泊台上有两架全副武装的狐狸精型飞艇就绪待命，还有许多身穿白色制服头戴黄铜蟹壳盔的战士，全都戴着绘有绿色风暴闪电标志的臂章。高度戒备，他想着，目光飞快地掠过战士们的蒸汽动力机枪。但为了什么呢？ 基地之外，一无所有的荒原后方，究竟发生了什么，才会引起这一切？ 一列士兵大踏步经过他身边，抬着大大的金属箱子，箱子锁得紧紧的，上面还印着小心轻放和最高机密的字样。一个小个子的光头男人在制服外面套了一件透明的塑料外衣，正大呼小叫地对着士兵们嚷嚷："这回一定要小心了！ 不要推挤！ 那些可是敏感的仪器！"感觉到了布林科的目光后，他朝布林科望了过来。在他的双眉之间有一个小小的文身，形如一枚红色的轮子。

"你们究竟在这里做什么？"布林科询问他的陪同人员。他跟着她走出机库，沿着潮湿的隧道和阶梯，向上爬啊爬，穿过山岩的中心。

"这是机密。"她说道。

"可是你告诉我的话当然没问题吧？"

中尉摇摇头。她是一个粗鲁的、指手画脚的、军事化的姑娘，布林科心想，完全不是成为第六位布林科夫人的材料。他将注意力转向过道墙上贴着的海报。它们画着联盟的飞艇正向移动城镇倾泻火箭弹，上方还有愤怒的标语，告诫读者要**摧毁所有的城市**。海报之间，刷着各种路标，指向牢房、兵营、各个炮台，以及实验室。这听上去也很奇怪。反牵引联盟向来对科学技术不屑一顾，他们认为任何比飞艇或是火箭发射器更加复杂的技术都是野蛮的，最好无视它们。显然，绿色风暴并不这么想。

布林科先生开始感觉有些担心了。


指挥官的办公室就在小岛山顶的那几幢旧房子之一里。它曾是红色洛奇的卧房，墙上装饰着粗俗的壁画。指挥官古板地用白色的石灰将墙粉刷了一遍。不过粉刷层很薄，每每有淡淡的画中人脸隐隐显露出来，就像是一个个死去海盗的鬼魂抗拒地注视着贼窟的新房客。另一侧墙上，有一扇巨大的圆形窗户，窗外一片荒凉。

"你就是布林科？ 欢迎来到本机构。"

指挥官非常年轻。布林科先生一度盼望她能是个漂亮姑娘，然而实际上她是一个神情严厉的小荡妇，有着黑色的短发和黝黑肤色的脸庞："你就是那个在天空之城目击'鬼面鱼'号的特工？"她开口问道。她的双手不停地反复握紧又松开，仿佛是烦躁不安的棕色蜘蛛。还有她用漆黑色的双眼盯着他的那种眼神！布林科怀疑她是不是有那么点疯狂。

"是的，阁下。"他紧张地说。

"你确定是它吗？ 没有错？ 这不是某个你编造出来以骗取绿色风暴赏金的故事？"

"不，不！"布林科赶紧说道，"诸神在上，不是的。 那就是风花的飞艇，清清楚楚明明白白！"

指挥官转身离开他，走到窗边，透过结着盐花的玻璃，瞥向迅速暗下来的天空。片刻之后，她说道："一队狐狸精型飞艇从我们的某个秘密基地起飞去拦截'鬼面鱼'号。它们全军覆没。"

韦杰理·布林科不知该说何是好："哦，天哪。"他鼓起勇气开口道。

指挥官再度转身朝向他，不过她背朝明亮的窗口站着，布林科看不清她的表情："在永固寺偷走了'鬼面鱼'号的那两名野蛮人潜入者，也许看上去像是野外的小乞丐，然而他们其实是受过高度训练的伦敦特工。所以他们无疑运用了他们那可恶的狡诈骗过了我们，并摧毁了我们的舰队，然后往北飞入了冰封荒原。"

"这个，嗯，绝对可能，指挥官。"韦杰理·布林科一边附和，一边却心想着这听上去是多么的不可能。

她朝他走近。她身形矮小瘦削，然而目光灼灼，仿佛要刺进布林科的双眼："我们有许多狐狸精型飞艇。绿色风暴日益壮大。一大批联盟指挥官站在我们这边，都准备好了输送战士和飞艇来加强我们的基地。我们所缺少的是一个情报网络。这就是为什么我们需要你，布林科。我要你为我找到'鬼面鱼'号，以及驾驶它的野蛮人。"

"那个，嗯，哎，那可能，好吧。"布林科说。

"你的服务将得到丰厚的报酬。"

"有多丰厚？我不想让自己看起来像个佣兵，可我到底有五个老婆要养活……"

"一旦你将那艘飞艇送来这里，就给你一万。"

"一万！"

"绿色风暴给予其仆人丰厚奖赏。"指挥官向他保证道，"然而我们同样也惩罚那些背叛我们的人。要是你向任何人透露关于这件事的一句话，或者你在本机构里看见的东西，我们会找到你，然后杀了你。以一种相当痛苦的方式。明白了吗？"

"噫！"布林科尖叫一声，手里颠来倒去地翻弄着自己的帽子。"嗯，我能问一下是为什么吗？我的意思是，为什么这艘飞艇这么重要？我以为它也许有某种纪念意义，好比是联盟的某种标志，可它看上去根本不值——"

"它值得我给你出的价。"指挥官首度露出微笑，这是一个淡淡的、冰冷的、痛苦的微笑，就好像是某个人在感谢远房亲戚来参加葬礼。"'鬼面鱼'号以及偷了它的那两个野蛮人也许对我们在这里的工作极其重要。"她说道，"你只要知道这个就够了。找到它，并将它带给我，布林科先生。"

# 10　奇珍陈列室

安克雷奇所有的医生都死了。能够为彭尼罗教授找到的最好的护士就是掌舵委员会的温窦莲·派,她曾经上过急救训练课程。在冬宫上层的一间豪华客房里,她坐在彭尼罗教授的床边,用纤细的手指握着他的手腕,对照着怀表细数脉搏。

"我认为他只是晕过去了。"她宣布道,"可能是虚脱了,或是那场可怕的冒险经历所带来的后遗症。可怜的绅士。"

"那为什么我们现在还没倒下啊?"赫丝塔很想知道这一点,"我们也同样经历了那可怕的冒险,但你可不会见到我们像老处女一样动不动就晕一地。"

派小姐自己就是个老处女,于是严厉地瞪了赫丝塔一眼:"我想你们应该让教授一个人静一静。他需要安宁的环境和全天候的照料。快走,现在,你们所有人……"

赫丝塔、汤姆，还有鱼鸭退到走廊里，温窦莲·派在他们身后紧紧地关上了门。汤姆说："我想他只是一时间受不了刺激。这么多年来他一直努力想找人来赞助他第二次前往美洲探险，然后突然间发现女藩侯要将她的整座城市都驶向那里……"

赫丝塔笑了："这不可能！她疯了！"

"肖小姐！"鱼鸭惊呼一声，"你怎么可以说这种话？女藩侯是我们的统治者，也是冰雪诸神在地上的代言人。就是她的祖先，铎莉·拉斯穆森，将第一座安克雷奇的幸存者们带到了安全地方。所以将我们再次领往新家园的使命，很自然地也应该落到一位拉斯穆森的身上。"

"我不明白为什么你要为她辩护。"赫丝塔咕哝道，"她对待你就像是对待她鞋底上黏着的什么东西一样。还有，我希望你明白，你那样翻来覆去变换装束可骗不过任何人的眼睛。我们都看得出只有一个你。"

"我没想要骗过任何人。"鱼鸭极为庄严地回答道，"女藩侯必须得到特定的一群仆从和官员的服侍：司机、厨师、管家、听差，等等。不幸的是，他们都死了。所以我必须得填补缺口。我以我的力所能及来维护古老传统的延续。"

"那之前你是干什么的？司机还是管家？"

"我是女藩侯的侏儒。"

"她要一个侏儒做什么？"

"女藩侯的宫廷中总是有一名侏儒，来为女藩侯逗乐。"

"怎么做的？"

鱼鸭耸耸肩："就靠长得矮，我猜。"

"这很搞笑吗？"

"这是传统，肖小姐。在安克雷奇，自从瘟疫降临以来，我们一直为我们的传统而感到高兴。你们的房间到了。"

他分别推开两个房间的门。这两个房间与彭尼罗的那间在同一条走廊上，但要再往前走一小段路。每一间房间都有高高的窗户，一张大床，以及硕大的供暖管道。每一间的大小都抵得上"鬼面鱼"号的整条船舱。

"它们看上去很好。"汤姆满怀感谢地说，"不过我们只要一间就够了。"

"不可以。"鱼鸭说着，快步跑进第一间客房里，调节管道上的控制开关，"在冬宫，异性的未婚年轻人同居一室可是闻所未闻的。会发生各种搂抱亲热。完全不可以。"某一条管道内的窸窣之声让他分神了片刻，然后他回头给了赫丝塔和汤姆一个狡黠的眼色，"然而，在这两间房之间有一道连通的门，假如有人想要从门里溜过去，哎，没人会知道的哟……"


但是，有些人知道安克雷奇发生的几乎每一件事情。在一片幽蓝之中，他们望着面前的屏幕，在一个图像粗糙的鱼眼镜头视角中，看见汤姆和赫丝塔跟着侏儒走进第二间房间里。

"她太丑了!"

"她看上去不太开心。"

"长了那么一张脸,谁会开心得起来?"

"不,不是那样的。她在嫉妒。你没看到弗蕾娅望着她的男朋友时的眼神吗?"

"我看够了这一组。我们切换吧。"

图像变化,跳转到了其他视角:在自家起居室里的阿丘克一家,独自在家的斯卡比俄斯,还有引擎区以及农业区内稳定不倦的运行……

"我们该不该给阿丘克家带句话?"当鱼鸭调节完毕第二间房间的管道,准备离开的时候,汤姆问,"他们也许还等着我们回去。"

"早就说过了,先生。"鱼鸭说道,"你们现在是拉斯穆森家族的客人了。"

"斯卡比俄斯先生听到这话可不会太开心。"赫丝塔说,"他看上去一点都不喜欢我们。"

"斯卡比俄斯先生是一个悲观的人。"鱼鸭说,"这不是他的错。他是一个鳏夫,而他的独子艾克斯尔则死于瘟疫。他承受着失去亲人的痛苦。不过他没有权力阻止女藩侯将你们引为宾客。你们俩在冬宫都能得到热烈欢迎。假如你们想要什么东西,只需打铃呼唤仆人——

哦，好吧，就是我。晚宴会在七点举行，但要是你们能够早一点下来的话，女藩侯想要带你们参观她的奇珍陈列室。"

她的什么？赫丝塔想，但她不想在汤姆面前显得愚蠢又无知，于是便闭口不言。等鱼鸭离开了，他们打开两间房之间的连通门，一起坐在汤姆的床上，弹上弹下地试着弹簧垫。

"美洲！"汤姆说，"想想看！她非常有勇气，那个弗蕾娅·拉斯穆森。几乎没有城市敢于跑到格陵兰以西，更没有任何城市曾经试图抵达死亡大陆。"

"因为那是死亡大陆。"赫丝塔酸溜溜地说道，"要是我，可不会为了彭尼罗的一本书而让整座城市冒险。"

"彭尼罗教授了解他所讲述的那些事情。"汤姆以拥护者的口气说道，"再说了，他也不是唯一一个报道在美洲发现绿野的人。"

"你的意思是，那些老飞行员的传说？"

"嗯，是的。还有斯诺利·奥瓦尔逊的地图。"

"你告诉过我的那个地图？那个在任何人来得及检查它之前就及时消失了的地图？"

"你是在说教授撒谎了？"汤姆问。

赫丝塔摇摇头。她不确定该说些什么，她只是难以接受彭尼罗的那些关于原始森林和高尚土著的故事。然而她有什么资格来质疑他呢？彭尼罗是一位著名探险家，写了很多书，而赫丝塔甚至根本没读过一本书。汤姆和弗蕾娅相信他，他们俩都比赫丝塔更了解这些事情。她只是没法将那个每次有导弹逼近"鬼面鱼"号时就发抖尖叫的懦弱小个子，与一位和熊搏斗并和美洲土著人交朋友的勇敢探险家画上等号。

"明天我去见阿丘克。"她说，"看看他是否能加快修复'鬼面鱼'号的进度。"

汤姆点点头，但他没有看着她。"我喜欢这儿。"他说道，"这座城市，我是说。它让人很伤感，然而也很美。它让我回想起伦敦城中最美好的那些地方。而这座城市又不会跑来跑去地吞食其他城镇，像伦敦以前做的那样。"

赫丝塔的脑海中想象着在他俩之间有一条裂缝正在变大，就像是冰上的裂痕，眼下还非常细，但很可能不断变宽。她说道："这只是另一座牵引城，汤姆。不管是贸易者还是掠食者，它们都是一样的。在上面很美好，可在下面就会有奴隶、尘土、苦难，还有腐败。我们越快离开，就对我们俩都越好。"


六点的时候鱼鸭回来接他们，领着他们沿一条长长的螺旋形阶梯往下走，来到一间接见厅中，弗蕾娅·拉斯穆森已经等在那里了。

女藩侯看上去曾经做了一番努力想要将她的头发打扮一下，却中途放弃了。她透过打理得过长的刘海朝她的客人们眨眨眼睛，说："我恐怕彭尼罗教授依然身体欠佳，不过我相信他会好起来的。要是冰雪诸神只是想让他死掉的话，就不会送他来这儿了，不是吗？　那样的话不公平。但你一定会对我的奇珍陈列室感兴趣的，汤姆，身为一位像你这样的伦敦历史学家。"

"好吧，什么是奇珍陈列室？"赫丝塔问道，她再也受不了被这个娇惯的少女无视。

"是我的私人博物馆。"弗蕾娅说，"我的百宝架。"她打了个喷嚏，然后便等待侍女来帮她擦鼻子，片刻后才想起侍女们都死了，于是就在自己的袖口上擦了擦。"我热爱历史，汤姆。所有那些被发掘出来的古老事物。仅仅是普通东西，一度被普通人使用，时光却将它们变得独一无二。"汤姆迫不及待地点点头，于是弗蕾娅笑了起来，感觉自己遇见了一个血缘相同的灵魂，"我还小的时候，我一点也不想当女藩侯。我想当一名历史学家，就像你还有彭尼罗教授那样。所以我建立了自己的博物馆。来瞧瞧。"

鱼鸭在前头引路，他们经过一条又一条走廊，穿过巨大的舞厅，豪华的水晶吊灯被包在一层层的防尘罩下，束之高阁。一路上女藩侯谈笑风生。他们走出舞厅，进入一座玻璃幕墙的回廊。灯光照进外头的一片漆黑中，映出飞旋的雪片和一座冰封的喷泉。赫丝塔将双手插进口袋，紧紧握着拳头，跟在汤姆后面。她不光长得漂亮，她想，她还读过所有他也读过的书，她还了解历史，即便如此她还想要众神更加公平。她就像是汤姆的镜像。我该怎么才能和那样的人竞争呢？

他们的行程终止于一座环形门厅，门口由两尊潜猎者守卫着。当汤姆认出它们那棱角分明的轮廓时，他瞬间朝后闪避，几乎恐惧得叫出声来。因为曾经有一个这样的古代装甲战斗机器，一度追逐他和赫丝塔穿过了半个大狩猎场。紧接着鱼鸭点亮了一盏氙气灯泡，汤姆便看清那两尊潜猎者仅仅是古董，它们只是从冰下挖掘出的生锈的金属外骨骼，站在弗蕾娅·拉斯穆森的奇珍陈列室入口处作为装饰品。汤姆瞄了一眼赫丝塔，想看看她是不是也和他一样惊恐，但她正看向别处。没等他来得及唤起赫丝塔的注意，鱼鸭已经打开了锁着的门，女藩侯领着他们穿过门口，走进她的博物馆。

汤姆跟随她走进尘埃与昏暗的房间，心中升起一种仿佛回家了的奇怪感触。其实，这间大房间看上去更像是一间废品店，而不像他过去在伦敦习惯了的精心摆设的陈列馆，然而这里同样是一座遍布宝藏的洞窟。自从六十分钟战争以来，冰封荒原上曾经有过至少两个文明兴起然后又衰落，而弗蕾娅拥有每一个文明的重要文物。这里还有一座安克雷奇的模型，是它还是一座固定不动的城市时候的样子。还有一整架子的来自蓝金文化的瓶罐，以及一些冰原怪圈的照片，这是一种偶尔会在冰封高原上遇见的神秘现象。

汤姆像梦游一样徜徉在展览品之间，完全没有注意到赫丝塔有多不情愿跟上来。"快看！"他一边叫着，一边兴奋地回头扫了一眼，"赫丝塔，快看！"

赫丝塔一眼望去，视线所及尽是她缺少相关知识而无法理解的东西，还有在展览柜的玻璃门上映出的她自己狰狞丑陋的脸。她看见汤姆从她身边走开，对着某尊残破的古代石像惊呼连连。他看上去是如此地得其所哉，以至于她觉得自己的心快要碎了。

弗蕾娅最心爱的珍宝之一就悬挂在靠近房间里侧的一个柜子里，那是一张几乎完美无瑕的银色金属薄膜，在全世界各地的美帝国垃圾填埋场都曾有过发现，古代人把它叫作"锡纸"。弗蕾娅站在汤姆身边，凝视着它，同时高兴地看见他们俩的脸紧挨着映在锡纸微微起伏的表面上。"他们有过这么多的东西，那些古代人。"

"太神奇了。"汤姆悄声地赞同道，因为柜子里的这件藏品是如此古老而又珍贵，简直令它有种神圣的感觉——由历史女神的手指亲自点化，"想想看，曾经存在过如此富有的人们，他们竟然能将这样的东西随手乱扔！即使是他们之中最贫穷的人也生活得像一位市长大人。"

他们继续走向下一件藏品：一组那种经常能在古代垃圾堆里发现的奇怪的金属环，其中某些还仍然附带着一片泪滴形的吊坠，上面印着一个单词：拉。

"彭尼罗教授并不同意这些东西是被丢弃的。"弗蕾娅说，"他说那些被现代考古学家称作垃圾堆的遗迹其实都是宗教中心，古代人在那里向他们的消费者之神献祭珍贵的物品。你没有读过他的那本书吗？书名叫作《垃圾？垃圾！》。等我借给你一本……"

"谢谢你。"汤姆说。

"谢谢你，殿下。"弗蕾娅纠正道。但她笑得如此甜美，很难让人感觉到她的话伤人。

"当然了。"她一边伸出手指划过玻璃陈列柜上的灰尘,一边继续说着,"这个地方真正需要的是一位馆长。曾经有过一位,不过他死于瘟疫,或者走了。 我忘了是哪一种。现在一切都积满灰尘,有些东西还被偷了,一些精美的古老珠宝,还有一两件机器——尽管我想不出谁会要它们,还有他们是怎么溜进来的。可是,一旦我们到达美洲,保存过去的历史就非常重要。"她再度微笑着朝他看了过来,"你可以留下来,汤姆。我很希望能有一位体面的伦敦历史学家来运行和维护我的小小博物馆。你可以扩充它,将它向公众开放。我们可以将它命名为拉斯穆森研究所……"

汤姆更深深地呼吸了几口博物馆里的空气,吸进尘土、地板蜡,以及蛀蠹的动物标本带着霉味的气息。在他还是一个历史学徒的时候,他渴望着逃开去进行一场冒险,可是现在他的整个生活就是一场冒险,于是再度回到一间博物馆工作的想法反而显得出奇地具有诱惑力。随后他的目光越过弗蕾娅,看见赫丝塔正望着他,身形削瘦、孤独,半掩在门口的阴影中,一只手举着她那条红色的旧围巾遮住自己的脸。这是他第一次觉得她有些烦。要是她更漂亮些,更开朗些就好了!

"对不起。"他说,"赫丝塔不会愿意留在这里的。她在天上的时候最开心了。"

弗蕾娅盯着另一名少女。她并不习惯有人在她提供职位的时候拒绝她。她开始喜欢上了这个英俊的年轻历史学家。她甚至开始猜想,冰雪诸神将他送来这里，是不是为了弥补安克雷奇没有合适的男生留下的缺憾。可是为什么，哦为什么，他们决定要将赫丝塔·肖和他一起送过来？那姑娘不仅仅是丑陋，根本就是恶心，她站在弗蕾娅与这个棒小伙子之间，就好像一个恶魔守卫着一位被施了魔法的王子。

"哦，好吧。"她说道，就仿佛他的拒绝一点都没有让她失望似的，"我听说阿丘克需要花几个星期来修理你的飞艇。所以你有充足的时间来仔细考虑一下。"还有充足的时间，她默默地在心里加了一句，来甩掉那个讨厌的女朋友。

# 11  不安的灵魂

那天晚上汤姆睡得很好，还梦见了博物馆。赫丝塔躺在他身边，几乎睡意全无。床很大，大得她还不如就睡在另一个房间算了。她所喜欢的那种睡觉方式，是紧紧依偎着汤姆睡在"鬼面鱼"号狭窄的舱铺上，脸埋在他的头发里，膝盖顶着他的膝弯，他俩的身体相互贴合，就好像拼图游戏的两块碎片。而在这张又大又软的床垫上，汤姆在睡梦中翻了个身便离开了她身边，只留下赫丝塔独自躺在一堆汗津津皱巴巴的床单之中。这间屋子也太热了，干燥的空气令她的鼻子里面发疼，天花板上管道里传来咔嗒作响的金属声，这是一种微弱而又恐怖的噪声，就好像一群老鼠在墙壁里爬。

最后她穿上外套和靴子，走出宫殿，走进了凌晨三点街道上的刺骨严寒之中。一架螺旋形阶梯向下延伸，穿过一道热闸，进入了安克雷奇的引擎区。这片地区不断回响着连绵的撞击噪声，球形的锅炉和燃料槽像蕈类一样一簇簇地堆积在甲板支撑柱之间。赫丝塔朝着舰尾方向走去，心想，这下我们能瞧瞧小小冰雪女王是怎样对待她的劳工们的了。赫丝塔期待着能够将汤姆从对这个地方的喜爱中惊醒。她会带着下层区状况的报告回去，让他吃不下早餐的。

她经过一条铁铸的架空步道，巨大的齿轮在她两侧呼呼旋转，发出吱吱的摩擦声，就如同身在一座庞大的时钟内部。她跟随着一条巨型的节段管道，往下走到一层下沉式的甲板，这儿有一个个起起伏伏的活塞，由一组她从来没见过的拼凑组装起来的古代科技引擎所驱动；这是一系列装着护甲的球体，发出柔和的嗡嗡颤音，并射出紫色的光束。男男女女的人们在四下里忙忙碌碌地走来走去，有的带着工具箱，有的驾驶着大型多臂劳作机械，但这里没有赫丝塔以为会见到的戴着镣铐的奴隶或是昂首阔步的监工。弗蕾娅·拉斯穆森不带表情的脸出现在了一张张贴在甲板支撑柱上的海报上，正俯视着这片区域，当工人们从海报下方经过时，都会尊敬地微微颔首。

也许汤姆是对的，赫丝塔一边想，一边沿着引擎井的边缘蹑手蹑脚地往前走。也许安克雷奇的确就像它看起来那样文明而又和平。也许他在这里会感到幸福。这座城市说不定还真能坚持行驶到美洲，而他能作为弗蕾娅·拉斯穆森的博物馆馆长留在这里，向土著部落传授关于他们的遥远祖先所创造的世界的知识。他可以把"鬼面鱼"号当成他的私人空中游艇保留下来，到了休假的时候就驾着它前往闹鬼的沙漠里去搜寻古代科技……

可是,他不会需要你了,对不对? 她的内心深处有一个苦涩的声音轻轻地说。可没有了他,你又能做什么呢?

赫丝塔试着想象没有汤姆的话自己的生活会是如何,但她想象不出。她一直明白当前的生活不会永远持续下去,可临到现在,终结近在眼前了,她却想要大喊,还没呢! 我还想要更久! 就再快快乐乐地过一年。或者两年……

她擦去不断模糊了视线的眼泪,匆匆朝艉部走去。她能感觉到清凉的新鲜空气从城市的巨型热循环工厂上方某处吹来。那些古怪引擎的节拍声在她身后渐渐淡去,取而代之的是一种持续不断的尖锐嗞嗞声,当她越接近船尾时就越响。几分钟之后,她走进了一条横跨整座城市的封闭通道。通道上有一面防护屏障,由一片片钢网构成,在它外面,安克雷奇的巨大后轮无休无止地滚动着,上面映照着迷离闪烁的北极光。

赫丝塔横穿过这条通道,将脸贴在冰冷的网格上,透过网格望出去。巨轮擦得亮如明镜,在一连串反射的倒影之间,她能看见轮上凸出的金属尖刺,无止境地在她面前滚过,然后砸进冰面,推动安克雷奇不断前行。轮子带起一蓬冰面融水所形成的细小清冷的雨滴,甩出的冰碴叮叮当当地撞在防护屏障上。有一些冰块很大。离赫丝塔站立处几码开外,一片网格被砸松了,每当有冰块撞上来,就朝里摆动,露出一个豁口,小块冰碴和碎冰从口子里飞进来,喷洒在通道里。

要钻过这个缺口真太容易了! 接着会有片刻自由坠落,然后轮子就会从她身上碾过，只在冰上留下一抹会被迅速遗忘的鲜红。那样的话，会不会比看着汤姆从她身边离去更好？ 死掉的话，会不会比再度孤单一人更好？

她伸手去抓不断拍动的网格边沿，但突然之间，一只手抓住了她的手臂，同时一个声音对着她的耳朵吼道："艾克斯尔？"

赫丝塔一旋身，探手摸刀。索伦·斯卡比俄斯就站在她身后。当她转身的时候，看到他的眼中闪烁着希望和泪花，随后他认出了她，于是他的脸恢复到了习惯性的抑郁不乐状态。"肖小姐。"他嘟哝道，"在黑暗中，我还以为你是——"

赫丝塔从他身边退了开去，掩起自己的脸。她不知道他看着她有多久了。"你在这里做什么？"她问，"你想要什么？"

斯卡比俄斯用愤怒来掩饰自己的尴尬："我可以问你同样的问题，女飞行员！你是来窥探我的引擎区的，是不是？ 我想你一定看了个够。"

"我对你的引擎不感兴趣。"赫丝塔说道。

"不感兴趣？"斯卡比俄斯再次伸手，抓住了她的手腕，"我很难相信这一点。我的家族不断地完善斯卡比俄斯球体，已经持续了超过二十代人。这是全世界最高效的引擎系统之一。我肯定你会想去告诉阿尔汉格尔斯克或是拉格纳洛尔[1]，告诉他们假如吞噬我们的话就会

---

1. 在冰封荒原上活动的牵引城。名字可能源于北欧神话"诸神的黄昏"。

找到什么样的财富。"

"别犯傻了。"赫丝塔呸了一声,"我不会去领掠食者的赏金!"她忽然有一个念头,生硬而又冷酷的念头,就仿佛一枚敲击着她背后网格的冰凌。"话说回来,艾克斯尔是谁? 他不是你的儿子吗? 鱼鸭提起过的那个? 死掉的那个? 你是不是以为我是他的鬼魂或什么的?"

斯卡比俄斯放开了她的胳膊。他的怒气迅速消退,就像是火上被泼了一盆凉水。他的目光射向驱动轮,仰望天空中的极光,就是不去看赫丝塔。"他的灵魂仍然徘徊。"他低声呢喃道。

赫丝塔发出一声短促、丑陋的笑声,然后停了下来。这老人相当认真。他飞快扫了她一眼,然后转开视线。他的脸被飘忽不定的光辉映亮,突然显得柔和起来。"雪疯族相信死者的灵魂住在极光里,肖小姐。他们说,在极光最明亮的晚上,那些灵魂会下凡,徘徊在冰封高原上。"

赫丝塔什么也没有说,只是佝起肩,他的疯狂和悲痛让她很不舒服。她笨拙地说道:"没有人能从幽冥之乡回来,斯卡比俄斯先生。"

"但是他们的确会的,肖小姐。"斯卡比俄斯诚恳地点头,"打从我们开启前往美洲的旅程,就有人亲眼见到了鬼魂出没。东西从锁着的房间里消失。人们听见脚步声和说话声从某些自从瘟疫降临起就封闭起来的区域里传出。这就是为什么只要我工作间隙有空,而极光又最盛的时候,我就下到这里来。我至今已经瞥见了他两眼:一个金发少年，从阴影中望着我，我一看到他，他就消失了。在这座城市里已经没有活着的金发少年。那就是艾克斯尔，我知道那就是他。"

他又凝视了一会儿明亮的天空，然后转身走开了。赫丝塔望着他，直到他高高的背影消失在走廊另一头的转角处。望着，思索着。斯卡比俄斯真的相信这座城市能够抵达美洲吗？他究竟关心这一点吗？还是说，他追随女藩侯那不足道的计划，仅仅是因为他希望能够在冰封高原上找到儿子的鬼魂正等待着他？

她战栗起来。直到现在她才意识到城市的艉部这儿是有多么冷。尽管斯卡比俄斯离开了，赫丝塔依然有种被人盯着的感觉。她颈后的寒毛竖了起来。赫丝塔回顾身后，在一条通道的入口处，她看见了——或者以为她看见了——一张苍白模糊的脸，飞快地隐入黑暗之中，只留下一个淡金色脑袋的残像。

没有人能从幽冥之乡回来。赫丝塔知道这一点，但这不能阻止她所听过的每一个鬼故事开始在她脑海里翻腾。她转身拔腿就跑，以她最快的速度，穿过突然间变得危险潜伏的黑暗，回到忙碌的街道上。

在她身后，在悬挂于艉部走廊上方的缠结管道之间，有个金属的东西迅速跑过，发出咔嗒咔嗒的声音，然后沉寂了下来。

## 12　未受邀请的客人

关于鬼魂，斯卡比俄斯先生既说对了，也说错了。他的城市的确在闹鬼，但那不是死人的灵魂。

闹鬼事件大约在一个月前开始，而且不是在安克雷奇，而是在格里姆斯比，一座恰如其名的非常奇怪而又隐秘的城市[1]。起初是一个轻微的声音：一声空洞的敲击，就好像一根手指对着玩具气球紧绷的皮膜蹭了一下。接着是一丝静电噪声，又有麦克风被拿起时发出的"咔嗒"一声，随后泰摩房间天花板上的耳朵便开始对他说起话来。

"起来，孩子。醒醒，我是大叔。有件活儿要你去干，泰摩，孩子。是的。"

---

1. 格里姆斯比（Grimsby）是英国的一座港口城镇，其名字来源于英国传奇故事中的人物渔夫格里姆，意为"格里姆的村子"。而 grim 在古北欧语中意为"遮掩面容的，丑陋的"，在英语中又有"阴森，冷酷"的含义。

泰摩从一堆杂乱的梦境中缓缓清醒，骇然意识到这一切都是真的。他从铺位上翻身爬起来，东倒西歪地站直身体。他的房间比一个碗橱大不了多少，除了一张架子般宽的铺位和几块壮观的潮渍之外，房间里仅有的东西就是天花板中央的一大团电线，处于中间的摄像头和麦克风。孩子们管这些设备叫作大叔的眼睛和耳朵。不存在大叔的嘴巴。尽管如此，它还是照样正在对他说话。

"你清醒了吗，孩子？"

"是的，大叔！"泰摩说道。他尽量不让自己的话语显得含糊不清。昨天他一直都在盗贼馆努力工作，那里有迷宫般的走廊和楼梯，大叔设计了这些以训练孩子掌握不被人觉察的隐秘盗窃技艺。当一群年纪更小的孩子在这片迷宫里钻来钻去时，泰摩就尽力去抓他们。他上床的时候已经快累死了，肯定已经睡了好几个小时，可是他感觉就好像熄灯之后才过了几分钟一样。泰摩用力晃了晃脑袋，竭力将浓重的睡意从他的脑海里甩出去。"我清醒了，大叔！"

"很好。"

摄像头向下朝着泰摩延伸过来，这是一条闪光的长蛇，由金属片衔接而成，一只独眼眨也不眨，带着一种能将他催眠的力量。泰摩知道此刻在老镇公所顶层大叔的住处，他的脸正在某块监视屏上被对准了焦距。一时冲动之下，他抓起床上的被单，用它来掩盖自己赤裸的身体："你想要我做什么，大叔？"他问道。

"我给你准备了一座城市。"那个声音回答道，"安克雷奇。一座可爱的冰原小城，运气不佳，正往北行。你要乘坐贝壳船'钻孔虫'号前往那里行窃。"

泰摩身披一条被单，一动不动地站在那里，盯着摄像头，努力思索着想要找些合情合理的话来说。

"哎呀，孩子。"大叔呵斥道，"你难道不想要这份工作吗？ 你难道不觉得自己能统率一条贝壳船吗？"

"哦，当然了！是的！是的！"泰摩急切地叫道，"只是——我以为'钻孔虫'号是隆透于[1]的船。不是该他去，或者另外某个年纪更大的孩子去吗？"

"不要质疑我的命令，孩子。大叔最有道理。我恰好派隆透于去南方执行另一项工作了，所以我们人手不足。通常情况下我不会让一个小孩子来负责盗窃行动的，不过我认为你已经够格了，而安克雷奇又是一个难以舍弃的丰厚奖品。"

"是，大叔。"泰摩听过别人谈论南方的那项神秘行动，越来越多的大孩子和一艘艘更好的贝壳船都被调派到了那项行动中去。有传闻说，大叔正计划着一场在他漫长的职业行窃生涯中堪称最胆大包天的打劫行动，可是没有人知道那究竟是怎么回事。不过这可不关泰摩的事，特别是，如果隆透于不在，就意味着泰摩能统率一艘他自己的贝壳船啦！

---

1. 名字原文是 Wrasse，即"隆头鱼"，所以作为人名，用了谐音。

泰摩今年十四岁，已经参加过了十几次贝壳船行动，但他一直觉得要再等上至少两个行动季之后，才能得到机会，指挥自己的船。贝壳船的指挥官通常都是年纪更大的孩子，他们都是些魅力四射的人物，在城镇上层有着自己的家，与泰摩一向以来居住的小柜橱有天壤之别。他住的地方位于盗贼馆上方的潮湿楼层里，咸水不断从生锈铆钉的周围渗进来，饱受重压的金属整晚整晚地哼着阴森森的调子，大家都知道这些房间毫无预兆就会爆裂，杀死住在里面的孩子们。假如他这次行动能够成功，把大叔喜欢的东西带回家，他就能和这些又脏又破的住处永远地说再见了！

"你要带上考川[1]一起去。"大叔说道，"还有一个菜鸟，舒寇叶。"

"舒寇叶[2]！"泰摩一声惊呼，等他想让自己的语气听上去不那么难以置信时已经太晚了。舒寇叶是他那一整个年级里最垫底的：紧张不安，笨手笨脚，性格好像天生就吸引年长的孩子去欺负他。舒寇叶从来就没能在不被抓住的情况下通过盗贼馆的第二层。一般都是泰摩抓住的他，在他落入其他教练之手前，赶快把他拖出去。其他教练，比如考川，对于将失败的学生痛扁一顿可是乐在其中的。泰摩根本数不清有多少次他领着那个脸色苍白痛哭流涕的孩子回到菜鸟们的

---

1. 名字原文是 Skewer，即"烤串"，所以作为人名，用了谐音。
2. 名字原文是 Gargle，即"漱口液"，所以作为人名，用了谐音。

宿舍去。而现在，大叔却要他带着那个可怜的小子去执行一项真正的任务！

"舒寇叶手脚不快，不过他脑子好使。"大叔说道（大叔总是了解你在想什么，即使你什么都没有说出口），"他擅长机械。也精于操纵摄像头。我让他在档案室干过，现在我想把他挪上来，全天留在这里，不过首先我想要你带他出去，让他看看一名迷失小子的生活该是什么样的。我之所以叫你去，是因为你比隆透于和乌圭[1] 还有其他人都更加有耐心。"

"是，大叔。"泰摩说道，"你最有道理。"

"对极了，我就是这样。日班一开始，你要赶紧乘上'钻孔虫'号。带些漂亮玩意儿回家来给我，泰摩。还有故事。很多很多的故事。"

"是，大叔！"

"泰摩，还有——"

"什么，大叔？"

"不要被人抓到。"


于是，一个月之后的现在，距离格里姆斯比数百英里之外，泰摩便置身于此，屏住呼吸趴在阴影之中，等待着赫丝塔的飞奔脚步声慢慢消失。当他来到这里后，是什么影响了他，令他不断冒着这些风

---

1. 名字原文是 Turtle，即"乌龟"，所以作为人名，用了谐音。

险？一名好的窃贼永远不会让自己被发现，可是泰摩几乎很肯定那个年轻的女飞行员已经看见了他，至于斯卡比俄斯……泰摩浑身战栗，心中想象着要是大叔听说了这些之后会发生什么。

当他确信自己独自一人之后，他溜出藏身之处，沿着一条秘密通道几乎毫无声息地快速下行，走进"钻孔虫"号，这艘船隐秘地悬挂在安克雷奇腹部下方的油污暗影里，距离驱动轮并不远。这是一艘锈蚀斑斑、摇摇欲坠的老旧贝壳船，但泰摩为它而骄傲，为它仓库里早就堆满了他和船员们从上头城市里的废弃工房和宅院中偷来的东西而骄傲。他把新近带回来的一袋赃物与其他赃物倾倒在一起，然后从码放起来的大包小包之间钻过去，走进前舱。在那里，"钻孔虫"号的三人船员组中的另外两人正等待着他，周围环绕着机械的柔和嗡嗡声，以及一块块不断闪烁着蓝光的屏幕。当然，他们全都看见了。当泰摩静悄悄地跟踪赫丝塔穿过引擎区时，另两人一直用秘密摄像头跟踪着她，眼下他们俩仍然还因为她与引擎主管之间的对话而咯咯笑个不停。

"喔哦哦哦！鬼魂！"考川咧嘴大笑着说道。

"泰摩，泰摩。"舒寇叶叽叽喳喳地说道，"老斯卡比俄斯认为你是个鬼魂！他那死掉的儿子回来向他问好啦！"

"我知道。"泰摩说，"我听见了。"他挤过考川身边，坐进某张嘎吱作响的皮椅。在经历了上方城市的清冽寒冷之后，"钻孔虫"号的杂乱闷热忽然之间让他感觉烦躁。泰摩瞧了一眼他的同伴们，他们仍旧面带傻笑地望着他，期待他加入他们俩一起来嘲笑老斯卡比俄斯。与此同时，和他刚见过的那些人相比，他们俩显得更小，更没有生气。

考川与泰摩同样年纪，但个子更高大，更强壮，更加自信。有时泰摩会觉得奇怪，大叔为什么没有让考川来指挥这次行动，有时候考川的玩笑话里隐藏的锋芒让泰摩猜想考川也在想着同样的事情。舒寇叶才十岁，双眼总是因为他仓促到来的第一次盗窃行动而圆睁着。他看上去没有注意到他们俩之间的紧张气氛。他就如泰摩所担心的那样既笨拙又没用：干不了盗窃的活，每当有一个旱地人走近他，他就害怕得一动也动不了，大多数时候他从城市里探险回来，双手都在颤抖，裤子则湿透了。考川总是能第一时间利用别人的弱点，他会无情地嘲笑和欺负舒寇叶，不过泰摩拦下了他。泰摩还记得自己的第一趟活儿，与两个不友好的年长孩子们挤在位于海洋城市格但斯克[1]下方的一艘贝壳船里。每一个盗贼都得从头开始。

考川还在咧嘴大笑："你的功夫变差了，泰摩！叫人看见了你。你运气好，那老头是个疯子。一个鬼魂，呃！等我们回家之后告诉别人！鬼魂泰摩！喔呜呜呜呜！"

"这不好笑，考川。"泰摩说道。斯卡比俄斯先生说的话让他感觉焦躁和奇怪。他不确定原因何在。泰摩在船舱的窗上检视自己的倒影。他在搜索在斯卡比俄斯的办公室时见过艾克斯尔的肖像，与他没

---

1. 波兰北部沿海地区最大的城市和最重要的港口，德语中叫做"但泽"。

有多少相似之处。斯卡比俄斯的孩子要年长得多，又高又帅，眼睛湛蓝。泰摩的身型纯然是个盗贼，瘦得像把万能钥匙，而他的眼睛则是黑色的。不过他们两人都有同样的凌乱的淡金色头发。一个心碎的老人，在阴影或雾气中偶尔瞥见一个金发的脑袋，可能立刻会得出肯定的结论，不是吗？

他猛地惊觉，意识到考川正在同他说话，而且已经同他说了有一会儿了："……而且你知道大叔所说过的话。盗窃第一守则——不要被人抓住。"

"我是不会被抓住的，考川。我很小心。"

"嗯，那么你怎么会被看到的？"

"每个人都有运气不好的时候。上一个行动季里，'盗贼钞票'号上的大个子马确不得不拿刀捅了一个旱地人，因为那人在阿尔汉格尔斯克的下层甲板上看到他了。"

"那不一样。你花了太多时间去观察旱地人。假如仅仅是在屏幕上观察，那就完全没事，可你在上头闲逛亲眼去观察他们。"

"他就是那么做的。"舒寇叶附和道。他急于讨好考川，"我看到过他那么做。"

"闭嘴。"考川说着，不假思索地踢了那孩子一脚。

"他们很有趣。"泰摩说。

"他们是旱地人！"考川不耐烦地说，"你知道大叔是怎么说旱地人的。他们就像牲口。他们的脑子没有我们转得快。这就是为什么我们去拿他们的东西是正确的。"

"我明白！"泰摩说。和考川一样，在泰摩还是个菜鸟的时候，就在盗贼馆里被结结实实灌输了这些。"我们是迷失小子。我们是世界上最好的盗贼。每一件没有钉死的东西都是我们的。"然而他明白考川说得没错。有时候泰摩感觉就好像自己根本不是生来为了当一个迷失小子的。他更喜欢看人们，而不是偷他们。

他从座位里一跃而起，从摄像头控制开关上方的一个架子上取下他最新的一份报告；十三页弗蕾娅·拉斯穆森所用的最好的办公笔记纸，上面写满了泰摩大大的脏兮兮的字迹。他朝考川的脸挥了挥这几张纸，一边朝船尾走去："我要去把这个发回基地。要是大叔不能每周收到一份最新报告，他会发火的。"

"要是因为你的缘故让我们都被抓了，大叔也会发火，和那个比起来，你说的根本就不算什么。"考川嘟嘟囔囔地说道。

"钻孔虫"号的鱼舱就在男孩们的卧舱底下，同样充满了污浊的汗臭和没洗过的袜子味道。这儿有十个装传信鱼的架子，不过其中三个已经空了。泰摩开始为四号做发射准备的时候，突然感到一阵强烈的后悔。再过六个星期，最后一条鱼就会离开。然后就到了"钻孔虫"号从安克雷奇上解开，出发回家的时候。不过这种感觉很傻，不是吗？他们只是愚蠢的旱地人。只是屏幕上的图像。

传信鱼形如一枚流线型的银色鱼雷，要是它笔直竖立起来，就会比泰摩还高。和以往一样，他检查完传信鱼的燃料箱，然后把他那份卷起的报告放在鱼吻部位的防水隔舱里，泰摩被一股微微的敬畏感所笼罩。遍布于整片北地，每一个像他这样的贝壳船船长都正在将传信鱼送回家给大叔，这样大叔就能知道每一个地方发生的每一件事，于是就能策划更加胆大妄为的行窃。这令泰摩对自己喜欢旱地人的念头感到更加内疚了。他是多么走运才能够成为一名迷失小子啊。他是多么走运才能为大叔工作。大叔最有道理。

几分钟之后，传信鱼从"钻孔虫"号的船腹下滑出来，悄无声息地掉出了安克雷奇底腹错综复杂的阴影，往下直掉到了冰面上。当这座城市继续朝北滑行而去时，传信鱼开始在雪中往下钻出一条路来，往下钻透冰层，耐心地往下，往下，再往下，直到它最终钻通，进入了冰盖下方黑沉沉的水域中。它那依托古代科技的计算机大脑嘀嘀嗒嗒地响了起来。它不是很聪明，但它知道回家的路。它展开粗短的鳍片和一个小小的螺旋桨，朝着南方扑簌簌地飞速离去。

## 13　掌舵塔

　　赫丝塔没有把她的奇怪遭遇告诉汤姆，她不想让他觉得她傻乎乎的，只会唠叨一些关于鬼魂的话。她所看到的那个从阴影中望着她的形象一定是她自己的幻想玩的一出把戏，而至于斯卡比俄斯先生，他疯了。整座城镇都疯了，假如他们都相信弗蕾娅和彭尼罗，相信他们所许诺的冰原前方有一块新的绿色狩猎场的话，汤姆也和他们一起疯了。争论没有意义，试图让他看清真相也没有意义。最好只是集中精力把他平平安安地带走。

　　几天过去，然后又是几个星期，安克雷奇绕过格陵兰绵延的群山屏障，穿越宽阔平坦的海冰，一路向北奔驰。赫丝塔开始把大多数时间用来泡在空港里，看阿丘克先生修理"鬼面鱼"号。她帮不了他多少，因为她不是机械师，不过她还是能帮忙递工具，或是去阿丘克先生的工作室拿些东西，又或是从他的旧保温瓶里帮忙倒几杯滚烫的紫黑色可可。赫丝塔觉得光是留在那里，她也许就能帮上忙，让"鬼面鱼"号能带她离开这座鬼城的日子早点到来。

有时候汤姆也和她一起待在机库里，但更多的时候他都离得远远的。"阿丘克先生不希望我们俩同时待在边上。"他告诉赫丝塔说，"我们只会碍他的事。"不过他们俩都对真正的原因心知肚明：汤姆太享受他在安克雷奇的新生活了。直到现在他才意识到自己是有多么怀念牵引城上的生活。是由于引擎，汤姆这样告诉自己：是那种微弱的、舒适的振动，让一座座建筑仿佛有了生命；是那种你正向着某个地方前进的感觉，每天早上醒来，都能在卧室的窗外看到一片新的风景——即使那只是另一片满是黑暗和冰雪的景象。

而且，即使汤姆不愿意对自己承认，弗蕾娅可能也是原因之一。汤姆经常与她在奇珍陈列室或是宫廷图书馆里见面。尽管会面相当正式，鱼鸭和派小姐总是会候在一旁，汤姆还是感觉他正在渐渐地了解女藩侯。她激起了他的兴趣。弗蕾娅一点都不像赫丝塔，倒是很像他当年还是伦敦城里的一个孤单学徒时所做的白日梦里的姑娘们，既漂亮又世故。说实在的，她有点儿势利，还热衷于礼仪，不过假如你记得她是如何被抚养长大的，以及她又经历了什么事，那些就都能够让人理解了。他越来越喜欢她了。

彭尼罗教授安全康复了，并搬到了总领航员的正式住所里，那是一座形如剑刃的高塔，被称作掌舵塔，位于冬宫附近，就在神殿边上。它的最上层是城市的控制舰桥，不过下面就是一套豪华寓所，彭尼罗一脸满意神态地住了进去。他一直都认为自己是一个相当伟大的人物，能登上一座所有其他人也都这么想的城市可真是太愉快了。

当然，他完全不懂该如何真正地驾驶一座冰原城市，所以引导安克雷奇的日常实际工作仍旧是由温窦莲·派来做的。她和彭尼罗每天早上都在一起待一个小时，仔细查看城里为数不多的几张西部冰原的模糊地图。其余时间里他就在他的桑拿房里放松，或是在客厅里跷起脚来无所事事，或是去拉斯穆森大道以及终极商场的废弃时装店拾荒，捡来各种华贵衣物以配合他的新职务。

"当我们降落在安克雷奇时，可真算是安全着地啦，汤姆，亲爱的孩子！"某一个暗沉似夜的极地午后，当汤姆前来造访时，彭尼罗如此说道。他挥着一只珠光宝气的手，朝他那间巨大的起居室晃了一圈，房间里有华丽的地毯和装帧精美的油画，有熊熊火焰在黄铜三脚盆里燃烧，还有能够越过重重屋顶眺望浮掠而过的冰原的大窗。窗外狂风呼啸，卷起飞雪横扫整座城市，但在总领航员的住所里，唯有温暖与宁静。

"顺带一提，你们的飞艇修得怎么样了？"彭尼罗问。

"哦，挺慢的。"汤姆说道。实际上，他已经好几天没靠近空港了，不清楚"鬼面鱼"号的修理工作进展如何。他不喜欢过多地去想这件事，因为当修理完成时，赫丝塔就会想要离开，把他从这座可爱的城市和弗蕾娅的身边拖走。不过，他想，教授表现出了对这事的兴趣，还是挺友善的。

"前往美洲的旅程又如何了呢？"汤姆问，"一切都还好吗，教授？"

"好极了！"彭尼罗高声喊着，舒舒服服地在一张沙发上坐下来，整了整他的硅丝羽绒长袍。他给自己又倒了一杯酒，也给汤姆递了一杯："总领航员的酒窖里有一些上好佳酿，要是不尽我们所能多喝一点，简直就是浪费，别等到为时已晚……呃……"

"你应该把最好的酒留下来庆祝你抵达美洲。"汤姆在这位伟人脚边的一把小椅子上坐了下来，说道，"你定下航线了没有？"

"嗯，既有，也没有。"彭尼罗轻快地说道。他一边拿着高脚杯一边做手势，酒溅得沙发的毛皮套子上都是。"既有也没有，汤姆。等我们到了格陵兰西边，就只需要一路径直溜着冰过去。温窦莲和斯卡比俄斯做了非常复杂的计划，要从很多可能现在根本已经不存在了的岛屿中间，之字形地穿插过去，然后再沿着美洲的西岸行进。所幸我告诉了他们一条简单得多的线路。"他指着墙上的一幅地图说道，"我们快速横穿巴芬岛[1]，进入哈得孙湾[2]。那里是厚实、坚固、可靠的海冰，一直延伸到北美大陆的核心地带。这正是我上次返程回家的路

---

1. 加拿大东部的岛屿。
2. 加拿大东部的内海，与大西洋相连。

线。我们嗖的一下穿过去，然后就可以升起后轮，只需要用履带就能驶入那片绿色土地。完全就是手到擒来。"

"我真希望能和你一起去。"汤姆叹了口气。

"不，不，亲爱的孩子！"探险家严厉地说道，"你的归属是在鸟道上。等你的船一修好，你和你的，呃，可爱的伴侣，必须回到天空中去。顺带一提，我听说伟大的女藩侯把我的几本书借给你了？"

听他提到了弗蕾娅，汤姆顿时脸红了。

"那么，你是怎么理解这些书的，嗯？"彭尼罗给自己又倒了一些酒，继续说道，"觉得好吗？"

汤姆不知该怎么说才好。彭尼罗的书绝对能让人热血沸腾。可问题是，对于汤姆那在伦敦接受了培训的思维来说，某些架空历史学家的历史书有一点太架空了。在《美丽的美洲》里，彭尼罗记载他看见古代摩天大楼的钢梁残架穿破死亡大陆的尘土直插云霄——但没有其他任何探险家描述过这种景象，因为那些钢架无疑会被久远年代的无尽风沙所侵蚀殆尽。彭尼罗见到它们的时候，是产生了幻觉吗？然后，在《垃圾？垃圾！》一书中，彭尼罗又宣称在古代遗迹中偶尔会发现的那种微型玩具火车和汽车，其实根本就不是玩具。"毫无疑问，"他如此写道，"这些机械是由一种微型人类所驾驶的。而这种微型人类则是古代人出于他们自己的某些未知理由而使用基因工程技术所制造的。"

汤姆并不怀疑彭尼罗是一位伟大的探险家，只不过当彭尼罗一坐到打字机前面，他的想象力似乎就变成脱缰野马了。

"怎么样，汤姆?"彭尼罗问，"别害羞。一位好作者从不会拒绝建设性意见。我是说，假设性愚见……"

"哎，彭尼罗教授!"温窦莲·派的喊声从墙上的黄铜通话管里响亮地传了出来，"快来! 瞭望员报告说在前方的冰原上发现了什么!"

汤姆觉得自己的身体开始发冷，脑海中浮现出一座掠食城市潜伏在那儿的冰原上，可彭尼罗仅仅耸了耸肩:"那头愚蠢的老母牛觉得我又能做什么?"

"嗯，你现在是总领航员，教授。"汤姆提醒他道，"像这种时候，也许你是应该在舰桥上的。"

"名誉誉誉总领航员，蒂姆。"彭尼罗说道。汤姆意识到他已经喝醉了。

汤姆耐心地扶着醉醺醺的探险家站起来，引着他走向一座小型私人电梯。电梯飞快地载着他们到了掌舵塔的最顶层。他们走出电梯，来到一座玻璃墙的屋子里。派小姐正紧张地站在与引擎区相连的电报机边上，而她手下的小职员则将各种地图在领航桌上铺开。一名魁梧的舵手此刻正等候在城市的庞大舵轮边上，等待着来自掌舵塔的指令。

彭尼罗瘫倒在他们路过的第一张椅子里，但汤姆快步走到玻璃墙边，等候雨刷刮过墙外，以便能匆匆瞥一眼前方的景象。浓密的雪幕席卷全城，除了最近的几幢建筑外都难觅踪迹。"我看不见——"他开口道。但随后，暴风雪的一阵短暂间隙，让他看见了北方远处的一片闪烁灯光。

在安克雷奇前方的空地上，出现了一座猎杀型郊镇。

# 14　郊镇

　　弗蕾娅正努力为晚餐安排请客名单。这是一件困难的工作，因为根据悠久的传统，只有那些最高等级的公民才有资格与女藩侯共同进餐，而这意味着眼下就只有斯卡比俄斯先生了，可没人会认为他是一位用餐良伴。当然，彭尼罗教授的到来带来了无尽的乐趣——城市的总领航员与她共坐一桌，还是能令人接受的——但就算是教授的那些迷人的故事，也渐渐开始让人提不起劲了，而且他还显露出了饮酒过量的趋势。

　　弗蕾娅真正想要邀请的人是汤姆（尽管此刻置身于书房中，坐在自己的书桌前，她不愿意承认这一点）。只有汤姆，单独一人，这样他就能在烛光下凝视着她，对她述说她有多么美丽——她肯定他会愿意这么做。问题是，汤姆只是一个普通飞行员。就算弗蕾娅打破所有传统邀请他，他也会带着他那个丑陋的女朋友一起，而那可根本不是弗蕾娅所希望的夜晚。

她叹息一声，沉重地跌进座椅里。书房墙上，历代女藩侯的肖像温柔地俯视着她，弗蕾娅不禁猜想要是她们处在这种境地，又会怎么做。但她们当然从来没有处于这样的境地过。城市的古老传统在她们身上总是十分见效的，为她们提供了简单而又不会出错的指导，什么可以做，什么又不可以做——她们的生活有规律得就像一只发条钟表。是我的运气差，在好时光不再的时候要留下来执政，弗蕾娅阴郁地想。是我的运气差，与一大堆不再适用的规矩和传统一起留了下来。

可是她明白，要是她脱下这件名为传统的盔甲，她就会不得不面对各种各样的新问题。瘟疫过后，人们还留在她的城市里，仅仅是因为他们崇敬女藩侯。假如弗蕾娅不再表现得像一位女藩侯，他们还会不会做好准备跟着她的计划走？

弗蕾娅继续制订请客名单。当鱼鸭冲进来，然后又冲出去，按照传统在门上敲了三下的时候，她刚刚在左下角涂鸦完一只小狗。

"你可以进来了，管家。"

鱼鸭上气不接下气地又一次进来，帽子前后都戴反了："对不起，殿下。掌舵塔传来了坏消息，殿下。掠食者，迫在眉睫。"

当弗蕾娅来到舰桥时，风雪重又严严实实地汇聚起来，外面除了漫天飞雪之外，什么也看不见。

"怎么了？"她走出电梯，在鱼鸭还没来得及宣布她的到来之前开口问道。

温窦莲·派惊恐地微微行了一个屈膝礼："哦，冰原之光！我很肯定那是狼獾镇！就在暴风雪袭来的前一刻，我相当清楚地看见了它巨颚后方的那三座钢铁高塔。它一定是早就等候在那里，希望能猛咬一口前往格陵兰的那些捕鲸镇……"

"狼獾镇是什么？"弗蕾娅问道。她真希望自己以前用心地听过她那些费用昂贵的私人教师的授课。

"给，殿下……"

直到汤姆开口，弗蕾娅才注意到他。现在，看着他，她就觉得体内有一小撮温暖滋生开来。汤姆递过来一本折起一角书页的书，说道："我已经在《凯德牵引城年鉴》里查过了。"

弗蕾娅微笑着从他手中接过书，但当她翻到汤姆折起的那一页，看到凯德小姐绘制的草图以及下方的标注时，她脸上的笑容消失了：

**狼獾镇：** 一座讲盎格鲁语的郊镇，自牵引历 768 年起迁徙到了北方，成为了冰封高原上最令人恐惧的小型掠食城之一。它那些硕大的巨颚，还有它将饱受虐待的奴隶充入它的引擎区的传统，令它成为了一座让人避之不及的城镇。

弗蕾娅脚下的甲板急剧颤抖起来。她啪的一声合起书本，脑海中闪现狼獾镇的众多巨颚已经紧咬在她的城市身上的画面——然而这只是斯卡比俄斯球体正在停止工作。安克雷奇放缓了脚步，在瘆人的静默中，弗蕾娅只听见碎冰啪啪地打在玻璃墙上。

"出什么事了？"汤姆问，"是引擎出故障了吗？"

"我们正在停下来。"温窦莲·派说道，"因为暴风雪。"

"可前面有一座掠食城啊！"

"我明白，汤姆。时机太不凑巧了。可是当超强暴风雪来临时，我们总是停下来系锚。不这么做的话异常危险。冰封高原上的最高风速可以飙到每小时五百英里。这样的风真的是能掀翻小城市的。69年的冬天，可怜的老斯格莱林港[1]就是这么被翻了个肚朝天，像只甲虫一样。"

"我们可以降履。"弗蕾娅建议道。

"犟驴？"彭尼罗尖叫道，"什么驴？ 我有过敏的……"

"殿下指的是我们的履带，教授。"派小姐解释道，"它们能够提供额外的牵引力，但可能还是不够，尤其是在这样猛烈的暴风雪中。"

狂风呼啸着赞同她的话。玻璃墙向内微拱，发出吱吱的声音。

"那座狼獾镇又如何呢？"彭尼罗问道，他依旧颓然坐在椅子里，"他们也会停下来，对不对？"

---

1. 基于现实中挪威的斯古德尼斯港，斯格莱林在古北欧语中是"北美洲原住民"的意思。

每个人都望着温窦莲·派。她摇了摇头："很抱歉地说，他们不会。彭尼罗教授。他们比我们更低，也更重。他们应该能直接穿过这样的暴风雪。"

"咿呀！"彭尼罗抽泣着说，"那样的话我们肯定要被吃掉了！他们肯定是在风雪降临前就已经知道了我们的方位！他们只要闻着味道过来，然后啊呜一口！"

尽管彭尼罗醉醺醺的，汤姆却觉得他是舰桥上唯一一个言之有理的人。"我们不能坐在这里啥也不干等着被吃掉！"他附和道。

派小姐瞄了一眼风速计上不停旋转的指针："安克雷奇从来没有在这么强烈的风中移动过……"

"那么现在也许就是尝试的时候！"汤姆大声喊道。他转向弗蕾娅，"跟斯卡比俄斯说！告诉他关掉所有的灯光，改变航线，以最快的速度穿过暴风雪。就算被吹翻也比被吃掉要好，不是吗？"

"你怎么敢如此和殿下说话！"鱼鸭吼道。然而弗蕾娅却被感动了，她很高兴汤姆能如此为她的城市着想。不过尽管如此，还是必须考虑到传统。她说道："我不确定我是否可以这么做，汤姆。从来没有一位女藩侯曾经下过这样的命令。"

"但也没有一位女藩侯曾经向着美洲出发。"汤姆一针见血地说道。

在他背后，彭尼罗奋力站起身来。在鱼鸭或任何其他人来得及阻止之前，彭尼罗一把将汤姆推到旁边，扑向弗蕾娅，紧紧抓住她饱满的双肩，不断摇晃着她，直到她全身的珠宝都在哗哗作响。"照着汤姆说的做！"他高声喊道，"照他说的做，你这个愚蠢的小笨蛋，赶在我们都变成狼獾镇肚子里的奴隶之前！"

"哦，彭尼罗教授！"派小姐尖叫道。

"把你肮脏的爪子从殿下身上挪开！"鱼鸭大吼着抽出剑，瞄准了探险家的膝盖。

弗蕾娅挣脱身，惊愕不已，怒气冲冲，火冒三丈，从脸上抹去彭尼罗的唾沫星子。从来没有人用这种方式和她说过话，一时间，她心里只想着，这就是我打破传统任命一个平民跻身高位的后果！随后她想到了狼獾镇，它正穿过暴风雪向她的城市急速驰来，一张张巨大无比的铁颚现在可能已经张开，肠子中的锅炉熊熊红亮。弗蕾娅转向她的领航员们，说道："我们要照汤姆说的做！别光站在那儿干瞪眼！提醒斯卡比俄斯先生！改变航线！全速前进！"

城市的锚从风刷雪扫的冰面上拔了出来，斯卡比俄斯球体核心处的神秘球体开始再度旋转。在安克雷奇的裙翼下，液压臂支撑着宽大的履带伸了出来，伴随着一股蒸汽和抗冻液喷出，履带猛地开始加速移动。它们向下放去，直到履带上的钉刺抓住冰面。狂风捶击着城市的上层建筑，安克雷奇在风中轻轻摇摆，转向一条新的航线。假如冰雪诸神大发慈悲，狼獾镇不会探测到安克雷奇的这一机动花招——但狼獾镇自己的航线指向何方，它又在那片翻腾的黑暗中做什么，这些都只有冰雪诸神才知道。此刻暴风雪盘踞在天空之中，狂烈的极地风暴将安克雷奇上层废弃建筑物的屋面盖板和百叶窗撕扯下来，将它们飞旋着送上高空。安克雷奇熄灭所有的灯光，盲目地冲进伸手不见五指的黑暗之中。

当城市改变航线时，泰摩正在引擎区的一座空置工房里，往他的贼赃口袋里塞机械零件。突如其来的移动几乎令他失去平衡。他将袋子紧紧贴着身体搂住，以防里面的收获发出丁零当啷的响动，同时溜了出来，飞快地沿着现在他已经走熟了的迷宫般街道，走向引擎区的核心，斯卡比俄斯球体就安置在那儿的地坑中。他蹲在两个空的燃料斗之间，听见工人们相互呼喊，匆匆奔向各自的岗位，这才渐渐明白发生了什么。泰摩弓着背往阴影中躲得更深些，思考着该怎么做。

他明白自己应该怎么做，大叔的规定是很清楚的。当一座寄主城市面临着被吞吃的危险，任何附着在其上的贝壳船必须立刻脱离并逃走。这是基本原则的一部分：不要被抓住。要是有一条贝壳船被发现，北地的所有城市就会明白这么多年以来他们是如何成为猎物被洗劫的，于是就会开始安排守卫，加强安保措施。迷失小子的生计就会难以为继了。

尽管如此，泰摩并没有动身往"钻孔虫"号走。他不想离开安克雷奇，不想现在离开，也不想像这样离开。他想告诉自己是因为这座城市是他的私田：仍旧有很多好货色等着他去拾取，没有任何一座愚蠢的掠食郊镇可以从他手里抢走这些。贝壳船的货舱才装了半满，他绝不能第一次指挥行动就提前灰溜溜地回家！

然而即使表面上为了狼獾镇的鲁莽行动而怒火中烧，泰摩的内心深处却很明白，这并不是真正的原因。

泰摩有一个秘密。这个秘密是如此隐秘而见不得光，以至于他根本没法开口跟考川或舒寇叶说起。这个恐怖的真相就是，他喜欢上了这些正被他盗窃的人。泰摩知道这是不对的，但他就是情难自已。他关心着温窦莲·派，她害怕自己不够出色不能很好地驾驶城市前往美洲，泰摩为她心中的这种隐秘恐惧而感到同情。他为斯卡比俄斯先生而担忧，也为鱼鸭、阿丘克一家，以及在引擎区、牲畜棚、藻类农场工作的男男女女的勇气而感动。他对汤姆感到亲近，因为汤姆友好善良，还在天空中过着精彩的生活。（泰摩觉得，要是大叔没有把他带走成为一个迷失小子，他本可能会和汤姆十分相像。）

至于弗蕾娅，泰摩找不到任何词语来形容她在他心里激起的各种前所未有的感情。

斯卡比俄斯球体轰鸣的声调转高，城市猛地一倾，剧烈晃动起来，陆续有沉重的物体砸到甲板上，在泰摩藏身之处后方的街道上滚来滚去。但他清楚自己不能离开，现在他已经对这些人十分了解，他不能放弃他们。泰摩要试试看运气等待这场追逐结束。考川和舒寇叶不会在他不在的情况下脱离，即使他们能看到他躲在这里，他们也无法知道他心中所想。泰摩可以告诉他们，在如此的一片混乱之中，自己不敢尝试回到"钻孔虫"号上。一切都会没事的。安克雷奇会幸存下来。他相信派小姐和斯卡比俄斯及弗蕾娅能够挺过去。

汤姆以前经常从伦敦第二层的观景甲板上观看追猎城镇，当他的家乡追逐那些小型工业镇或者笨重的贸易镇时，他会为伦敦而欢呼。然而他以前从来没有站在猎物的角度经历过追逐，他对这种体验的感觉一点也不好。汤姆真希望自己手头有什么活要干，比如像温窦莲·派和她手下的职员们那样，忙着把更多的地图摊开，用咖啡杯压住地图卷曲的四角。自从追逐开始以来，他们已经喝了数不清的咖啡，并且不断将祈求的眼神投向掌舵塔里的神龛中的冰雪诸神雕像。

"他们为什么都这么紧张？"汤姆转向弗蕾娅，问道。弗蕾娅就站在他附近，和他一样无所事事。"我的意思是，风势还没那么糟，对吗？不会真的把我们掀翻吧？"

弗蕾娅紧抿着嘴唇，点了点头。她比汤姆更加了解她的城市，她能感觉到一阵阵令人不安的颤抖沿着甲板传递，那是狂风正将它的手指插进城体外壳下面，想要将它扯起来。而让他们担惊受怕的还不止是风。"冰盖大部分地方有一千英尺厚，在有的地方，甚至往下直接连到海床。不过有些地方要薄一些。有的地方还有冰间湖——就好像是大片冰原中央有着一个个未结冻的水所形成的湖泊——还有冰原怪圈，它们更小一些，不过要是我们的某个滑橇板陷进去了，还是足以让我们翻倒过来。冰间湖不难躲避，因为它们差不多是固定不变的，所以标在了派小姐的地图上。但怪圈却是在冰原上随机出现的。"

汤姆回想起了奇珍陈列室里的那些照片："它们是什么引起的？"

"没有人知道。"弗蕾娅说道，"也许是冰下的海流，或者是城市路过时的震动。你经常能在一座城市路过之后看到冰原怪圈。它们极其怪异。浑然纯圆，边缘光滑。雪疯族说它们是鬼魂切出来的钓鱼洞。"她笑了起来，能够谈论冰封高原上的神秘怪谈，而不去思虑外头风暴中真真切切的掠食者，这一点让她颇为高兴。"冰封高原有着各种各样的传说。好比幽灵蟹——巨大的蜘蛛蟹似的东西，像冰山一样大，人们见过它们在极光的照耀下四处飞跑。我小的时候一度经常做噩梦见到它们……"

她靠近汤姆，直到她的手臂擦到了他上衣的袖口。弗蕾娅感到自己十分勇敢。一开始很吓人，要反抗旧日传统，不过现在他们正穿越风暴奔驰，与狼獾镇以及安克雷奇的传统作对抗，于是便不仅仅是吓人了。心神振奋，用这个词可以形容。她很高兴汤姆与她在一起。要是他们这一次能幸存下来，弗蕾娅决定，她要打破另一项传统，邀请汤姆与她共进晚餐，二人时光。

"汤姆……"她说道。

"小心！"汤姆大喊，"派小姐！那是什么？"

在安克雷奇建筑群屋顶的昏暗轮廓之上，一排灯光突然间大放光明，射破黑暗，接着闪过一个个硕大无比的爪齿巨轮，还有建筑物上明亮的窗户，全都沿着与安克雷奇的新航线成直角的方向飞速掠过。

那是狼獾镇的尾部。它上面的瞭望哨看见了安克雷奇，沉重的巨轮随即反向旋转起来，但这座郊镇的众多巨型钢颚令它转向缓慢，而且风暴也再度压了下来，在猎物的视野中，浓密激扬的飞雪将掠食者遮掩住了。

"感谢魁科！"汤姆轻声说着，如释重负地笑了起来。弗蕾娅紧紧捏着他的手指。汤姆这才发现，在刚才看见掠食者时的震惊之下，他们俩相互拉住了对方，她那温暖、丰满的手躺在他的掌心里。汤姆迅速放开她的手，尴尬不已。打从这场追逐开始以来，他完全没有想到过赫丝塔。

派小姐不断下命令改变着航向，驾驶着城市深入暴风雪的迷宫。一个小时过去了，然后又是一个小时，一种松了口气的感觉渐渐地渗进掌舵塔中。狼獾镇不会浪费更多燃料尝试整晚追踪他们，而到了明天清早，风雪就会抹去他们的踪迹。派小姐逐一拥抱她的同事们，然后是舵手，然后是汤姆。"我们成功了！"她说，"我们逃脱了！"弗蕾娅兴高采烈。彭尼罗教授觉察到危险过去，便在角落里睡着了。

汤姆笑着回应领航员的拥抱，他为活着而感到高兴，为身在这座城市上、在这些友好善良的人中间而感到十分、十分高兴。等暴风雪一停下来，他就要去和赫丝塔谈谈，让她知道他们俩不必在"鬼面鱼"号刚修好之后就飞走。汤姆将手掌张开按在航图桌上，让安克雷奇引擎持续不断的震颤在他的掌下搏动，这种感觉就像回到了家乡。

狼獾镇空中码头后面的一所廉价旅馆里，韦杰理·布林科的五个老婆脸色青得难看："呕呕呕！"她们呻吟着，紧紧摁着她们娇弱的肚子，因为此时这座郊镇正颠簸摇晃，愤怒地在暴风雪中四处搜索消失的猎物。

"我从来没有到过这么一座讨厌的小镇！"

"这家旅馆就根本没有吸震装置吗？"

"你到底是怎么想的，老公，带我们降落到这儿来？"

"你应该知道在这么小的一座郊镇上是找不到'鬼面鱼'号的踪迹的！"

"我真希望我当时和亲爱的彭尼罗教授一起飞走。那时候他疯狂地爱上了我，你知道的。"

"我真希望我以前听从了我妈妈的话！"

"我真希望我们还在阿尔汉格尔斯克！"

韦杰理·布林科仔细地用一小团蜡塞住耳朵，堵住了她们的抱怨，不过他也又虚弱又害怕，同时怀念舒适的家。该死的绿色风暴，派他来进行这场徒劳无功的追逐！他已经像个雪疯族的空中流浪汉一样，疲惫地跟着穿越冰封荒原，降落在他所见到的每一座城镇上，询问有关"鬼面鱼"号的消息。布林科在新下市问过的人们告诉他，他们曾见过那艘飞艇在击落绿色风暴的战斗机后便向北飞去，不过在那之后就再没见过它。就好像那艘讨厌的飞艇就这么消失了！

布林科隐隐约约地猜到了狼獾镇正想要攫取的猎物：安克雷

奇。要是等暴风雪停了他就起飞，他说不定能发现那座城市，并追上它……可那有什么用呢？他确信那两个年轻的飞行员不可能驾驶着他们那艘老飞艇到这么西边的地方来。除此之外，他开始觉得，他宁可去面对绿色风暴的刺客，也不愿告诉他的妻子们他们还得降落到又一座破败肮脏的港口里。

现在绝对是时候该改变计划了。

他拿出耳塞，正好听到三号老婆哀怨地说着："……现在控制这座镇子的流氓们追丢了猎物，他们会怒发如狂的！我们会被杀掉，而这全是布林科的错！"

"胡说八道，老婆们！"布林科吼道。他站起身来，以此显示他才是一家之主，而穿越暴风雪降落到一座野蛮的郊镇上进行危险的追逐，这也并不能令他灰心丧气。"没有人会被杀掉！等这场暴风雪一停，我们就把'昙花一现'号从机库里拉出来，飞回阿尔汉格尔斯克的家去。我要把我们这次接触过的几座镇子的行踪卖给猎手团，这样的话，我们的这趟旅行就不会叫我们一无所得。至于绿色风暴……嗯，阿尔汉格尔斯克的空中交易所会有形形色色的飞行员路过。我会挨个询问他们。他们之中肯定有某个人知道一些关于'鬼面鱼'号的事情。"

# 15　独自一人的赫丝塔

暴风雪依旧刮个不停，狂风尖啸的音调不断升高。在城市上层，几幢空屋被吹倒了，更多的房子失去了屋顶和窗户。斯卡比俄斯先生手下的两个工人冒险外出，去艏部钉牢一块松动的甲板，但却和那块甲板一起被吹飞了，他们被安全缆绳拖着，就好像放着一只笨重风筝的人那样，消失在了下风处的黑暗中。

赫丝塔与阿丘克先生一起在"鬼面鱼"号的机库中干活，这时阿丘克先生的侄子冲了进来，带来了掠食者追逐而来的消息。赫丝塔的第一反应就是跑去冬宫，到汤姆身边去。可是当她走到外面时，狂风就像一张瞄准了她的床垫那样迎头扑来，把她吹得贴扁在了机库外墙上。她仅仅看了一眼席卷过空旷停机坪的风雪，就知道自己根本没法走得比港务总监的房子更远。赫丝塔坐在阿丘克家的厨房里等待风雪过去，阿丘克夫妇让她喝炖海藻，一边给她讲述从前的几场暴风雪，那几次可都比这次糟得多，不过亲爱的老安克雷奇都毫发无伤地挺过来了。

赫丝塔十分感激他们尽力安慰她的举动，但她不是一个无知少儿，她能看得出在他们的笑容背后，他们其实与她一样害怕。不光是因为这一次顶风而上的行动极不寻常，出乎人们意料之外；还因为他们心里想到了那个掠食者，正等着要吞噬他们。现在还不行！赫丝塔一边想着，一边咬着拇指侧边，连血都咬了出来。我们现在还不能被吃掉。再多给我们一个星期就好，多给几天就好……

因为"鬼面鱼"号几乎就快能够再度升空了。它的方向舵和引擎吊舱均已修复，气囊已经打好补丁，燃料电池也都已充满；它就只差刷上一层新涂料，再对船舱里的电路进行一些小修小补。假如它在能够起飞之前就被吞噬，那可就是天大的讽刺了。

终于，电话铃声响起。阿丘克夫人跑去接听，然后高喊着回来了："是乌米亚克夫人！她从掌舵塔那儿听到了消息，他们说我们已经躲过了狼獾镇。我们只要再多跑上一段路，然后就能下锚，等待风暴过去。显然，是亲爱的彭尼罗教授向殿下建言，无视暴风雪继续前行。他真是一位好绅士！我们都要感谢冰雪诸神将他送来这里。赫丝塔，亲爱的，我还要告诉你，你的那个小伙子很安全。他已经回到了冬宫。"

稍后，汤姆自己也打电话过来，说了差不多相同的话。他的声音通过长长的缠绕的电线一路从冬宫传来，听上去既轻又不自然。他就好像是从另一个时空传话过来。汤姆与赫丝塔相互干巴巴地介绍了几句自己这里的情况："我真希望那时候和你在一起。"赫丝塔将脸凑得离话筒非常近，低声说道，生怕被阿丘克夫人听去。

"什么？再说一遍？不，我们最好留在原地。弗蕾娅告诉我，在这样的暴风雪里，有时候人们会冻死在街道上。鱼鸭开车送我们从掌舵塔回到这里的时候，甲壳虫车差点被吹飞了！"

"现在和弗蕾娅在一起，是吗？"

"啥？"

"'鬼面鱼'号就快准备好了。这个周末我们就能离开。"

"哦！好啊！"她能从他的话音中听出犹豫不决，而在他身后有其他声音在快活地说着什么，宫殿里似乎有很多人，都在举行庆祝。"不过也许我们可以多留一段时间。"汤姆满怀希望地说，"我想要留在城里，直到我们抵达美洲，然后，嗯，我们再看看……"

赫丝塔一边笑着，一边抽噎，她想要开口，但一时间说不出话来。汤姆的声音听上去是如此甜蜜，对这个地方如此喜爱，要是对他发火，或是向他指出她随便去哪儿都不愿意去死亡大陆，就会显得对他不公平。

"赫丝塔？"汤姆说道。

"我爱你，汤姆。"

"我听不太清。"

"没关系。我们很快会见面。等暴风雪停止我们就会见面。"

但暴风雪没有停止的迹象。安克雷奇向西又慢慢地滑了几个小时，急着想要在它与狼獾镇之间拉开尽可能多的冰路，不过也越来越谨慎。现在不光只有冰间湖和薄冰需要留意。城市已经接近了格陵兰的东北沿，山脉从冰层下刺出，会撕裂那些不小心的城市的底盘。斯卡比俄斯先生将动力减到一半，然后又再减一半。探照灯的光柱刺向前方，就像是修长苍白的手指想要拨开风雪帷幕，一支支勘探队被派了出去，驾驶机动雪橇去侦测冰层下的声音。派小姐一遍又一遍地核对她的航图，祈求能看到一眼星空，好确认她的位置。最后，领航员的祈祷并没有得到回应，安克雷奇不得不停了下来。

暗无天日的一天在焦虑中慢慢过去。赫丝塔坐在阿丘克家的炉边，望着摆在他们家中神龛上的已故儿女们的照片，还有挂在墙上的纪念瓷盘收藏。这些瓷盘都是为了庆祝拉斯穆森家族的诞生、婚礼以及周年庆典。每一张脸看上去都与弗蕾娅十分相似。她现在一定是在冬宫里，与汤姆紧紧挨着坐在一起。他们俩也许正在喝着掺了香料的美酒，一边谈论历史以及他们最喜欢的书籍。

赫丝塔的眼中充满了泪水。在阿丘克夫妇开口询问怎么了之前，她便道了个歉，跑回楼上的储藏室里。阿丘克家在那儿为她铺了张床。为什么要不断去想那些让我感觉如此难受的事情呢？她问自己。要让这一切结束很简单。等这场暴风雪宁静下来，她可以去找到汤姆，对他说，已经结束了，要是你愿意就留下来陪你的冰雪女王，看我会不会在乎……

可是她不会这么做。汤姆是她生命中的唯一一抹亮色。这与弗蕾娅和汤姆不同；他们友善亲切，相貌俊美，能够有很多很多的机会寻找到爱情。但对赫丝塔来说，不会再有其他人。"我真希望狼獴镇已经吃掉了我们。"她对自己说，带着头疼渐渐进入梦乡。至少在奴隶营里，汤姆会再一次需要她。

当她醒来的时候，已经午夜，暴风雪停了。

赫丝塔戴上手套和防寒面罩，穿上户外衣物，飞快地走下楼。当她溜过阿丘克夫妇的卧室，从敞开的卧室门里传出了微弱的打鼾声。赫丝塔移开厨房的热闸，来到外面的严寒中。月亮升起来了，低垂在南方地平线上，仿佛一枚遗失在那儿的硬币。借着月光，赫丝塔能够看见上层甲板的所有建筑物都被一层晶莹的冰霜覆盖，在风力的摆弄下，凝冰形成了各种变化万千的冰脊和冰丝。从跨空电缆和空港的龙门起重机上垂下无数冰凌，在微风的吹拂下相互撞击，奏出的诡异旋律回响在整座城市上空，这是唯一打破静谧冰雪世界的声音。

她想要汤姆，她想要与他分享这份寒冷之美。要是在这片废弃的街道上只有他们两人，她就能够向他倾诉她的感受。她跑啊跑啊，穿着借来的雪地靴，飞快地越过一个个雪堆。即使在建筑物的背风处，有些雪堆都能达到她肩膀那么高。寒气灼穿了她的面罩，撕割着她的喉咙。从通往城市下层的楼梯处传来一阵突如其来的欢笑和音乐声，那是引擎区在庆祝安克雷奇逃出生天。赫丝塔被冻得晕乎乎的，一步一步地爬上通往冬宫的漫长坡道。

她拉了五分多钟门铃绳后，鱼鸭打开了门："对不起，"赫丝塔一边说着，一边直冲过热闸，将一股蓬勃的冷空气带进门厅，"我知道现在很晚了。我必须得见汤姆。我认得路，所以不用麻烦你……"

"他不在他的房间里。"鱼鸭不高兴地说着，披紧了他的睡袍，手忙脚乱地拧紧热闸的密封轮，"他在奇珍陈列室里，与殿下在一起。"

"在这个时间段?"

鱼鸭愠怒地点点头："殿下不希望被打扰。"

"她会被打扰的，不管她希不希望。"赫丝塔喃喃地说着，把鱼鸭推到一边，拔腿奔进宫殿的走廊里。她一边跑，一边努力告诉自己这一切都无比正常。汤姆和拉斯穆森家的贵女可能只是去看一眼她那堆举世无双的稀奇古怪的旧垃圾收藏品，然后忘记了时间。她会看见汤姆沉浸在关于 23 世纪陶器或者草帽时代的符文石的谈话之中……

灯光从奇珍陈列室敞开的门口倾泻出来。赫丝塔放慢脚步，接近门口。最好的办法莫过于昂首阔步地走进去，愉快地说声"你们好"，但她不是那种愉快的人，她更多地属于那种潜伏在阴暗角落里的类型。她在一具潜猎者骨架的后面找到了一个阴暗的角落，潜伏了下来。她能听见汤姆和弗蕾娅在交谈着，但听不清他们在谈什么。汤姆笑了起来，赫丝塔的心仿佛提起来又沉了下去。曾经有一段时间，在伦敦毁灭之后，她才是唯一能让他笑起来的人。

她溜出藏身之处，蹑手蹑脚地潜进奇珍陈列室里。汤姆和弗蕾娅在另一头，与赫丝塔之间隔着五六个积满灰尘的展示柜。透过这许多层厚厚的玻璃，她模模糊糊地看见他们的身影，就像一面哈哈镜中的倒影那样波动扭曲。他们站得十分近，他们的语音变得轻柔。赫丝塔开口说话，想要发出一些声音来将他俩的注意力从相互之间引开，但她什么也说不出口。而就当赫丝塔站在那儿旁观的时候，弗蕾娅向汤姆伸出了双臂，他们俩转眼间拥抱在了一起，开始接吻。赫丝塔依然什么声音也发不出来，只能站着，凝望着弗蕾娅白皙的手指在汤姆的黑发之中游移，凝望着汤姆的双手扶在弗蕾娅的肩头。

自从赫丝塔追杀瓦伦丁以来，她再没有感受过如此强烈的想要杀死某个人的冲动。她浑身紧绷，随时准备从墙上的众多古代武器中抓下一柄，对着他们俩砍啊砍，对着他们俩，对着汤姆——对着汤姆！赫丝塔被自己的念头吓呆了，她掉转身，盲目地冲出奇珍陈列室。回廊里有一道热闸，她推开它，冲进了严寒的午夜之中。

她一头扎进一个雪堆，躺在那里，无助地流着眼泪。在她心中翻腾的那个凶恶念头比那一吻本身更加恐怖。她怎么会想到要伤害汤姆的呢？这不是他的错！是那个姑娘，那个姑娘，她对他施了巫术。汤姆从来没有正眼瞧过其他女孩，直到这个臃肿的女藩侯出现。赫丝塔相当确信这一点。她想象着把弗蕾娅杀死。可那又有什么用呢？那样汤姆就会恨她，而且，不仅仅是弗蕾娅，整个这座城市都赢得了他的心。一切都完了。她已经失去了他。她要躺在这里，躺在寒冷之中死掉，当白昼降临，汤姆会发现她冻僵的尸体，随后就会后悔……

可是赫丝塔已经顽强生存了这么久，所以不会就这么轻易死去。几分钟之后，她用双手和膝盖撑起身体，竭力平复急促而痛苦的喘息。冻气钻进她的喉咙，侵蚀她的嘴唇和耳廓，与此同时，一个念头像是一条赤练毒蛇那样盘踞在了她的脑海之中。

这个念头是如此的恐怖，以至于一时间她甚至不敢相信是自己将它构想出来的。赫丝塔擦去一扇窗户上的霜花，一边凝望着自己模糊的倒影，一边思索着。这能行吗？她敢吗？但她除了尝试之外别无选择，这是她唯一的希望。她拉起兜帽，戴上防寒面罩，穿过月光下的积雪，动身前往空港。


对汤姆来说，这是奇特的一天。他被困在冬宫里，暴风雪不断轰击着窗户，而赫丝塔却远在城市的另一端，难以联系上。奇特的一天，以及奇特的一夜。他一直坐在图书馆里，想要集中精力阅读彭尼罗的另一本著作，就在那时，鱼鸭穿着管家的全套服饰出现，告诉他女藩侯想让他与她共进晚餐。

从鱼鸭脸上的表情，汤姆可以看得出这份邀请是一种巨大的荣耀。为此还给他找出了正式的礼袍，刚刚浆洗过，叠得整整齐齐。"它们本属于老管家。"鱼鸭一边对他说，一边帮他穿起礼袍，"差不多正合你身，我觉得。"

汤姆以前从来没有穿过礼袍，当他照镜子时，他看见了一个外貌英俊稳重的人，一点儿都不像他。他跟着鱼鸭朝女藩侯的私人用膳厅走去，他感到非常紧张。风拂动着百叶窗板，似乎不像之前那样凶猛了，所以风暴正在减弱。他要尽快吃完，然后去找赫丝塔。

不过要吃得快真是不可能的事，像这样的正式晚宴可没法吃快。鱼鸭穿着侍从的服饰送上一道又一道菜肴，然后赶回厨房戴上厨师的帽子继续烹调更多，或者跑到酒窖去再拿一瓶来自酿酒城市波尔多移动城的陈年红酒。而且没过几道菜之后，汤姆便发现自己不想要找借口离开到外面正在减弱的暴风雪里头去，因为弗蕾娅是一位很好的同伴，和她在一起的感觉实在不错。今晚她身上有着某种闪耀动人的光彩，就好像她认为自己邀请他共用晚餐是做了一件非常大胆的事情，她谈起她的家族与安克雷奇的历史时比以往更加轻松了，一直追溯到她久远的女祖先，铎莉·拉斯穆森。其人本是一位高中女生，在六十分钟战争之前就预见到了战争的场面，于是带领着她的一小群追随者，在初代安克雷奇被蒸发前离开了那里。

汤姆望着她说话，同时注意到她对自己的头发做了某种尝试，想要做出些相当惊人的效果。她还穿着最闪闪发亮、最少被蛾子蠹蚀的裙子。她是为了他才经历了所有这些麻烦的吗？这个想法让汤姆觉得战栗而内疚。他将视线从她身上移开，却正遇上鱼鸭在清理甜品并倾倒咖啡时投来的指责眼神。

"还有其他需要吗，殿下？"

弗蕾娅喝着咖啡，目光越过杯缘望着汤姆："不，谢谢你，鱼鸭。你可以退下了。我想汤姆和我可能要去奇珍陈列室。"

"当然，殿下。我会陪同你们。"

弗蕾娅抬起头严厉地看着他："没有必要，鱼鸭。你可以走了。"

汤姆感受到了仆人的不安，他自己也感觉有那么一点不安，不过那也许只是女藩侯的酒上了他的头。他说道："嗯，也许换个别的日子……"

"不，汤姆……"弗蕾娅一边说着，一边伸出手来，用她的手指轻触他的手，"现在。今晚。听着，风暴结束了。奇珍陈列室在月光下会很美丽的……"

奇珍陈列室在月光下美轮美奂，但却还比不上弗蕾娅的美。当她带着汤姆走进这个小小博物馆，汤姆便理解了为什么安克雷奇的人民会爱戴她，追随她。要是赫丝塔能更像她就好了！他一直觉得自己这些天在为赫丝塔找借口，说她之所以是现在这个样子，是因为她经历了那些糟糕的事情，可是弗蕾娅也经历过糟糕的事情，却并没有变得阴郁和愤怒。

透过蒙着积雪的玻璃窗，月华照射了进来，改变了一切熟悉的物品的形态。展示柜中的那一片金属箔就好像变成了一扇通往另一个世界的窗口，而当弗蕾娅在它反射出的迷蒙光芒下转过身来，面对着他时，汤姆明白她想要他吻她。就仿佛有某种奇怪的引力将他俩的脸拉到了一起，当他俩的嘴唇接触时，弗蕾娅发出了一声轻柔的满足声。她向汤姆贴得更近了，汤姆的双臂在没有他指挥的情况下自动环抱住了她。她的身上散发着一种淡淡的没有洗澡的汗味，一开始闻着有点怪，随后就变得极为甜美。她的长裙在汤姆的手中变皱了，她的嘴里有肉桂的味道。

然后有什么东西——在门口传来一个轻微的声音，随后一股冷风从外面的走廊里吹进来——令弗蕾娅抬头瞥了一眼，汤姆趁机强迫自己将她轻轻推开。

"那是什么？"弗蕾娅问，"我觉得听到了有什么人……"

汤姆走回门口，他很高兴有个借口能从她那温暖又诱人的气息中离开："没人。我想那只是供暖管道的声音。它们总是一直咔嗒作响。"

"是的，我明白，那是一条讨厌的管道。我肯定在我们来到冰封高原之前，他们从来没有使用过它……"她再度靠近过来，伸出双手，"汤姆……"

"我得走了。"他说道，"已经很晚了。对不起。谢谢你。"

汤姆飞快地跑上通往他房间的楼梯。他努力不去想嘴里残留的弗蕾娅的温暖肉桂味道，而是想着赫丝塔。可怜的小赫！当他在电话里与她说话时，她听上去是那么的孤独。他应该到她那儿去。他只需先躺一会儿来整理思绪，然后他就会穿上御寒衣物，出发去空港。这张床真的好软！他闭上了双眼，感到房间在旋转。喝了太多酒了。只是因为酒，才让他吻了弗蕾娅的。 他爱的是赫丝塔。那么为什么他没法不去想弗蕾娅呢？"你这个笨蛋！"他大声地说。

在他头顶上，供暖管道发出咔嗒的声音，就好像里面有什么东西也在赞同着，但是汤姆并没有留意，因为他已经进入了梦乡。

　　赫丝塔并不是唯一一个撞见汤姆与弗蕾娅接吻的人。当考川和舒寇叶外出打家劫舍的时候，泰摩独自坐在贝壳船的前舱里，百无聊赖地切换着不同的监视频道，就在这时，他突然停在了汤姆和弗蕾娅相互拥抱的镜头上："汤姆，你这个傻瓜。"泰摩低声说道。

　　泰摩最喜欢汤姆的一点就是他的善良。在格里姆斯比，善良并不是被人看重的美德。那里鼓励年长的孩子折磨比他们年少的孩子，而年少的孩子长大之后便轮到他们折磨另一批新人。"终生有益的好练习。"大叔说，"用拳头说话，这就是世界的真理！"但也许大叔从来没遇到过汤姆这样的人，对别人友善，同时除了对方的友善之外也不期待其他回报。陪着赫丝塔·肖一起出来，让这个又难看又没用的姑娘感觉被人爱、被人需要，还有什么比这种行为更加善良的呢？　对泰摩来说，这简直就是圣人般的作为。而看到汤姆这样吻弗蕾娅实在太可怕了，这是对赫丝塔的背叛，也是对他自己的背叛，他将一切都抛在了脑后。

　　不过，也许，泰摩有那么一点儿嫉妒。

　　他瞄到在那一对的后面，敞开的门口处有一张模糊的脸。　镜头放大得正是时候，刚来得及认出赫丝塔的脸，她就转身跑了。当泰摩拉回镜头时，另外两人已经相互分开，他们不太确定地望向门口，用压低了的尴尬声音说着话。"已经很晚了，我得走了。"

"哦，赫丝塔！"泰摩将镜头从奇珍陈列室切开，查看其他频道，搜索她的身影。他不明白为什么一想到赫丝塔沉于痛苦之中，他就会如此地沮丧，但事实就是如此。也许一部分原因是羡慕嫉妒，还有因为假如赫丝塔做出什么傻事的话，汤姆就会停留在弗蕾娅身边。不管原因是什么，都令泰摩在操纵控制开关的时候双手颤抖不已。

宫殿里其他的摄像头里也没有她的踪迹。泰摩将一个备用摄像头移动到了屋顶上，四下扫视，查看地面和附近街道。她那跟跟跄跄的脚步在一张白纸般的拉斯穆森大道上写下了潦草而难以辨认的句子。泰摩凑近了屏幕，开始将一个个摄像头匆忙移到空港的不同地点，一边开始微微流汗。她究竟在哪儿？

# 16   夜航

阿丘克一家还在沉睡。赫丝塔溜回她的房间，从床垫下的隐蔽处取出了彭尼罗在天空之城给她的钱，然后直接朝着"鬼面鱼"号的机库走去。她扒开堆在门口的雪，将门拉开，点亮工作灯，"鬼面鱼"号的红色船身在她上方浮现。梯子搁在漆了一半的引擎吊舱上，新的板材盖住了艇身的窟窿，就好像某处新伤口上长出的嫩皮。赫丝塔登上飞艇，打开加热器。然后，她让所有设备慢慢预热起来，自己费力地爬下来，回到雪地里，朝燃料槽走去。

在机库穹顶的阴影里，某个物体叮叮当当地飞速跑开了。

她所计划的事情并不难猜。泰摩一拳砸在他面前的控制台上，吼道："赫丝塔，别！他喝醉了！他不是有意的！"他挨着椅子的边缘坐着，感觉就像某个无能的神衹，只能观看着一件件事情发生，却无力改变它们。

不过他可以。要是汤姆知道发生了什么，泰摩肯定他会直接跑到空港去，向赫丝塔解释原由，对她道歉，让她理解。泰摩以前见过情侣们言归于好，他确信这条可笑的裂隙并不会一直持续下去——只要汤姆知道。

但是唯一能够告诉他的人就是泰摩。

"别发傻了。"他怒冲冲地对自己说着，将手从摄像头控制开关上缩回来，"两个旱地人对你来说意味着什么？ 什么也不是！不值得为此而将'钻孔虫'号置于险境。不值得为此而违逆大叔。"

他又一次将手伸向控制开关。他没法忍住。他有一种责任。

泰摩切换到汤姆宫中卧室里的摄像头，令它的脚敲击藏身的管道发出当啷当啷的声音。汤姆只是躺在那里熟睡着，张着傻乎乎的嘴，完全不知道他的人生正在分崩离析。

别管了，泰摩想。你试过了，你没有弄醒他，都结束了。没关系了。

他查看了一下赫丝塔，然后派了一个摄像头在城市上层考川和舒寇叶正在工作的那座豪宅的供暖管道里飞奔而过，挨个儿窥探每一个房间，直到他在厨房里找到他们，他们正往包里塞着银餐盘。摄像头轻敲管道内壁：敲三下，停一停，再敲三下。马上回来。屏幕上那两个模糊的身影跳了起来，显然是辨认出了密码，他们像小丑一样笨手笨脚地匆忙将最后几件赃物装好，赶回贝壳船来。

泰摩犹豫了片刻，用来咒骂自己的软心肠，以及提醒自己要是有只言片语泄露了出去的话大叔会如何对付他。然后他拔腿就跑，爬上梯子，钻出舱门，跑进了寂静的城市之中。


她开始还担心燃料槽会冻住，不过她没有估计到八百年来安克雷奇历任港口总监的聪明才智。他们找到了适应极地酷寒的方法。燃料与防冻剂混合在一起，泵浦开关安装在主燃料槽边上的一幢加热的建筑里。她摘下燃料管，把巨大的注入枪扛在肩上，踩着重重的脚步回到机库，让燃料管在她身后一圈圈展开，横跨雪地。在机库中，她将注入枪连接到飞艇底侧的一个阀门上，然后回到泵浦房，打开开关。当燃料开始从管子里汩汩流过时，燃料管开始微微抖动起来。船舱里的灯光还不能正常工作，不过她找到了替代的办法，就是使用外面的工作灯。随着她开始打开控制面板上的一个个开关，各种仪器瞬间活跃起来，发光的仪表盘让飞行甲板中充盈着如同萤火虫一般的辉光。


汤姆醒了过来，吃惊地发现自己刚才竟然睡着了。他的脑袋里有一种沉重淤塞的感觉，房间里还有别人，往他的床上俯身过来，用冰冷的手指触摸他的脸颊。

"弗蕾娅？"汤姆问道。

不是女藩侯。一支幽蓝光芒的电筒亮了起来，照亮了一个完全陌生的人的苍白面庞。汤姆以为自己一看就能认得安克雷奇上的每一个人，然而他却认不出这张白色的脸，以及这头有如苍白火焰的淡金色头发。那人的声音也很奇怪，带着一种柔和的口音，并非安克雷奇的口音："没有时间解释了，汤姆！你必须和我一起来。赫丝塔在空港，她要留下你独自离开！"

"什么？"汤姆摇摇头，试图将残梦甩走，一半也是希望眼前就是那些梦境之一。这个男孩是谁，他在说些什么？"她为什么要那样做？"

"因为你，你这个笨蛋！"那个男孩大叫道。他掀掉汤姆的被子，将户外衣物扔给他："你以为她看着你狂吻弗蕾娅时会是什么感受？"

"我没有！"汤姆吓得魂飞魄散地说，"那只是——而且赫丝塔也没有——无论如何，你怎么知道？"不过这个陌生人的紧迫感开始传染给了他。他脱下身上那件借来的礼袍，手忙脚乱地穿好靴子，戴上防寒面罩，穿好他的那件旧飞行员外套，跟着这个男孩走出房间，然后从一道他以前从来没有注意到的边门出了宫殿。夜晚寒冷刺骨，整座城市沉浸在寒冬的睡梦之中。在西面远处，格陵兰的群山从冰下隆起，在月光下显得利落明快，近得触手可及。极光闪耀在屋顶上方，此刻万籁俱寂，汤姆能听见极光中传来的坼裂声和嗡鸣声，就好像是来自霜冻清晨里的一条电缆。

那个陌生人带着他走下拉斯穆森大道上的一条阶梯，沿着这层下方的一条维护过道行走，然后又从另一条阶梯上到空港。当他们再度上到开阔地带时，汤姆发现他之前弄错了那个噪声的来源。坼裂声是"鬼面鱼"号的机库穹顶开启时冰块从上面掉下来的声音，而嗡鸣声则是它的引擎吊舱正旋转到起飞的姿态。

"赫丝塔！"汤姆大声喊着，奋力在雪地里前行。在打开的机库里，"鬼面鱼"号的探照灯唰地亮了起来，雪堆间闪起处处反光。他听见一架原本搁在它一侧的梯子轰然倒地，听见系泊夹具松开时的三重金属撞击声。那个在飞行甲板黑乎乎的舷窗边走来走去的身影，不会真的是赫丝塔吧，是她吗？当汤姆对她说他想要留在这里的时候，赫丝塔就很不高兴。她这是想要给他一个教训，就是这样。汤姆挣扎着穿过一个个雪堆，现在他走得越来越快了。但就在他离机库还有二十码的时候，"鬼面鱼"号升空而起，转向西南，非常迅速地扫过一座座屋顶，离开城市上空，飞进了无垠的冰原。

"赫丝塔！"他大喊，忽然觉得怒气上涌。为什么她就不能像个正常人那样把她的感受告诉他，而非要像这样气冲冲地离去？西风逐渐变强，它载着那艘飞艇迅速地离他远去，它在汤姆转过头来回顾那位神秘同伴时，将雪粉拍到汤姆脸上。那个男孩走了。现在除了阿丘克先生之外，就只有汤姆独自一人。阿丘克先生跌跌撞撞地朝他走来，一边喊着："汤姆？发生什么了？"

"赫丝塔！"汤姆用细微的声音说，然后坐在了雪地里。他能感觉眼泪浸透了他防寒面罩内侧的绒毛。此刻，"鬼面鱼"号的舮灯，如同寒彻天地中的一小撮暖意，忽闪忽闪地，最终融进了极光之中。

## 17　追逐赫丝塔

　　汤姆带着一种恐怖、空虚，仿佛肚子上被狠狠踹了一脚的感觉，沿着甲板下方的过道回来。距离"鬼面鱼"号起飞已经过去了好几个小时。阿丘克先生试着用无线电联络赫丝塔，但没有回音。"也许她没有打开无线电。"港务总监说，"或者也许它还不能使用：我一直没机会测试所有的阀门。而且气囊里也没有足够的气体——我加了点气只是为了测试每一个气囊单元是否密封。哎，为什么那个可怜的孩子要这么突然地起飞呢？"

　　"我不知道。"汤姆是这么回答的，然而其实他知道。要是他能更早点理解她是有多么地恨这个地方。要是他在开始爱上这个城市之前，肯花点心思想想她会有什么感受。要是他没有吻弗蕾娅。可是他的负疚感一直不断扭曲，变为愤怒。不管如何，她并没有想到他的感受。如果他想留在这里为什么他不能呢？ 她是如此地自私。仅仅因为她讨厌城市生活，并不意味着他就想要永远当一个无家可归的天空流浪者。

尽管如此，他得再次找到她。他不知道她是否还会接受他，或者甚至他是否想要她这么做，但是他不能让一切以这种可怕、糟糕、错误的方式结束。

当他匆匆忙忙爬到城市上层的寒风里头时，引擎开始突突地运转起来。他沿着早先来的时候自己踩出的足迹，蹒跚地朝冬宫走去。他不想见弗蕾娅——当他想到在奇珍陈列室里他们俩之间经历的事，他的腹内犹如燃烧的纸片一般蜷曲起来——可是只有弗蕾娅才有权力命令城市掉头去追"鬼面鱼"号。

他正穿过掌舵塔漫长的阴影时，门猛地打开了，一个疯狂的身穿丝袍的幽灵，踉踉跄跄地穿过雪地朝他走来。"汤姆！汤姆！这是真的吗？"彭尼罗的双眼圆睁，往外凸出，他抓着汤姆的手臂，紧得像冻疮一样刺人，"他们说你的那个姑娘走了！飞走了！"

汤姆点点头，感觉很难为情。

"但是没有'鬼面鱼'号的话……"

汤姆耸耸肩："也许我最后还是得和你一起去美洲，教授。"

他推开探险家，继续往前跑，将彭尼罗留在后头。彭尼罗摇摇摆摆地回到他的居所，一边嘟嘟囔囔地说："美洲！哈哈！当然！美洲！"在冬宫里，汤姆发现弗蕾娅正等着他。她斜坐在一张榻椅上，位于她最小的一间接待厅里。这个房间比一个足球场略小，墙面镶着如此多的镜子，以至于好像有一千个弗蕾娅坐在那里，还有一千个汤姆浑身湿淋淋皱巴巴地冲进来，将融化的雪水滴在她的大理石地板上。

"殿下。"他说，"我们必须掉头回去。"

"回去？"弗蕾娅期待着会发生各种各样的事，但不是这个。之前她听说赫丝塔离开，心中充盈快乐，她想象自己安慰着汤姆，向他保证一切都会好起来的，让他理解他没有那个丑陋的女朋友的话会过得好得多，而冰雪诸神的意志显然是让他留在这里，在安克雷奇，与她在一起。她穿上了她最美丽的长裙来帮助他理解，她还留了最上边的一粒纽扣没有系上，于是展现出锁骨下方的一小块三角形的白嫩肌肤。这让她感觉到一种令人颤栗的鲁莽与成熟。她期待着会发生各种各样的事，但不是这个。

"我们怎么还能回去呢？"她半是取笑地问道，希望他的确是在开某个玩笑，"我们为什么要回去呢？"

"可是赫丝塔……"

"我们不能去追一艘飞艇，汤姆！而且我们为什么要这么做？我的意思是，狼獾镇还在我们后面的某个地方……"但汤姆甚至没有看着她，他的眼睛里泪光闪烁，泪水滑落而下。弗蕾娅手忙脚乱地将长裙上端系起，感到一阵尴尬。于是她飞快地跳过话题："为什么我要让我的整座城市冒风险，就为了一艘飞艇里的一个疯姑娘？"

"她没有疯。"

"她的行为疯狂。"

"她很难过！"

"好吧，我很难过！"弗蕾娅叫道，"我以为你关心我！之前发生的事情就不意味着什么吗？我以为你会忘了赫丝塔！她什么也不是！她除了空中垃圾之外什么也不是，我很高兴她甩了你！我想要你成为我的，我的，我的男朋友！我希望你理解这是一种多大的荣耀！"

汤姆瞪着她，想不出该说什么话。突然间，他眼中的弗蕾娅变了样，赫丝塔一定就是这么看她的：一个丰满、娇惯、爱使性子的少女，在她心里整个世界都要围着她转。汤姆知道她拒绝他的请求是对的，让城市掉头的话太疯狂了，但在某种意义上，她的正确令她显得更加不通情理。他嘟囔着转身离开。

"你去哪里？"弗蕾娅尖声盘问道，"谁说了你可以走的？我没有允许你离开我身边！"

然而汤姆没有等待允许，他跑出房间，门在他背后砰然关上，将她独自留在那里，与她所有的镜中倒影在一起。在一幅幅颤动的镜面中，这些倒影左右转着头，面无表情地相互望着，好像在问，我们做错了什么？

他跑过冬宫长长的走廊，不知道他是在往哪儿走，也没有注意他所经过的房间，或是有时从供暖管道和通风竖井里传出的微弱刮蹭声。自从他掉出伦敦以来，赫丝塔就一直在他身边，照顾着他，告诉他该怎么做，以她那种凶猛而又羞涩的方式爱着他。现在他把她赶走了。要是没有那个男孩，他甚至都不会知道她离开了……

打从"鬼面鱼"号起飞之后，汤姆第一次想起了那个奇怪的来访者。他是谁？从他的穿着方式来看（汤姆记得一件套一件的深色衣服，一件沾着油污的束腰上衣，铜纽扣上的黑色漆皮剥落下来），是某个来自引擎区的人。而他又是怎么知道赫丝塔要做什么的呢？她向他吐露心事？告诉他那些连汤姆都没有告诉过的事情？汤姆一想到小赫与其他人分享她的秘密，就感到一阵嫉妒刺痛了心。

不过假如那个男孩知道她去了哪儿呢？汤姆必须得找到他，和他谈谈。他跑出宫殿，来到最近的楼梯，向下前往引擎区，匆匆地穿过斯卡比俄斯球体制造出的雷鸣与雾气，走向引擎主管的办公室。


泰摩急匆匆从空港赶回来时，跑得上气不接下气，心惊肉跳。考川和舒寇叶已经在等着他。他们在舱门内侧做好了准备，拿着枪和刀，以防有旱地人尾随着泰摩而来。他们飞快地将泰摩推进去，不让他说话，直到他们相当确信没有人跟着他为止。

"你是怎么想的？"考川愤怒地问，"你以为你在做什么？你明白严禁离开贝壳船不加防守的。而且还别提和一个旱地人说话！难道你没在盗贼馆学会任何东西吗？"他换了一种奇怪的、哭诉般的声音，泰摩觉得这应该是在模仿他给考川留下的印象。"'汤姆！汤姆！快点，汤姆！她要离开你了！'你个蠢货！"

泰摩坐在货舱的地板上，背靠着一包偷来的衣服，失败感像融化的水一样冲刷过他的全身。

"你搞砸了，泰摩。"考川说着，忽然露出一个笑容，"我是说，你真的搞砸了。我要接管这艘船。大叔会理解的。当他听说你做的事，他会后悔没有从一开始就让我来负责。我要发送一条传信鱼，今晚，让他知道所有这一切。你不准再管闲事了，你这个喜欢旱地人的家伙。不准再在午夜外出探险。不准再对着女藩侯发花痴——别以为我没看到每次她的脸出现在屏幕上的时候你就恨不得眼睛粘上去的样子。"

"可是考川——"舒寇叶哀叫道。

"安静！"考川说着，重重一掌扇在他的脑袋上，泰摩正站起身要保护那个孩子，考川旋身一脚将泰摩踢倒。他兴奋得涨红了脸，看上去很为自己而高兴："你也可以安静了，泰摩。从现在起，我们要以我的方式来运行这条贝壳船。"


斯卡比俄斯先生的家在城市上层，里面留下了太多不愉快的回忆，于是他几乎所有的空闲时间都在办公室里度过。这是一座狭长的小屋，挤在两根甲板支撑柱之间，位于引擎区的中心。办公室里有一张书桌，一个档案柜，一个卧铺，一具便携炉，一个小盥洗盆，一幅日历，一只搪瓷杯，其他就没什么了。斯卡比俄斯的丧袍挂在门后的一个钩子上，当汤姆推开门时，它就像一只黑色的翅膀那样拍打着。斯卡比俄斯自己坐在书桌前，如同一座名为忧思的雕像。引擎区的闪耀炉火从窗口照进来，被百叶窗帘分割成一道一道，在他身上投下光暗交替的横条。只有他的眼睛动了一下，将森寒的目光射向新来的人。

"斯卡比俄斯先生，"汤姆喘着气说，"赫丝塔走了！她驾驶着'鬼面鱼'号离开了！"

引擎主管点点头，凝视着汤姆脑袋后的墙面，就仿佛那里投映着一部只有他能看得见的电影："那么她走了。为什么来找我？"

汤姆重重地坐在床铺上："有一个男孩，我以前没见过他。一个白皮肤头发偏金色的引擎区男孩，比我年轻一点。他似乎知道赫丝塔的所有事情。"

斯卡比俄斯第一次动了，他跳了起来，飞快地走向汤姆。他的脸上有一种奇怪的表情："你也看见他了？"

汤姆被引擎主管突然展现出的热情惊到了，退缩了一下："我想他也许能告诉我她去哪儿了。"

"在这座城市里没有像你所描述的那个男孩。活着的人里没有。"

"可是——听起来他和赫丝塔讲过话。假如能行的话，只要告诉我去哪儿能找到他……"

"你没法找到艾克斯尔。他会找到你,当他想找你的时候。就连我也只远远地见过他。他和你说了什么? 他提起我了吗? 他让你带什么口信给他父亲了吗?"

"他的父亲? 没有。"

斯卡比俄斯似乎根本没在听。他颤颤巍巍地将手伸进工装裤的口袋里,摸出一本银色的小书,或者说一个小小的相片框。汤姆知道很多人随身带着这类便携神龛,当斯卡比俄斯打开它时,汤姆偷瞄了一眼里面的照片。他看见了一个魁梧、敦实的年轻人,就像是一个年轻版本的斯卡比俄斯。"喔。"他说,"这不是我见到的那个男孩。那个更年轻,也更瘦……"

这话让引擎主管呆了呆,但只是片刻工夫。"别傻了,汤姆!"他斥责道,"死者的鬼魂可以变化为他们想要的任何外貌。我的艾克斯尔以前一度也像你一样纤瘦。他以那时候的形象出现是再自然不过了,年轻,英俊,充满希望。"

汤姆并不相信有鬼魂。至少,他不觉得自己相信。没有人能从幽冥之国回来。这是赫丝塔一直说的话,汤姆默默地将这句话念了几遍,以确信这一点。他离开了斯卡比俄斯先生的办公室,沿着突然显得阴暗起来的楼梯爬上城市上层。那个男孩不可能是一个鬼魂:汤姆觉察到了他的触碰,嗅闻到了他的气味,也感受到了他的体温。他带路前往机库时留下了脚印。那些脚印能够证明这一点。

然而当汤姆来到空港时,风又刮了起来,粉末状的飞雪像烟尘一般倾泻在一个个雪堆的表面。机库周围的脚印已经变得极为浅淡，根本没法说清是被多少双脚踩出来的，也根本没法说清那个奇怪的男孩是一个真人，还是一个鬼魂，或者只是一段梦境的残片。

# 18　掠食者的赏金

　　赫丝塔很感谢这阵风。它吹着她飞速离开安克雷奇，但它风起云涌变化无常，有时候它转变向北，有时候又狂风大作，有时候又减弱到一丝风也没有。她必须集中精神以保持"鬼面鱼"号不偏离航线，这是一件好事，因为这样她就没有时间去想汤姆，或者想她计划要做的那件事。她知道要是她在这两者中的任何之一上想太多，她就会失去动力，驾着飞艇掉头飞回安克雷奇。

　　但有些时候，当她在控制台前小憩片刻时，她忍不住就会想汤姆现在在做什么。他会为她的离开而难过吗？　他究竟注意到了吗？　弗蕾娅在安慰他吗？"无所谓。"赫丝塔告诉自己。很快她就会将所有事情变回原来的样子，他又会成为她的。

　　离开的第二天，她看到了狼獾镇。这座郊镇没能抓住安克雷奇，便掉头向南，它的运气也随之转向，因为它已经找到了猎物：几座被风暴吹离航线的捕鲸镇所形成的聚落。共有三座捕鲸镇，每一座都比狼獾镇大得多，但狼獾镇飞快地从这座驶向那座，一口口地咬掉它们的驱动轮和支撑滑橇，当赫丝塔看到它的时候，它正掉头回来吞噬那些失去行动能力的镇子。看上去它还要忙上至少几个星期，赫丝塔很高兴它不会向西而行再度威胁到安克雷奇，并干扰到她自己的计划。

她继续飞行，经过一个个短暂的白昼和漫长、黑暗、痛苦的夜晚，最终她的夜间无线电信号搜索得到了某座城市的断断续续的引导信标的回应。她改变了航线，信号越来越清晰了，几个小时之后，她便看见在前方的冰原上，阿尔汉格尔斯克正蹲踞在它自己的猎物上。

这座掠食城的庞大、喧闹、人流拥挤的空港，让她产生了一种对宁静的安克雷奇的奇怪思念之情。而这儿的地勤和海关人员的粗暴，又让她满怀惆怅地想起了阿丘克先生。她把彭尼罗给的金索弗林花掉了一半来补充燃料和升空气体，接着将剩下的藏在某个秘密暗格里，这些暗格还是从前方安娜安装在"鬼面鱼"号的甲板下面的。然后，带着对她将要做的事情的恶心和负疚感，赫丝塔前往空中交易所，这座高大的建筑位于燃料车间的后面，是行商们与本城商贩会面的场所。当她询问哪里能找到朴特·马思嘉时，一群飞行员嫌恶地看了她一眼，一个女人朝赫丝塔脚边的甲板吐了口唾沫，不过一会儿之后，一位和蔼的老商人似乎为她感到同情，轻声将她叫到一旁。

"阿尔汉格尔斯克不像是其他城市，我亲爱的。"老商人一边解释，一边带着赫丝塔朝升降梯车站走去，"这儿的富人不住在顶层，而是在中间最暖和的地方，一个叫作核心的区域。年轻的马思嘉在那里有一幢豪宅。你在凯尔站下车，到了那里再打听吧。"

他仔细地看着她付了车钱，踏上前往核心的升降车。然后他拉起长袍的下摆，飞快地跑回他自己位于空港另一端的店铺里：这是一座宽敞、简陋、杂乱无章的铺子，名叫布林科的古代科技与古董。

"快点，老婆们！"他大嚷着，冲进店铺后面狭窄的起居室里。他挥舞着手臂打出十万火急的信号，五位布林科太太从手头的小说和刺绣上抬起头来。"她在这里！那个姑娘！那个丑女！想想看，在搜索和询问上花了这么多个星期，到头来她厚颜无耻地走进了我们自个儿的空中交易所！现在快点行动起来，我们必须做好准备！"

他兴奋地搓着手，已经开始想象当自己将赫丝塔和"鬼面鱼"号送给绿色风暴后，该如何使用绿色风暴将要付给他的赏金了。


核心区是一个混乱复杂的地方：一座巨大的隆隆作响的洞窟，回荡着城市引擎的如雷轰鸣，烟雾和蒸汽将这里变得朦朦胧胧的，数百条空中过道和铁轨还有电梯竖井在空中纵横交错。这里的建筑物要么一起挤在洞窟四周的平台和凸缘上，要么就挂在下面，好像家燕的巢一样。颈戴铁环的奴隶们在清扫街道，其他奴隶则被身披毛皮的工头们鞭打着，成群结队地驱赶路过，前往寒冷的外部区域去执行令人不快的杂务。赫丝塔努力不去看他们，或看那些用皮带牵着小男孩们的贵妇人，或看某个因为奴隶不小心蹭到他就对着那个奴隶不断踢啊踢的男人。这些都不关她的事。阿尔汉格尔斯克是一座强者可以为所欲为的城市。

马思嘉的豪宅门口有一座座狼神埃森格里姆的钢铁雕像守卫着。在其内部，一只只铁三脚架中喷射出燃烧的气体，将不停跳动的光明与锋利如刀的阴影所交织而成的图案映满整个大会客室。一个蒲柳般婀娜的年轻女子，戴着一个镶了珠宝的奴隶颈圈，上上下下打量了赫丝塔一番，然后询问她的来意。赫丝塔给了她一个与之前给外面的守卫相同的答案："我有消息要卖给阿尔汉格尔斯克的猎手团。"

高高在上的屋顶下方阴影里传出引擎的嗡嗡声，马思嘉朝她俯冲下来。他乘坐着一张皮沙发，沙发悬挂在一个小型气囊下面，微型引擎吊舱从沙发靠枕两侧伸展出来。这是一个沙发飞艇，有钱人的玩具。马思嘉操纵着它飞近赫丝塔，在她面前盘旋，欣赏着她脸上的惊讶表情。他的奴隶少女用脑袋蹭着他的靴尖，好像一只猫咪一样。

"哎。"他说道，"我认得你！你是天空之城的那个疤脸妞。来接受我的出价了，对吗？"

"我来告诉你哪儿能找到猎物。"赫丝塔说道。她努力不让自己的声音发抖。

马思嘉驾驶着沙发飞艇靠得更近了些，故意让她等待着，一边仔细观察着她那伤痕累累的脸上负罪与恐惧混杂交织的表情。他的城市太大了，要是没有像这个姑娘一类的渣滓帮忙，就无法生存下去，他因为这个原因而恨她。

"所以？"最终，他开口问道，"你想要背叛哪座镇子？"

"不只是座镇子。"赫丝塔说，"一座城市。安克雷奇。"

马思嘉试图继续表现出无聊的样子，但赫丝塔看见了他眼中感兴趣的火花。她尽力煽动它们变成火焰。"你一定听说过安克雷奇，马思嘉先生。一座宏伟的冰原城市。那儿的一幢幢屋子里布满豪华的装饰，还有冰原上最大的驱动轮，以及一组上好的古代科技引擎阵列，称作斯卡比俄斯球体。他们正绕着格陵兰上方前进，奔向西部冰原。"

"为什么？"

赫丝塔耸耸肩（最好不要提到前往美洲的航程，太难以解释，也太难以置信）："谁知道呢？也许他们知晓了某个古代科技遗迹，前去发掘。我相信你能够找到办法从他们那个年轻美丽的女藩侯嘴里撬出详情来……"

马思嘉咧嘴而笑："这儿的茉莉安娜就曾是一个藩侯的女儿，那是在伟大的阿尔汉格尔斯克吃掉她父亲的城镇以前。"

"那么想想看弗蕾娅·拉斯穆森将成为你新增的一件多么漂亮的收藏。"赫丝塔说道。她似乎站在自己的躯体之外，除了一丝因自己能变得多么无情而感到的微弱自豪之外，她什么也感觉不到。"还有，要是你想在中途吃顿开胃小菜，好让你有力气走下去的话，我可以给你狼獾镇的坐标，那是一座掠食镇，新近猎捕了一顿大餐。"

马思嘉被吸引住了。几天前他从韦杰理·布林科那儿听说了安克雷奇和狼獾镇，但那个油滑的古董商并不知道狼獾镇当前的航线。至于安克雷奇，马思嘉不确定是否该相信有人会在那么远的西面目击到一座冰原城市。然而，这个肮脏的空中浪人听上去明白她所讲的事情，有了布林科的报告作为支持，她带来的消息足以说服议会改变航线。马思嘉让她等待了一会儿，好让她细想她自己有多么卑鄙。然后他打开那张飞行沙发扶手里面的一个暗格，抽出一张厚厚的羊皮纸，并用一支水笔签了字。他的奴隶少女将纸递给赫丝塔。上面用哥特体印着文字，并盖着刻有阿尔汉格尔斯克守护神名字的印章：埃森格里姆和撒切尔。

"一份保证书。"马思嘉一边解释着，一边提升沙发的引擎转速，从她身边升起飞走，"要是你的消息验证无误，你可以在我们吃掉安克雷奇之后来领取你的费用。把详情告诉我手下的办事员。"

赫丝塔摇摇头："我不是为了掠食者的赏金才做这事的。"

"那是为了什么？"

"在安克雷奇上有一个人。汤姆·纳茨沃西，也就是你在天空之城见过的和我在一起的那个少年。当你吃掉那座城市，你要把他给我。不过不能让他知道这一切是安排好的。我要让他以为我救了他。那个臭地方上面的其他所有人都是你的，但汤姆不行。他是我的。我的要价。"

马思嘉俯视了她片刻，真心吃了一惊。随后他往后一仰头，笑声充斥着整个房间，激起阵阵回响。

她在车站等候能带她回空港的升降车时，感觉甲板开始震颤，巨大的阿尔汉格尔斯克开始运动起来。她拍拍口袋，再次检查马思嘉修改过的保证书安然无恙。当她从掠食城的肠子里将汤姆解救出来时，他会有多么高兴啊！等他们一起再次回到鸟道上后，她轻而易举就能让他忘记对女藩侯的一时迷恋啊！

她做了她必须做的事情，为了汤姆，已经没有回头路了。她要去"鬼面鱼"号上拿点东西，然后在城里某处找一个房间，等待旅程结束。

当她抵达空港时，又已经到了晚上，雪花绕着港口入口处的探照灯飞舞。由刺耳笑声与粗俗音乐混合而成的噪声从系泊平台后面的小酒馆里飘了过来，每当有人开门的时候，这股声音就突然变响。昏暗的灯光在巨大的系泊商船下方投射出一潭潭黑影，这些船都带有北地风格的名字，"前进"号，"跳跃"号，还有"潜入"号。她朝着"鬼面鱼"号停泊的廉租停泊平台走去，开始感觉紧张起来。这是一座危险的城市，而她已经不习惯独自一人了。

"肖小姐？"一个人从她盲眼的一侧走过来，吓了她一跳。她伸手去摸刀，随即认出是那个早先帮过她的好心老商人："我来带你去你的船，肖小姐。有一些雪疯族商人上了这座城，都是些流氓恶棍。一个年轻女人独自在外很不安全。你的船是'鬼面鱼'号，对吗？"

"没错。"赫丝塔说道。她很奇怪他是怎么知道她和她的飞艇的名字的。她猜想他之前一定四处打听了，或者在港务办公室查询了新抵达者的花名册。

"那么你去见过马思嘉了？"新朋友问道，"我猜那一定与这次的突然向西移动有关？ 你卖了一座镇子给他？"

赫丝塔点了点头。

"我自己也从事一些类似的工作。"那位商人说着，猛地将她朝一艘名为"昙花一现"号的商船下方的金属立柱推去。她倒抽一口冷气，撞得生疼，心中无比震惊，想要长吸口气尖叫救命。这时，有个什么东西像黄蜂似的蜇了一下她的颈侧。那个商人从她身边退开几步，重重地喘着气。在远处酒馆的灯光映照下，一个黄铜针筒注射器闪了一闪，便被他塞回口袋里。

赫丝塔试图将手放到颈上，但药生效很快，她的四肢不再受她的控制。她试图呼救，然而能发出的声音只是没有意义的咕咕声。她向前迈了一步，接着便倒了下来，她的脸距离那人的靴子只有几寸。"太对不起了。"她听见他说道。他的声音听上去晃晃悠悠，从很远的地方传来，就好像她最后一次听见的汤姆的声音，从阿丘克家客厅的电话里渗出来："我有五个老婆要养活，你瞧，而且她们都有特别花钱的爱好，还不停朝我唠叨。"

赫丝塔又发出几声咕咕声，口水滴落到甲板上。

"别担心！"那个声音继续说道，"我只会把你和你的飞艇带到盗贼之窟去。有人要你回答几个问题。没别的了。"

"可是汤姆——"赫丝塔努力呻吟出了几个字。

更多的靴子出现了：昂贵的、时尚的，女士的靴子，还带着流苏。几个新的声音在头顶上叽叽喳喳："你确定是她吗，布林科？"

"唉！她真丑！"

"她不可能对任何人都有价值！"

"等我把她带到盗贼之窟就能得到一万现金。"布林科沾沾自喜地说，"我要用她自己的飞艇带她去那儿，再拖上'昙花一现'号的运输船，好载我回家。我很快就会回来，带着满满几大袋钱。我离开的时候照顾好店铺，亲爱的们。"

"不！"赫丝塔竭力说道。因为要是他带她走，她就不能在这里解救汤姆了；他会和安克雷奇的其余部分一起被吃掉，她的整个计划就会落空……可是当他们在她身上搜索钥匙的时候，尽管她试图挣扎，却没法动一动，或是发出一丝声音，或甚至眨一眨眼。尽管如此，她花了很长时间才失去意识。这是最糟糕的一点，因为当那个商人和他的妻子们拖着她登上"鬼面鱼"号，开始准备起飞时，她能明白发生的每一件事情。

第2巻

# 19　回忆室

冰水将她激醒：狂风暴雨般的冰水，冲得她打横滑过冰冷的石头地板，撞到一堵白色瓷砖的墙上。她喘了口气，放声尖叫，却发出咕咕的声音。水灌满了她的嘴巴。水将湿漉漉的头发涂满她的脸，她什么也看不见，不过当她把头发扒到一旁之后，也没什么可看的，只有一个白森森的房间，被一个氙气灯泡照亮，还有几个穿白色制服的男人用水管指着她。

"够了！"一个女人的声音喊道。冰水风暴随之停歇，那些人转身离开，将水管仍在滴水的喷口挂在钉于墙上的金属架子上。赫丝塔呛了几口，一边咒骂，一边往地上吐着水。这些水打着旋流入中央排水口。模糊的记忆碎片逐渐回到她的脑海中，在阿尔汉格尔斯克，还有一个商人：从睡梦中悠悠醒来，发现自己置身于"鬼面鱼"号寒冷且摇晃的货舱里，被绑了起来。她奋力挣扎，试图叫喊，然后那个商人来了，满脸抱歉，接着她的脖颈上又被蜂刺蜇了一下，随后一片黑暗。他给她下药，连续不断地下药，在她神志不清的时候，他带着她从阿尔汉格尔斯克飞到了这个天晓得是哪里的地方……

"汤姆！"她呻吟起来。

一双穿靴子的脚踏着水朝她走来。她咆哮着抬头仰望，以为会看见那个商人，但来的却不是他。这是一个年轻的女人，一身白衣，胸口别着一个铜徽章，标志着她是一位反牵引联盟的中尉，另外还戴着一条臂章，上面刺绣着绿色的闪电。

"给她穿衣服。"中尉厉声说道。于是那些男人拖着赫丝塔湿漉漉的头发让她站了起来。他们没在乎用毛巾将她擦干，只是强行将她虚弱的四肢塞进一条看不出形状的灰色连身衣的袖管和裤腿里。赫丝塔连站都站不稳，更别说反抗了。他们推着她，让她光着脚走出淋浴房，沿着一条潮湿的走廊前行。那个中尉在前面带路。两边墙上贴着海报，上面印着飞艇部队正进攻一座座城市，英姿飒爽的年轻男女身穿白色制服，凝视着太阳从一座青色小山上升起。其他战士从他们身边经过，靴子的声音在低矮的天花板下十分响亮。他们中的绝大多数都不比赫丝塔大多少，但全都在腰间佩着剑，戴着闪电臂章，脸上带着自认为正确的人才有的灿烂而得意的神情。

通道末端是一道金属门，门后是一间牢房。一个高而狭窄的坟墓一般的房间，只在很高的地方有一扇窗。供热管道像蛇一样盘绕在皲裂的混凝土天花板上，却释放不出一丁点热气。赫丝塔打着颤，身子在粗糙的连身衣下渐渐变干。某个人将一件厚大衣甩在她身上，她认出这是她自己的衣服，赶忙心怀感激地穿上。"其余的呢？"她问，然而却难以让他们听懂，因为她的牙齿还在打战，而那个商人给她下的药也仍旧令她本就笨拙的嘴麻木不仁，"我其余的衣服呢？"

"靴子。"中尉说道。她让手下的一个人脱下靴子，扔给赫丝塔："我们把其余的烧了。别担心，野蛮人，你不会再需要它们了。"

门关上了，一柄钥匙在锁眼中转动，靴子的脚步声远去。赫丝塔能听见下方很远的某个地方传来海的声音，咆哮着撞到嶙峋的岩岸上，碎作一片叹息。她紧紧搂住自己以抵御寒冷，然后开始哭泣。不是为她自己，甚至也不是为了汤姆，而是为了她那些被烧掉的衣服。她的马甲口袋里还放着汤姆的照片，以及那条心爱的红围巾，是他在巡回城给她买的。现在她没有任何他的东西留下来了。

在那扇高高在上的小窗外，黑暗渐渐淡去，转变成褪色的铅灰。门当哐一声打开，一个人望了进来，说道："起来，野蛮人，指挥官在等着。"

指挥官在一间宽敞干净的房间里等着。墙上刷着的白石灰下面，依稀能看见模模糊糊的海豚和海中女妖的图案。一扇圆形的窗俯瞰着有如奶酪刨一般的大海。她坐在她那张巨大的钢材书桌后面，棕色的手指在一份吕宋纸的文件夹上敲打着狂躁的拍子。只有当赫丝塔的守卫们向她敬礼的时候，她才站了起来。"你们可以离开了。"她对他们说道。

"可是指挥官——"守卫之一说道。

"我想我可以对付一个皮包骨头的野蛮人。"她一直等到他们离开，然后慢慢地绕过书桌，在此过程中一直紧紧盯着赫丝塔。

赫丝塔以前遇见过这对凶猛、黝黑的眼睛，因为这位指挥官不是别人，正是那个名叫萨特雅的少女，方安娜在永固寺的那个年轻凶猛的女学徒。赫丝塔并不感到特别惊讶。自从到了安克雷奇之后，她的生活就开始遵循梦境一样的奇怪逻辑。在这个梦境的终点，遇到一张熟悉而不友好的面孔，看来就是唯一合乎这种逻辑的事情。自从她们上次见面，已经过去了两年半的时光，可是萨特雅的年纪似乎变得大得多：她的脸消瘦而严厉，在她黑色的眼睛里有一种赫丝塔难以解读的神情，就好像愤怒、内疚、骄傲和恐惧在她体内全部混合在了一起，转化成了某种新的东西。

"欢迎来到本机构。"她冷冷地说道。

赫丝塔瞪着她："这里是什么地方？是在哪里？斯匹兹卑尔根被吞噬之后，我不认为你们在北地还留有任何基地。"

萨特雅只是笑了笑："你不太清楚我们这些人，肖小姐。最高议会将联盟的军力从北极地带撤离，但我们中的某些人不愿如此平静地接受失败。绿色风暴在北地仍维持着数个基地。因为你不会活着离开这里，我可以告诉你本机构位于盗贼之窟，一个距格陵兰最南端约两百英里的小岛。"

"很好。"赫丝塔说,"你到这儿来享受好天气呢,是吗?"

萨特雅用力扇了她一个耳光,令她头晕目眩,直抽冷气:"这片天空是方安娜长大的地方。"萨特雅说道,"在被阿尔汉格尔斯克奴役之前,她的父母就是在这片地区行商。"

"对哦。那么,是为了伤感的纪念。"赫丝塔喃喃地说道。她绷紧身体,预备迎接另一击,但它却没有来。萨特雅转身离开她,走向窗口。

"三个星期前,你在风筝隘上空摧毁了我们的一支小队。"她说道。

"只是因为他们攻击了我的飞艇。"赫丝塔答道。

"它不是你的飞艇。"另一位少女呵斥道,"它是……它曾是安娜的。你偷走了它,在安娜牺牲的那一晚,你和你的野蛮人情侣,汤姆·纳茨沃西。顺便问一下,他在哪里? 别告诉我他抛弃了你?"

赫丝塔耸耸肩。

"那么你在阿尔汉格尔斯克上头做什么?"

"只是出卖一两座城市给猎手团罢了。"赫丝塔说道。

"这话我倒能相信。背信忘义早已根植在你的血统之中。"

赫丝塔皱起了眉头。萨特雅一路将她拖到这儿来就是为了辱骂她的父母吗?"假如你是指我继承了我的母亲,嗯,她相当愚蠢以至于挖出了美杜莎,但我不认为她真正背叛了任何人。"

"她没有。"萨特雅同意,"然而你的父亲……"

"我的爸爸是一个农夫。"赫丝塔大叫起来。她感到一阵突如其来的奇怪愤怒，这个少女竟然站在那里出言不逊，冒犯她对于可怜的已故父亲的回忆。她的父亲一生从没有做过任何坏事。

"你是一个骗子。"萨特雅说道，"你的父亲是泰迪乌斯·瓦伦丁。"

外面，大雪纷纷扬扬，仿佛是在用筛子筛着糖霜。赫丝塔能看见冰山犁过永无止歇的冬季灰色海洋。她用微弱的声音说："那不是真的。"

萨特雅从书桌上的文件夹里抽出一张纸："这是安娜为联盟最高议会写的报告，写于她将你带到永固寺的那一天。她说了你什么呢……啊，对了：两位年轻人：其中之一是一位讨人喜欢的来自伦敦的年轻历史学徒，人畜无害，另一位是一个可怜的破相的女孩，我确定她就是潘多拉·芮和泰迪乌斯·瓦伦丁那个失散的女儿。"

赫丝塔说道："我的爸爸是大卫·肖，来自橡树岛……"

"你的母亲在嫁给肖之前有过许多情人。"萨特雅用一种不以为然的清脆声音说，"瓦伦丁是其中之一。你是他的孩子。安娜如果不确定的话，她是不会写下这种事情的。"

"我的爸爸是大卫·肖。"赫丝塔啜泣着说。然而她明白自己说的不是真的。这两年来她在心里已经知道了这一点。早在她的视线与瓦伦丁在他那垂死的女儿凯瑟琳的身体上方相遇的时候，某种理解便像电流一样在他们之间噼啪闪耀，但她将这份即将成形的认知以她最

170

快速最强烈的方式压得粉碎，因为她不想要他当她的父亲。尽管如此，在内心深处，她已经明白了。难怪她没办法下手杀死他！

"安娜关于你们俩都说错了，不是吗？"萨特雅说着，转过身去，站到了窗口。雪已经停了，一小片一小片的阳光点缀在灰色海面上，形成一块块较浅的灰色。她说道："你没有失散，汤姆也并不无害。你们俩一直都与瓦伦丁联手。你利用了安娜的善良，潜入永固寺，帮助瓦伦丁烧毁了我们的空中舰队。"

"不是的！"赫丝塔说。

"是的。你将安娜引诱到了一个地方，让他能够杀死她，然后你就偷了她的飞艇。"

赫丝塔用力摇头："你错得太离谱了！"

"别再撒谎了！"萨特雅吼道。她再度转回身来，眼中噙着泪水。

赫丝塔试图回忆起在永固寺的那一晚。大部分记忆只是模糊的火光和奔跑，但她觉得萨特雅并没有表现得很好。因为萨特雅那些攻击性的话语，导致她所深爱着的安娜独自跑去阻挡瓦伦丁，然后瓦伦丁便杀死了安娜。赫丝塔很清楚人是不会在这种事情上宽恕自己的。作为替代，你要么涂改自己的记忆，要么就沉浸在绝望之中。

要么你去另外找一个人来责怪。比如瓦伦丁的女儿。

萨特雅说道："你会为你所做的事情付出代价。但首先，也许，你可以帮忙进行弥补。"她从书桌里取出一支枪，比了比她办公室另一头的一扇小门。赫丝塔朝那扇门走去，并不在乎走去哪里，或者萨特雅是否会朝她开枪。瓦伦丁的女儿，她不停地想着。瓦伦丁的女儿穿过一扇门。瓦伦丁的女儿走下几级钢铁台阶。瓦伦丁的女儿。难怪她有这么大的脾气。难怪她能把一座满是好人的城市出卖给阿尔汉格尔斯克，良心吱都不吱一声。她是瓦伦丁的女儿，她像爹。

台阶通往一条隧道，然后是某个像是前厅的房间。两名守卫透过蟹壳盔上的彩色钢化玻璃面罩冷冷地看着赫丝塔。第三个人站在一扇沉重的钢门边上等候着，这是个好像一只焦躁不安的粉红眼睛小兔子似的男人，神经质地啃着指甲。墙上的氩气灯反射在他光秃秃的头顶上，映出明亮的光斑。在他的双眉之间有一个红色的轮子图案。

"他是个工程师！"赫丝塔说道，"一个伦敦工程师！我以为他们全都死掉了……"

"少数几个幸存了下来。"萨特雅说，"在伦敦爆炸之后，我受命带领一支小队前去搜寻从残骸里逃出来的幸存者。大多数都被送去了联盟领土内部的奴隶劳动营，不过当我审问波普乔伊博士，并了解到他的工作的时候，我便意识到他可能会帮到我们。"

"帮到你们什么？我以为联盟是仇恨古代科技的？"

"联盟里一直有些人相信，若要击败那些城市，我们就要使用他们自己的邪恶装置来对付他们。"萨特雅说，"你和你父亲在永固寺做出那些事之后，那些人的声音开始变得越来越响亮。年轻的军官们组成了一个秘密社团：绿色风暴。当我告诉他们关于波普乔伊的事情后，他们立刻看出了他的潜力，并同意让我建立起这个机构。"

那个工程师紧张地笑了笑，露出又大又黄的牙齿，说："那么这就是赫丝塔·肖，对吗？ 她可能会帮上忙。是的，是的。某个'临终在场'的人，可以这么说。她出现在记忆环境中，也许能为我们提供一直在寻找的触发契机。"

"动手去做吧。"萨特雅呵斥道。赫丝塔看到她也显得极度紧张。

波普乔伊拉动门上一系列的杠杆，然后巨大的电磁锁伴随着空洞的咔嗒声和当啷声开启，就好像飞艇的系泊夹具解开一样。守卫们紧张起来，随着他们打开笨重机枪上的保险，蒸汽如幽灵般从机枪的烟道里滚滚而出。所有这些安全措施并不是设计用来阻止他人接近，赫丝塔发现了这一点。它们是用来看管里面的某个东西。

门打开了。

以后赫丝塔将会了解到回忆室是一个废弃的燃料槽： 数十个簇聚在盗贼之窟的山坳中的钢铁球体之一。但在第一眼，它看上去只是一个大得不像话的房间，锈蚀的墙壁拱曲向上，在她头顶上方形成一个穹顶，又在下方形成一个大碗。墙壁上到处钉着巨大的图片： 因放大而显得粗糙的人们脸部特写、伦敦和阿尔汉格尔斯克还有马赛城的照片、一幅镶在乌木框中的永固寺的帛画。在一块块刷成白色的墙板上，一段段潦草的影片无止境地循环播映着： 一个扎辫子的金色皮肤小女孩在草地上欢笑；一个年轻的女子抽着一根长杆烟枪，朝摄影机喷了口烟。

赫丝塔突然间因恐惧而感到恶心，然而又不知道原因。

一条步道沿着这个球形穹隆的边缘绕了一圈，从步道一侧延伸出一条狭窄的天桥，通往球体中央的一片平台，平台上站着一个如僧人一般身披灰袍的身影。当萨特雅和波普乔伊迈步走上天桥时，赫丝塔试图留在后面，可一个守卫就在她身后，强硬地推着她往前走。在前方，萨特雅到达了中央平台，摸了摸那个等在那儿的人的手臂。她无声无息地哭泣着，她的脸庞在昏暗的灯光下闪烁着泪光。"我给你带来了一个礼物，我最亲爱的。"她柔声说道，"一名客人。一个你肯定记得的人！"

随后那个披着长袍的人转过身来，灰色的兜帽拉了下来，于是赫丝塔看见，那正是——不，那一度曾是——方安娜。

# 20　新型号

　　波普乔伊博士为他的新主人做了了不起的工作。当然，他和他的工程师同僚们花了很多年来研究潜猎者技术。他们从史莱克，那个曾经收养了赫丝塔的机械化赏金猎人的身上学到了许多。他们甚至制造了他们自己的潜猎者，在美杜莎发射的那一晚，赫丝塔就曾经见过几个小队的复活战士行进在伦敦的街道上。但是若将那些东倒西歪、没有头脑的生物与现在站在她面前的东西相比，就好像是将一只破破烂烂的载货气球与一艘崭新的塞拉比斯型[1] 穿云快艇相比一样。

　　它身形苗条，几乎可以用优雅来形容，并没有比方小姐生前高太多。它的脸隐藏在一张按这位女飞行家的脸所制的青铜死亡面具之后，各种管道和电缆从它的头颅上钻出来，又被整洁地聚拢到脑后。

---

1. 塞拉比斯是一位埃及神祇。英国皇家海军有数艘船只以其命名。

当它朝赫丝塔看过来时，它的头和双手好奇地微微颤动，看上去是如此地像一个真人，以至于赫丝塔一瞬间几乎以为工程师们成功地将安娜复活了。

萨特雅开始用飞快而尖厉的声音说起话来："她还想不起来，但她会想起来的。这个地方就作为她的记忆，直到她自己的记忆回来为止。我们收集的照片包括她认识的每一个人，她去过的每一个地方，还有她对抗过的那些城市，她的爱人们和她的敌人们。她会把这些全都想起来的。她才被复活了几个月，而且……"

她忽然停了下来，就好像明白过来她这一连串充满希望的话只会让她所做的可怕事情显得愈加可怕。她的回声在旧燃料槽的内部低声飘荡："而且，而且，而且，而且，而且……"

"哦，诸神在上。"赫丝塔说，"为什么你就不能让她安息呢？"

"因为我们需要她！"萨特雅大喊道，"联盟已经迷失了方向！我们需要新的领袖。安娜曾是我们之中最棒的一个。她会领导我们走上通向胜利的道路！"

潜猎者舒展着它那灵巧的双手，从它的每一根手指的指尖滑出一支修长的刀刃，咔嗒，咔嗒，咔嗒。

"这不是安娜。"赫丝塔说道，"没有人能从幽冥之国回来。你那个驯服的工程师也许成功地让她的遗体站了起来还能四处走动，但这不是她。我以前认识一个潜猎者：它们不记得自己生前是谁，它们不再是同一个人。那个人已经死了，当你将一个那种古代科技机器塞到它们的脑袋里，你就制造了一个新的人，就好像一个新房客搬进了一幢空房子里……"

波普乔伊咯咯地笑了起来。

"我还不知道你是一位专家，肖小姐。当然，你指的一定是旧的史莱克型号；一件非常低级的作品。在我将潜猎者的机械结构植入方小姐大脑前，我编写了它的程序，让它搜寻她的记忆中枢。我非常有信心我们可以重新点燃深埋在那里的记忆之火。这就是这个房间的用处：用实验对象前世的生活来不断提醒和刺激她。关键就在于找到一个正确的记忆触发点——可能是一种气味，或是一个物件，一张脸。这就是为什么要带你来这里。"

萨特雅将赫丝塔推向前面，直到她站在距离这个新潜猎者只有几寸的地方。"看啊，亲爱的！"萨特雅欢快地说，"看啊，这是赫丝塔·肖！瓦伦丁的女儿！你记得你是怎么在野外找到她，带她到永固寺的吧？你死的时候她就在边上！"

潜猎者凑了过来。在它青铜面具后面的阴影里，一条枯萎的黑舌舔了舔凋萎的嘴唇。它的声音是干涩的低语，犹如夜风吹过岩石嶙峋的山谷："我不认得这个女孩。"

"你认得，安娜！"萨特雅全无耐心地催促，"你一定要认得！试着记起来！"

潜猎者抬头看了一眼，扫视着它的球形监狱的墙壁、地板和天花板上的数百幅肖像。那儿有方安娜的父母，还有斯蒂尔顿·凯尔，当安娜还是阿尔汉格尔斯克的废料场里的奴隶时，他是她的主人。瓦伦丁也在那里，还有柯拉船长，还有潘多拉·芮，但那里没有赫丝塔破相的脸。它将机械双眼再度聚焦到赫丝塔身上，长长的爪子猛地一抽："我不认得这个女孩。我不是方安娜。你在浪费我的时间，小单生人。我想要离开这个地方。"

"当然，安娜，不过你必须试着想起来。在我们带你回家之前，你必须再一次成为你自己。联盟土地上的每一个人都爱你，当他们听说你回来，他们都会站起来跟随你。"

"啊，指挥官。"波普乔伊一边朝天桥后退，一边悄声说，"我认为我们现在应该撤退了……"

"我不是方安娜。"潜猎者说道。

"指挥官，我绝对认为……"

"安娜，求求你！"

出于本能，赫丝塔抓住萨特雅，拖着她后退。尖爪在距离她的喉咙仅仅一寸的地方割过。守卫举起他的机枪，潜猎者犹豫了片刻，刚够他们全都仓促退回天桥另一端。等他们抵达门口后，戍卫在外面的人拉动了一根沉重的红色手柄的拉杆。红色的警报灯夹杂在逐渐升高的电流嗡嗡声中亮了起来。"我不是方安娜！"赫丝塔听见潜猎者大喊，与此同时她跟着其余人一拥而出来到前厅里。在守卫重重关上门并上锁的一瞬间，她朝里面瞥了一眼，看见它正望着她，它的双爪突刺伸出，寒光闪闪。

"太妙了。"波普乔伊一边说着，一边在笔记板上做着记录，"太妙了。以事后之明来说，这么早就装上指矛可能略有那么一点不明智……"

"她怎么了？"萨特雅质问道。

"要全部弄清很难。"波普乔伊承认道，"我猜想我给基础款潜猎者大脑添加的新记忆搜索部件正与它的战术与进攻本能发生冲突。"

"你的意思是它疯了？"赫丝塔问。

"说真的，肖小姐，'疯'是一个多么没有帮助的术语。我更愿意说前方小姐是'神智与众不同'。"

"可怜的安娜。"萨特雅轻声说着，用指尖敲了敲自己的喉咙。

"不要为安娜担心。"赫丝塔说，"安娜已经死了。你的意思其实是可怜的你。在那里面有一个发疯的杀人机器，而你那些愚蠢的枪械不可能将它永远关在里面。它会爬下那个平台！它会到达门口，然后——"

"天桥是通了电的，肖小姐。"波普乔伊坚定地说道，"平台下面的支架是通了电的。门的内侧也是通了电的。就算是潜猎者也不会喜欢高强度电击。至于那些枪，我相当确定前方小姐还没有明白她的新力量，她对那些枪还很警惕。那可能也是她的确拥有早前人类时期的残留记忆的一个标志。"

萨特雅看了他一眼，她的眼中闪过一丝希望："是的，是的，博士。我们不可以放弃。我们会再带赫丝塔到这里来。"

她微笑着转身，但赫丝塔瞧见了波普乔伊的眼镜片后方恐慌的神情。他根本不知道如何恢复已故女飞行家的记忆。就连萨特雅肯定也很快就会意识到这一将她的朋友从幽冥之国带回来的尝试是注定要失败的。而一旦她意识到了这点，她就再也没有其他理由将赫丝塔留在这里。

我会死在这里，当守卫带她回到牢房并将她锁进去时，她心想。不是萨特雅就是那个疯东西会杀了我，而我再也见不到汤姆了，我再也不能解救他，而他也会死，一边诅咒着我，一边在阿尔汉格尔斯克的奴隶坑里死去。

她靠在墙上，缓缓下滑，直到跪在了地上，蜷缩成小小的凄惨的一团。她能听见大海在盗贼之窟的礁岩之间咝咝咆哮，如同那个新潜猎者的声音一样冷酷。她能听到细小的油漆和水泥碎片从牢房的潮湿朽烂的天花板上掉落下来，以及从旧供热管道里传出的微弱搔爬声，让她又想起了安克雷奇。她想到了斯卡比俄斯先生，想到了萨特雅，想到了人们为了试着留住他们所爱的人，而做出的那些绝望而徒劳的事情。

"哦，汤姆！哦，哦，汤姆！"她抽泣着，想象着他安全而快乐地待在安克雷奇，全然不知她已经将巨大的阿尔汉格尔斯克送去跟在了他的后面。

# 21　谎言与蜘蛛

一个星期过去了，然后又是一个星期，再一个星期。安克雷奇一路向西，沿着格陵兰的北缘爬行，不断朝前派出勘探雪橇，以侦测冰层。没有一座城市曾经走过这条路，派小姐一点也不信任她的航图。

弗蕾娅觉得她也好像是游荡进了一片不曾有人绘制过地图的土地。为什么她这么不高兴？ 当一切都曾显得那么正确的时候，它们又是怎么变得如此糟糕的？ 她没法理解为什么汤姆不要她。当然，她一边想，一边抹去更衣间镜子上的积灰，审视自己的倒影。他当然不会还想念着赫丝塔吧？他当然不会宁可要她而不要我吧？

有时，一边自怨自艾地抽噎，一边谋划着详尽的策略以赢回他的心。有时候她怒火上冲，重重地跺着脚走在遍布灰尘的走廊里，嘴里嘟囔着在他们争吵时她应该说出口的话。有那么一两次她发现自己在思考要不要下令将他以叛国罪砍头，可是安克雷奇的刽子手（一位年纪非常大的绅士，其职位纯粹是仪式性的）已经死了，而弗蕾娅很怀疑鱼鸭是否举得动斧头。

汤姆从他在冬宫的套房里搬了出来，住进了一套废弃的公寓，位于拉斯穆森大道上的某幢高大而空寂的房子里，距离空港不远。没有了珍奇陈列室或是女藩侯的图书馆来分散他的注意力，他便将每一天用来悔恨，同时思考怎样才能让赫丝塔回来，或至少找出她去了哪里。

没有办法离开安克雷奇，这一点相当肯定。他一再缠着阿丘克先生，想把"山鸦"号装备起来进行长途航行，可是"山鸦"号只是一艘拖船，它以前从来没有飞出过空港半英里之外，阿丘克先生宣布，假如汤姆要乘着它回到东边去的话，他没办法给它加装所需的更大号的燃料槽。"除此之外……"港务总监又加了一句，"你又能给它灌什么燃料呢？我查过了港口燃料槽的容量线。几乎一点儿都不剩了。我不明白。计量表的读数还是满的，但燃料槽几乎空了。"

燃料不是唯一丢失的东西。由于不相信斯卡比俄斯的那些关于鬼魂的话，汤姆一直在引擎区东问西问，想找到某个人，或许认识赫丝塔那个神秘的朋友。没人认识他，不过他们看起来都有自己的一些故事，说是曾瞄到某些身影出现在引擎区的拐角处，而原本应该没人会在那里的。还有的说换班的时候留下了工具，后来就再也找不到了。东西从更衣箱和上了闩的房间里消失，另外热交换街上的一只储油罐也空了，然而它的计量表却显示几乎是满的。

"发生什么了？"汤姆问，"谁会拿所有这些东西啊？ 你们认为会不会有一些我们不知道的人登上了城？ 一些人从瘟疫之后就秘密地留在这里，以中饱私囊？"

"保佑你，年轻人。"引擎区的工人们呵呵笑了起来，"谁会要待在像这样一座城上，除非他们想帮助殿下将它驶向美洲？ 没有办法离开，所以也就没有办法变卖他们偷走的东西。"

"那么会是谁？"

"鬼魂。"这是他们唯一所说的，一边摇头，一边触摸他们每个人脖子上都戴着的护身符，"冰封高原一直都闹鬼。鬼魂登上城市，捉弄活人。每个人都知道这事。"

汤姆却不那么确定。引擎区里的确有某些阴森森的东西，有时候当他独自走在破败的街道上，他会有一种正被人窥视着的奇怪感觉，然后他想不出为什么鬼魂会要燃油，还有工具，还有飞艇燃料，还有女藩侯博物馆里的饰品。

"他在跟踪我们。"某个晚上，考川看着屏幕上的汤姆挨个检查引擎区边缘的几座废弃建筑，于是阴沉地说道，"他知道了。"

"他不是知道。"泰摩虚弱地说，"他只是怀疑，没别的了。而且他甚至不知道他该怀疑什么，他只是觉得有什么事情正在发生。"

考川惊讶地看着他，然后笑了："你对他的想法了解得很清楚嘛，对不对？"

"我只是想说你用不着担心他，就这样。"泰摩喃喃地说。

"而我只想说我们用得着，也许我们得做了他。让这事看起来像一场事故。你觉得怎样？"

泰摩什么也没有说，他不想接受考川抛出的诱饵。事实上，自从汤姆开始进行调查以来，小贼们不得不比以前当心得多，这令他们的工作受到了拖延。考川急切地想要证明他夺过指挥权是对的，所以他决定当他乘着"钻孔虫"号回家时，交到大叔手上的船必须满载赃物。可尽管他和泰摩几乎每天晚上都上楼去，他们还是不敢偷窃任何太明显的东西，生怕激起汤姆进一步的猜疑。他们也不得不从空港的燃料槽上拆下他们的盗吸管，这一点很快就会成为一个问题，因为传信鱼以及"钻孔虫"号上的大部分系统都依赖偷来的航空燃料才能运作。

泰摩心里属于迷失小子的那一部分知道考川是正确的。当汤姆独行在街道上时给他的肋骨之间来一刀，把尸体从城市舰部扔下去，然后正常的盗窃行动就能继续。但他心里的另一部分，善良的那一部分，无法忍受这个主意。他希望考川就这么放弃，回到格里姆斯比去，把他独自留在这里，看着汤姆、弗蕾娅，还有其他人。有时候他甚至想着自首：向安克雷奇的人们投降，请求他们的仁慈。问题是，从他记事起，别人就一直告诉他旱地人是没有仁慈可言的。他在盗贼馆的教练们，他的同伙们，还有从格里姆斯比食堂扬声器里低低传出的大叔的声音，全都认同一件事情，那就是无论旱地人看上去多么文明，无论他们的城市多么舒适，无论他们的姑娘多么漂亮，一旦他们抓到某个迷失小子，他们就会对他做出可怕的事情来。

泰摩不再确定那是真的，可是他没有勇气上去证实这一点。他又该怎么做呢？你好，我是泰摩。我一直在偷你们的东西……

舱房后端的电报机开始激动地嘀嘀咕咕起来，打断了泰摩的思绪。他和考川听到这个突如其来的声音后同时跳了起来，而舒寇叶则惊恐地开始尖叫，因为自从考川开始他那严厉的指挥起，舒寇叶就变得越来越容易心惊肉跳。那台小小的机器剧烈地上下挥舞它的黄铜杠杆，就好像一只机械蟋蟀，从它玻璃钢顶罩上面的一条狭缝里开始吐出一长条白色打孔纸来。此刻在安克雷奇下方深处，一条来自格里姆斯比的传信鱼正在游动，将信号透过冰层不断发送上来。

三个男孩彼此互看。这很不寻常。泰摩和考川以前乘坐的贝壳船都从来没有收到过来自大叔的信息。惊讶之下，考川一时间忘记了他的新角色，而是担心地望向泰摩。

"你觉得那是什么？你觉得家里出了什么事吗？"

"现在你是船长，考川。"泰摩答道，"最好看一看。"

考川穿过舱房，将舒寇叶推到一边，抓起卷曲的纸带，当他仔细观察打孔的图案时，他的眼睛眯了起来。他的笑容消失了。

"是什么，考川？"舒寇叶焦急地问，"是大叔传来的消息吗？"

考川点点头，抬头看了看，然后视线又回到纸带上，就好像他没法相信自己读到的东西。"当然是大叔传来的，你这呆子。他说他读了我们的报告。我们必须立刻回格里姆斯比去。他还说我们要带上汤姆·纳茨沃西。"

"彭尼罗教授！"

过去几星期里，这位伟大的探险家罕少出现在安克雷奇，而是一直待在他的卧室里，甚至都不出席掌舵委员会的会议："我发烧了！"当弗蕾娅派鱼鸭前来敲他的门时，他用仿佛被衣服捂住的沉闷声音解释道。不过那天晚上当汤姆从引擎区的楼梯走上来，来到拉斯穆森大道上时，他看见了彭尼罗那熟悉的戴着裹头巾的身影，正在他前方蹒跚地穿过雪地。

"彭尼罗教授！"他又叫了一声，拔腿就追，在接近掌舵塔底部的地方追上了他。

"啊，汤姆！"彭尼罗带着一个苍白的笑容说道。他的声音含含糊糊，手臂中抱满了他刚从一家名为"北国餐点"的废弃餐厅里借来的一瓶瓶廉价红酒："真高兴再次见到你。我猜那艘飞艇还是不好用吧？"

"飞艇？"

"一只小鸟告诉我你问阿丘克要他的空中拖船。'膳食'号还是什么名字来着。打算用它逃离这片北方国度，偷偷溜回文明世界去。"

"那是好几个星期前的事了，教授。"

"哦？"

"没有成功。"

"啊，真遗憾。"

他们站在一片难堪的沉默中。彭尼罗微微地摇晃着。

"我找了你好久。"终于，汤姆说道，"有一些事情我想要问你。问作为一位探险家和一位历史学家的你。"

"啊！"彭尼罗明智地说，"啊。你最好上来说。"

自从汤姆上一次见到名誉总领航员的正式寓所以来，这个地方已经变得邋里邋遢。一堆堆纸张和脏餐具就好像蕈类一样从每一块平面上生长出来，昂贵的衣物皱巴巴地躺在地板上，高高矮矮的空酒瓶环绕着沙发，仿佛是被偷来的红酒形成的潮水所冲上岸的浮木。

"欢迎，欢迎。"彭尼罗含含糊糊地说着，挥手让汤姆坐在一张椅子上，自己在书桌上的大片垃圾之间翻找开瓶器。"现在，我能帮你什么呢？"

汤姆摇摇头。现在要他大声地说出来时，这些话听上去就有些傻了。"就是……"他说，"嗯，在你的旅行途中，你有没有听说过关于入侵者登上冰原城市的故事呢？"

彭尼罗差点扔掉了手里的瓶子："入侵者？ 没有！ 为什么？ 你该不是说现在有什么人登上了……"

"不。我不能肯定。可能。有人一直在偷东西，而我不觉得会是某个弗蕾娅的子民——他们能够得到他们想要的任何东西,他们没有理由偷窃。"

彭尼罗打开酒瓶,直接对着瓶嘴喝了一大口。酒似乎让他的神经镇定了下来。"也许我们沾上了一个寄生虫。"他说道。

"你是什么意思?"

"难道你没有读过《蛇神的神庙之城》,我的那本记述穿越新玛雅的刺激旅途的著作?"彭尼罗问,"那里面有整整一章关于寄生城镇:吸血鬼城。"

"我从来没听说过寄生城镇。"汤姆怀疑地说,"你是指某种拾荒者吗?"

"哦,不!"彭尼罗在他边上找了个座,一阵阵温热的酒气直喷到汤姆脸上,"要猎食一座城市可不止有一种方式。这些吸血镇把自己隐藏在野外的垃圾中,直到某座城市从上方经过,然后它们就跳起来,用巨大的吸盘将自己贴在那座城市的下面。那座可怜的城市继续缓缓滚动,根本不知道什么东西挂在了它的肚子上,然而自始至终,那些寄生镇的人会悄悄登上城市,排干燃料槽,偷走各种设备,一个接一个地杀死居民,带走美丽的少女,卖到伊扎尔的奴隶市场上去,当作献祭给火山之神的祭品。最终,寄主城市颤抖着停下了脚步,被吸得只剩一个空壳,一层皮,它的引擎被扯掉,它的居民要么死掉要么被抓走,而那个养肥了的吸血镇则爬开去,寻找新的猎物。"

汤姆想了一会儿这个场面："但那是不可能的！"他终于开口说道，"一座城市怎么可能不知道有一整个镇子挂在它下面？ 他们怎么可能看不见所有那些跑来跑去偷东西的人？ 这不合理！还有……吸盘？"

彭尼罗一脸震惊："你在说什么，汤姆？"

"我说这是你……你编造出来的！就像是《垃圾？ 垃圾！》里的那些事情，还有你说你在美洲看见的那些古老建筑……喔，伟大的魁科啊！"汤姆突然感到一阵恶寒，尽管公寓里暖和而闷热，"你到底真的去过美洲吗？ 还是说那些也都是编造出来的？"

"我当然去过！"彭尼罗怒气冲冲地说。

"我不相信你！"以前的汤姆从小受到的教育就是敬重他的前辈们和尊敬所有的历史学家，那个汤姆绝不敢说出这种话来的，甚至连想都不会想。没有赫丝塔的三个星期改变了他，比他所意识到的改变更加彻底。他站在那儿，俯视着彭尼罗肥胖而汗流不止的脸，清楚地知道他在撒谎。"那只是一段幻想，对吗？"他说，"你的整个美洲之行就是一个故事，由飞行员们的逸事和老斯诺利·奥瓦尔逊那张失落地图的传奇共同编织而成，而那张地图可能从一开始就根本不存在！"

"你怎么敢这么说，先生！"彭尼罗奋力站直他那沉重的身躯，挥舞着手里的空酒瓶，"你，仅仅是一个前历史学徒，怎么敢侮辱我！我要叫你知道，我的书卖出了超过十万本！被翻译成十几种不同的语言！我是受到极高评价的。'奇妙，刺激和可信。'——《沙德斯菲尔德[1]公报》。'一篇好得呱呱叫的逸事。'——《装甲城市科布伦兹[2]广告报》。'彭尼罗的作品给沉闷的实用历史学世界吹来了一股新鲜空气。'——《汪泰吉[3]每周唠叨报》……"

汤姆现在正需要一股新鲜空气，但不是彭尼罗所能提供的那种。他推开那位虚张声势的历史学家，奔下楼梯，跑到外面的街道上。难怪彭尼罗一直这么急切地想看到"鬼面鱼"号被修复，而当赫丝塔飞走之后则变得心急如焚。他那些关于绿色大地的故事全都是谎言！他清楚地知道弗蕾娅·拉斯穆森正驾驶着她的城市冲向末日！

他拔腿跑向冬宫，但是没跑多远就改变了主意。和弗蕾娅谈这些那可真是找错了人。她把一切都押在了西进旅程上。假如他冲到她面前，宣布彭尼罗一直以来都是错的，那她的自尊心就会受损，而弗蕾娅容易受损的自尊心实在太强了。更糟的是，她可能会以为这只是汤姆的计策，以让她掉转城市的方向，这样他就能去寻找赫丝塔。

"斯卡比俄斯先生！"汤姆大声说道。斯卡比俄斯从来没完全相信过彭尼罗教授。斯卡比俄斯会相信汤姆说的。他转过身，以他最快的速度跑回楼梯。就在他经过掌舵塔的时候，彭尼罗从一个阳台上探出身子望着他，冲他追喊道："'一个令人吃惊的人才！'——《车轮

---

1. 与英国地名哈德斯菲尔德发音相近。
2. 现今位于德国莱茵河上的一座城市。
3. 英国牛津郡的一个小镇。

酒保周报》！"

在阴暗闷热的引擎区下头，随着引擎驱动着城市奔向灾难，引擎区的每一样东西都在伴着引擎的拍子不停震动，发出如雷轰鸣。汤姆叫住他遇见的第一群人，询问到哪儿能找到斯卡比俄斯。他们朝舰部点点头，摸了摸他们的护身符："去找他的儿子了，每晚如此。"

汤姆继续跑着，跑进了一片安静、生锈的街区，这里所有的东西都一动不动。或者说，几乎所有的东西。就在他从一盏挂在头顶的氙气灯下经过的时候，某一条通风竖井的开口处有什么东西微微动了一下，他的眼角瞥见了一抹银色的反光。汤姆停下脚步，重重地喘着气，心脏怦怦直跳，手腕上和颈后的汗毛像针一样竖了起来。刚才在因彭尼罗而产生的惊慌之下，他完全忘记了入侵者的事。现在他那些关于入侵者的半成品理论再一次涌满了他的脑海。通风管现在看上去空空荡荡，相当无害，但他确信刚才那儿有某个东西存在，某个在他目光触及时便心虚地飞快蹿进阴影中的东西。汤姆很肯定它还在那里，正在望着他。

"哦，赫丝塔。"他突然间感到十分害怕，不禁悄声说道，希望她能在这儿帮忙。赫丝塔肯定能应付这种事情，但汤姆并不确定他自己一个人能不能行。他试着想象若是她的话会怎么做，于是强迫自己继续动身，一步接一步，不要朝通风管看，直到他确信自己已经离开了藏在那里的无论是什么东西的视野。

"我想他看到我们了。"泰摩说。

"不可能！"考川嗤之以鼻。

泰摩闷闷不乐地耸耸肩。他们整个晚上都在用他们的摄像头跟踪汤姆，等待他走到某个足够安静，也离"钻孔虫"号足够近的地方，好让他们执行大叔的神秘命令。他们从来没有这么久、这么近地观察一名旱地人，当汤姆朝摄像头瞄过来时，他脸上的某些神情让泰摩觉得不舒服。"行了，考川。"他说道，"时间一长，自然会这样，不是吗？ 噪声，还有那种被窥探的感觉。而且他早就开始猜疑了……"

"他们从来看不见！"考川坚定地说。大叔发来的奇怪消息叫他紧张，而说到跟踪汤姆的任务，考川又不得不承认舒寇叶才是船上最好的摄像操作员，于是将控制交给了他。他紧紧抓着他那份对于旱地人的优越感不放，就好像这是世界上最后一件能够确定的事情："他们也许会瞄瞄，但他们从来看不见。他们不像我们一样有洞察力。瞧，我怎么告诉你的来着？ 他走过去了。愚蠢的旱地人。"

那不是一只老鼠。安克雷奇上头所有的老鼠都死光了。而且无论如何，这个东西看起来是机械的。当汤姆从阴影里悄悄朝着通风管爬回去时，他能够看见一节节金属上闪烁的光芒。一个球状的，拳头大小的身体，下面是许多条腿。还有一只摄像镜头的眼睛。

他想到了在赫丝塔离开那一晚来到他身边的神秘男孩，想到了为什么他似乎知道在空港和冬宫发生的每一件事情。有多少这种东西匆

匆行走在城市的管道里，四处窥探？ 而且，为什么这一只在看
着他？

"他到哪里去了，舒寇叶？ 把他找出来……"

"我想他走了。"舒寇叶来回移动镜头，说道。

"小心！"泰摩警告道。他将手放在年幼男孩的肩膀上："汤姆还
在那里的某个地方，我能肯定。"

"啥，你现在还有心灵感应啦，啊？"考川问道。

汤姆深呼吸了三次，然后扑向通风管，那个金属物体一阵乱扒
拉，想要逃进黑暗的竖井里。汤姆很高兴他还戴着他那双厚实的户外
手套，于是抓起它那些乱扑腾的脚，用力一拉。

"他抓住我们了！"

"卷回来！卷回来！"

八条钢腿。脚上有磁铁。覆盖盔甲的身体上，凸出一个个铆钉。
那个独眼镜头旋转着，挣扎着要对焦到汤姆身上。它太像一只巨型蜘
蛛了，所以汤姆将它扔下，畏缩地退了开去。它八脚朝天地躺在甲板
上，无助地扭动着一条条腿。随后，从它尾端延伸出去的一条细电缆
突然绷紧，噌的一声拖着它往后朝通风管退去。汤姆朝它飞扑过去，
但他慢了一步。那个螃蟹一样的东西被飞快地拖进竖井，然后消失

了，只留下他侧耳倾听它被拖进城市深处时发出的一连串渐渐减弱的撞击声。

汤姆爬了起来，心跳得飞快。谁会拥有这样一个东西？谁会要监视安克雷奇的人们？他想起了彭尼罗关于吸血镇的传说，现在它突然间听上去不那么无稽了。他靠在墙上喘了会儿气，然后开始继续跑。"斯卡比俄斯先生！"他大喊道，回声或沿着他前方圆管形的街道滚滚向前，或向上消失在巨大、黑暗、滴着水、闹着鬼的穹顶下，"斯卡比俄斯先生！"

"又把他追丢了！不，在那里——第十二号摄像头……"舒寇叶狂乱地从一个摄像头切换到另一个。汤姆的声音从舱房里的扬声器传出来，尖厉而带着金属声，正在大叫着："斯卡比俄斯先生！他不是一个鬼魂！我知道他从哪里来的了！"

"我想他朝着艉部走廊去了。"

"要快一点抓到他！"考川哀号一声，在储物柜里一通翻找，找出一支枪，一张网，"他会撕掉我们的伪装！大叔会杀了我们！我的意思是真的，真的杀了我们！神啊，我恨这事！我们是窃贼，不是绑票的！大叔在想什么啊？以前可从来没要求我们绑架过旱地人，至少不是长大了的……"

"大叔最有道理。"舒寇叶提醒他道。

"喔，闭嘴！"

"我去。"泰摩说道。紧急事态令他反而平静下来。他明白该做什么，他也明白他该怎么去做。

"我也一起去！"考川大叫，"我不信任你一个人在上面，爱旱地人的家伙！"

"好吧。"泰摩已经离舱门只有一半路了，"不过要让我来处理他。他认识我，你记得吗？"


"斯卡比俄斯先生？"

汤姆冲了出来，来到艉部走廊。月亮升了起来，低低地挂在城市后方的天空中，驱动轮搅动反射的月光，将它发洒在甲板上。那个男孩站在交替闪动的明暗之中等待着，犹如一条灰色的幽魂。

"你好吗，汤姆？"他问道。他看上去有一点紧张和害羞，但很友好，就好像他们像这样碰面是世界上最自然不过的事情一样。

汤姆将惊叫硬生生咽了下去。"你是谁？"他退后几步说道，"那种螃蟹一样的东西——你一定有一大批，爬满整个城市，监视一切。为什么？你是谁？"

那个男孩伸出手，这是一个恳求的姿势，请求汤姆留下来："我的名字是泰摩。"

汤姆感觉口干舌燥。彭尼罗那些愚蠢故事的一点一滴在他脑海中像警铃一样叮当作响：他们杀死居民，留下只剩空壳的城市，一层皮，所有人都死了……

"别担心。"泰摩说着，忽然微笑起来，就好像他能理解汤姆的心情，"我们仅仅是窃贼，而且现在我们就要回家去了。不过你得和我们一起走。大叔是这么说的。"

几件事情在同一时刻发生了。汤姆转身就跑，一张挂在头顶某个支架上的细金属网朝他落了下来，令他摔倒在地。与此同时他听见泰摩大喊："考川！别！"另一个声音叫道："艾克斯尔？"随后他抬起头，看见斯卡比俄斯站在走廊另一端，正望着他以为是自己儿子鬼魂的那个身形羸弱的金发男孩，惊得呆住了。接着，在头顶上方的阴影里，一支枪轻咳一声发射了，冒出一道突如其来的蓝色火光，这是某种气枪，跳弹呼啸而过，发出像条受伤的狗般的哀鸣声。斯卡比俄斯骂了一声，扑到一旁寻找掩护。这时第二个男孩跳了下来，落到艉部走廊上，他比泰摩更高大，长长的黑发在脸颊边上甩来甩去。他和泰摩一道抬起了还在挣扎着想从网子里逃出来的汤姆。他们开始奔跑起来，争着将他们的俘虏运进一条昏暗的巷子入口。

四周很暗，地面以一种稳定的节奏振动着。粗大的管道从甲板上伸出来，伸进头顶上的阴影里，就好像一座金属森林中的树木。后方某处映着微弱的月光，同时传来斯卡比俄斯先生愤怒、受伤的叫喊声："你这小子——！回这儿来！停下！"

"斯卡比俄斯先生！"汤姆大叫着，将他的脸紧贴纵横交错编织的冰冷金属网，"他们是寄生虫！盗贼！他们是——"

抓获他的人粗鲁地将他扔在甲板上。他翻过身，看见他们钻进了两条管道之间的一道缝隙里。泰摩的修长手臂抓住了甲板的一部分，正在将它举起来，正在打开它，这是一个伪装过的窨井。

"停下！"斯卡比俄斯叫道。他的声音现在更近了，他的影子在舰部的管道间飞快掠过。泰摩的朋友举起他的气枪，又开了一枪，在一条管道上打出了一个洞，里面开始冒出一股浓密的白色蒸汽喷流。

"汤姆！"斯卡比俄斯高声喊道，"我会去找帮手！"

"斯卡比俄斯先生！"汤姆大喊，但斯卡比俄斯已经离开了。汤姆能听见他的声音在旁边的某条管形通道里高叫着帮忙。窨井盖打开了，蓝光透过蒸汽笔直射了上来。泰摩和另一个陌生人抬起汤姆，将他朝里塞。他匆忙间只瞥见一条短短的舱梯，向下通往一个昏暗而映着蓝光的房间，随后他就往下坠落，好像一袋煤被扔进地窖那样，重重地摔在生硬的地面上。抓住他的那些人沿着舱梯噔噔地爬了下来，然后他上方的舱门就猛地关闭了。

# 22　"钻孔虫"号

一间圆顶的货舱，堆满了偷来的东西，就好像一个吃撑了的肚子。蓝色的灯泡罩在铁丝笼子里。空气中飘着潮湿的霉味和没洗澡的男生的气味。

汤姆挣扎着坐起来。在从舱梯上掉下来的时候，他的一只手从网子里松了出来。但当他刚注意到这一点，还没来得及将自己整个人解开的时候，泰摩从背后抓住了他的胳膊，而泰摩的朋友，那个名叫考川的男孩，在他面前蹲了下来。考川将枪插回了枪套，但手里有一把刀，一把银白色金属的短刃，边缘如锯齿。他用这把刀顶着汤姆的喉咙，蓝色的灯光下，刀刃上幽蓝流动。

"别，请不要！"汤姆尖声叫道。他并不真的认为这些陌生人花了那么大的工夫绑架他就是为了把他杀死，不过刀锋冰凉，而考川铅灰色眼眸中的神情透着疯狂。

"不要这样，考川。"泰摩说道。

"只是为了让他知道。"考川一边解释，一边缓缓撤回刀子，"只是为了让他清楚，要是他试着做任何奇怪事情的话会发生什么。"

"他说得对，汤姆。"泰摩说着，帮汤姆站直了身子，"你逃不了，所以你最好别试。要是我们不得不把你锁在货柜里，你是不会很舒服的……"他从口袋里抽出一根绳子，将汤姆双手手腕绑在一起，"就绑到我们离开安克雷奇为止。之后我们会给你松绑，要是你表现好的话。"

"离开安克雷奇？"汤姆望着泰摩的手指打了一个复杂的绳结，问道，"你们要去哪里？"

"回家。"泰摩说，"大叔想要见你。"

"谁的大叔？"

在泰摩背后的舱壁上，一扇圆形的门突然旋转着打开，就好像照相机的镜头一样。门后的房间里挤满了一堆堆看上去不那么可靠的设备，第三个男孩，年轻得让人吃惊，喊道："考川，我们得走了！"

泰摩飞快地朝汤姆露出一个笑容，说道："欢迎登上'钻孔虫'号！"然后跑进了那个新打开的房间里。汤姆被考川有力的手推着，跟了上去。这个奇怪的、映着蓝光的狗窝并不像他一开始想的那样是安克雷奇的某个地下室，但它显然也不是彭尼罗教授所说的那种寄生镇。它是一件交通工具，而这里就是它的控制室：一个新月形的舱室，四周环绕着一排排仪表和操纵杆，一个球形的舷窗向外凸出，望向外面一片奔涌不息的黑暗。控制台上方的六个椭圆形屏幕上闪过安克雷奇各处的粗糙蓝色景象：斯卡比俄斯球体，艉部走廊，拉斯穆森大道，冬宫的一条长廊。在第五个屏幕上弗蕾娅·拉斯穆森正宁静地睡着。在第六个屏幕上，斯卡比俄斯率领着一帮引擎工人朝那个秘密窖井走去。

"他们追上来了！"最年轻的那个小贼说道，他的声音听上去非常害怕。

"好吧，舒寇叶。是时候该走了。"泰摩向一排操纵杆伸出手去。这些操纵杆也带有一种手工制作的外观，就像这艘船上的所有其他东西一样。当泰摩拉动它们的时候，操纵杆发出吱吱的摩擦声，但它们似乎还是能正常工作的。屏幕上的画面一个接一个地折叠起来，缩成白色的光点。舱室中充斥着一种金属咝咝声，那是如同蔓延的海草一般侵染了安克雷奇的通风管道和下水管的一根根摄像头电缆，正在被迅速地卷了回来。汤姆能想象得到全城各地的人们都惊讶地抬头仰望他们供暖管道里突然传出的稀里哗啦的奔窜之声。在舱室里，卷电缆的噪声升高到了让人耳朵都要聋掉的尖啸，最终随着一连串沉闷的撞击声而结束，那是一只只螃蟹被猛拉回来，缩进头顶上方船壳外的一个个端口里，然后厚重的保护盖在它们上面关了起来。等最后一声的回音渐渐淡去，汤姆又听见了另一种微弱的敲击声：斯卡比俄斯和他手下的引擎区工人们正用撬棒和榔头砸着做了伪装的窖井盖。

泰摩和考川肩并肩站在控制台前，他们的手飞快而自信地在密密麻麻的面板上移动。汤姆平时一直非常用心地保养"鬼面鱼"号的设备器材，所以当他看到眼前这些设备的状态时不禁惊呆了：生锈、磨损、肮脏，操纵杆摩擦着滑槽，仪表碎裂，每当拨动一个开关时就有蓝色的电火花跳动。不过舱室开始震动，发出低沉的嗡嗡声，带裂纹的仪表盘上指针晃动起来，于是汤姆看出这玩意还是开始工作了。这个机器，或者不管是什么，可能会在斯卡比俄斯和其他人来得及做任何事情救出他之前，就将他从安克雷奇掳走了。

"下去啦！"考川快活地纵声大喊。

一个新的声音传来，有点像是"鬼面鱼"号的系泊夹具从停泊平台解开时发出的那种。然后是一股难受的高空坠落感，"钻孔虫"号从安克雷奇底腹的藏身之处开始自由下坠。汤姆的胃里翻江倒海。他抓住身后舱壁上的一个把手以稳住身体。这是一艘飞艇吗？可是它没有飞起来，只是在往下掉，接着伴随着一阵强烈的震动坠落在了城市下方的冰原上。城市滑橇和支架的巨大轮廓从窗外飞速掠过，被溅起的一股灰色的雪泥遮掩了大半，随后城市突然之间消失了，汤姆向外只看到一片月光下的开阔雪地。

舒寇叶检查了一下他面前的设备："薄冰方位东北东再偏点东，大约六英里。"他尖声叫道。

汤姆还是不知道"钻孔虫"号的大小或形状。不过现在它从城市地下飞射出来，险之又险地避过驱动轮，于是城市上层的观望者们便在月光下清楚地看到了它。它是一只有房子那么高的金属蜘蛛，圆滚滚的外壳由八条液压腿支撑着，每一条腿的末端都是一只宽阔的带爪子的圆盘型脚。它沿着安克雷奇的冰刀所轧出的辙印向东回奔，腹部两侧的排气口里喷出滚滚黑烟。

"一只寄生虫！"斯卡比俄斯怒吼一声，冲到了驱动轮上方的一个维修平台上，望着它远去。怒火在他体内沸腾，冲开了自从他儿子死去以后他加装在自己的情感上的一层层锁闩和钉销。某只臭寄生虫像虱子一样叮在他的城市上！某些寄生小偷愚弄了他，让他以为他的艾克斯尔回来了！

"我们要抓住他们！"他朝手下的人们吼道，"我们要教他们还敢不敢从安克雷奇偷东西！告诉掌舵塔做好准备！乌米亚克，金威格，尼夫斯，跟我来！"


安克雷奇将右舷冰舵插入冰层，开始转向。一时间，冰刀将纷纷扬扬的雪幕泼到空中，闪闪发亮，城市上没有人能看清任何东西。接着那只寄生虫再度出现，在前方一英里外，正朝东北方向驶去。城市加快速度，开始追逐。斯卡比俄斯的手下们拉开巨颚，让一排排钢牙上下叩击，以清除上面的积雪。探照灯在雪地上来回扫视，将那只寄生虫飞奔的扭曲阴影在它前方拉得老长。越来越近，越来越近，直到城市的巨颚在极其靠近那东西尾部的地方一口咬下，近到已经将它排气管里喷出的烟咬在了嘴里。"再来一下！"斯卡比俄斯站在城市小型肠道的地板上高喊，"这次他逃不掉了！"

可是温窦莲·派看了一眼航图，发现城市正加速驶向一个被勘探队标了红叉的地方：那里水面上只有一层薄冰，无法承受城市的重量。她将引擎区的电报转向**全部停止**，于是安克雷奇将引擎倒车，放下所有的锚，在一阵颤动中停了下来，剧烈的震动将一幢幢屋顶上的瓦片如黑色鸟群般震飞出去，还牵倒了城市上层一幢早已生锈不堪的旧房子。

那只寄生机器继续奔驰，一脚深一脚浅地走上了危险的冰层。斯卡比俄斯从张开的巨颚望出去，看到它慢了下来，最后停在了那里："哈！我们把它赶到了薄冰上！它不敢再往前走了！它现在是我们的了！"他穿过肠子，跑到了车库里，勘探队将他们的雪橇都放在这儿。他一边跑，一边从某个手下那儿抓过一支猎枪。有人为他拖出来一辆雪橇，并帮他发动了引擎，他跳了上去，往出口滑道一溜烟冲了下去，一扇铁门在他前方滑开。他驶到外面的冰上，绕过城市的巨颚，朝被逼到角落里的蜘蛛加速冲刺。十几名手下的人坐在其余的雪橇上，一路高呼跟在他身后。

汤姆眯着眼朝贝壳船的窗外看去，以抵挡安克雷奇的探照灯眩光。他已经能听见前来救他的人们的微弱呼喊声，猎枪朝天发射的乒乓声，还有穿过冰原朝他驶来的雪橇引擎的低沉突突声。

"如果你们放我走，我会帮你们说几句好话的。"汤姆向抓捕他的那几人保证道，"斯卡比俄斯不是个坏人。只要你们交出你们从他引擎区偷来的东西，他会好好对待你们的。而且我知道弗蕾娅不会想要惩罚你们的。"

小男孩舒寇叶看上去似乎可能被说服了，目光在汤姆和逐渐接近的雪橇之间惊恐地来回转动。但考川只是说了句："安静。"与此同时泰摩苍白的双手继续在控制台上挥舞。"钻孔虫"号晃了一下，再度动了起来，圆滚滚的身子向下降去，直至外壳搁在了冰面上。从它肚子底下伸出了旋转着的锯刃，并对着冰面喷出热水，冒起一大团腾腾蒸汽。"钻孔虫"号的腿笨拙地移动起来，于是它开始转啊，转啊，为自己切出了一个逃生洞。等完整切出了一个圆之后，锯齿刀刃折叠收回了外壳里面，这架机器向下挤去，将塞住洞口的冰块推到一边，身体用力穿过洞口，进入了下方的水中。


一百码开外，斯卡比俄斯看见了正在发生的事情。他用双膝掌控着雪橇的方向，双手脱开龙头，举起猎枪，但子弹在装甲外壳上弹开，像一只迷失方向的蜜蜂一样呼啸着掠过冰原飞远了。寄生船如眼球般凸起的舷窗沉到了水下。水波拍打它的背脊，涌过磁力抓斗和摄像蟹的端口。它那些长长的腿一条接一条地收起，蜷缩进冰洞中，最后整个儿消失了。

斯卡比俄斯停下雪橇，抛开猎枪。他的猎物逃脱了，带走了汤姆，还有那些寄生小子，他想不出它要到哪里去，也没有办法追上去。可怜的汤姆，他心想。尽管他态度生硬，他还是喜欢那个年轻飞行员的。可怜的汤姆，还有可怜的艾克斯尔，他已经死了，死了，死了，毕竟他的鬼魂并没有行走在安克雷奇的小路上。没人能从幽冥之国回来，斯卡比俄斯先生。

他很高兴自己戴了防寒面罩。这样手下的人将他们的雪橇在他边上停靠下来，前去观察逃走的那架寄生船切出的冰洞时，就不会看到他脸上滚滚流淌的泪水。

冰洞那儿什么东西也看不到。只有一片开阔的圆形水面，波浪拍打着洞口边缘，声音仿佛是嘲讽般的掌声。


城市突然地一倾，弗蕾娅扔在浴室架子上的各种香波瓶和浴盐罐稀里哗啦掉了一地，发出的噪声惊醒了她。她不停打铃呼唤鱼鸭，但他没有来。最后她不得不冒险独自走出冬宫，也许她是自从铎莉·拉斯穆森时代以来，第一个这么做的女藩侯。

在掌舵塔里，每一个人都在大呼小叫着幽灵蟹和寄生小子，直到一切平静下来弗蕾娅才知道汤姆不见了。

她不能让温窦莲·派和其手下职员们看见她在哭。她匆匆离开舰桥，跑下楼梯。斯卡比俄斯先生正一路走上来，一边脱下手套和防寒面罩，一边滴着雪水。他看上去红光满面，比弗蕾娅从瘟疫发生以来所见到的他更加有生气，就好像发现寄生者令他体内的什么东西解放了出来。他几乎都朝她笑了笑。

"一架奇妙的机器，殿下！笔直钻透了冰层。你只能把它交给魔鬼！我以前听说过冰封高原上的寄生虫传说，可我承认，我一直以为它们仅仅是老婆婆们讲的故事。我真希望我以前的思维更开放一些。"

"他们把汤姆带走了。"弗蕾娅小声说道。

"是啊。我很抱歉。他是一个英勇的小伙子。试图向我警示他们的存在，于是他们抓住了他，把他拖进了他们的机器里。"

"他们会对他怎么样？"她悄声说道。

引擎主管望着她，随后摇了摇头，脱下帽子，以表示尊重。他不能确定那艘吸血寄生蜘蛛冰原机器的船员们想对那个年轻飞行员做些什么，但他猜想那不会是什么好事。

"我们就不能做些什么吗？"弗蕾娅哀怨地问道，"我们就不能挖掘，或者钻洞，或者其他什么的？假如这个寄生东西又浮上来了呢？我们必须等在这里看着……"

斯卡比俄斯摇摇头："它早就走了，殿下。我们不能逗留在这里。"

弗蕾娅倒抽一口冷气，就好像被他抽了一巴掌。她不习惯有人质疑她的命令。她说道："可汤姆是我们的朋友！我不会就这么放弃他！"

"他只是一个男生，殿下。你有整座城市要放在心上。据我们所知，狼獾镇仍旧跟在我们后面。我们必须立刻启程。"

　　弗蕾娅摇着头，但她明白她的引擎主管是对的。当汤姆求她的时候，她没有掉头去找赫丝塔，所以她现在也不能掉头去找汤姆，无论她心里有多么想要这么做。可要是在过去这几星期里，她能对他好一点就好了！要是她对他说的最后那几句话不是那样粗暴冷淡就好了！

　　"来吧，女藩侯。"斯卡比俄斯温柔地说着，伸出了手。弗蕾娅惊讶地对着他的手注视了片刻，随即伸手牵起了他，他们一起爬上楼梯。舰桥上一片寂静。人们转过头来望着弗蕾娅走进来。在这片寂静中有某种东西告诉弗蕾娅，直到刚才他们一直都在谈论着她。

　　她抽抽鼻子，用袖口擦了擦眼睛，然后说："请带我们上路出发，派小姐。"

　　"哪条航线，殿下？"派小姐柔声问道。

　　"向西。"弗蕾娅说道，"美洲。"

　　"噢，克莱奥女神！"彭尼罗几乎不为人注意地蜷缩在一个角落里抽噎着，"噢，保斯基大神！"

　　引擎启动了，弗蕾娅能感到振动通过掌舵塔的支架传来。她推开斯卡比俄斯，走到舰桥后方，目光越过正在开始动起来的城市艉部。城市后方什么也没有留下，只有一团潦草涂画的雪橇辙印，以及一个浑圆的、已经开始凝出一层新冰的洞口。

## 23　隐秘深渊

　　日子一天天过去，但很难说清究竟过了几天。"钻孔虫"号上的幽暗蓝光使得时间好像停在了某个 11 月份的潮湿午后三点三刻。

　　汤姆睡在货舱的一个角落里，躺在一堆从安克雷奇的豪宅中掳来的被子和挂毯上。有时候他梦见自己正和某个人手牵手走在冬宫遍布灰尘的走廊上，但醒来时却不知道那个人是赫丝塔还是弗蕾娅。是否他真的有可能再也见不到她们中的任何一个了呢？

　　他设想过逃走，逃到海面，去寻找赫丝塔，可是"钻孔虫"号正在冰层下方明亮的峡谷里潜游，没有办法逃离。他设想过一路打进控制舱里，给安克雷奇发送信号，向弗蕾娅提醒彭尼罗说的是谎话，可是就算他找出那些生锈的机器里哪一台才是无线电，那些绑架了他的男孩也绝不会让他接近它的。

　　他们都十分警惕他。考川与他保持距离，心怀敌意，当汤姆靠近的时候，他就会沉下脸来，态度傲慢，绝少开口说话。他令汤姆想起了梅利凡特，在汤姆的学徒时代一直威胁他的那个恶霸。至于舒寇叶，他才十或十一岁大，只会在他以为汤姆没看着他的时候，用圆睁的双眼瞪着汤姆。只有泰摩能说得上话，奇怪而略显友好的泰摩，而就算是他也显得小心翼翼，不愿回答汤姆的疑问。

"等我们到了那里，你就会明白的。"这就是他唯一会说的话。

"哪里？"

"家。我们的基地。大叔住的地方。"

"可你的大叔是谁？"

"他不是我的大叔，就只是大叔。他是迷失小子的领导者。没人知道他的真名，或者他来自哪里。我听过一个故事，说他曾是一个大人物，在布雷扎维克，或者阿尔汉格尔斯克，或者类似的某座城市里，后来他因为某个原因被驱逐了出来，于是他就转行开始偷窃。他是一个天才。他发明了贝壳船和摄像蟹，还找到了我们，还建造了盗贼馆来训练我们。"

"找到了你们？ 在哪儿？"

"我不知道。"泰摩承认道，"四面八方。不同的城市。贝壳船也偷小孩回来，把他们训练成迷失小子，就像他们偷其他大叔需要的东西一样。我被带回来的时候还太小，不记得之前的任何事情。我们没人记得。"

"但这太可怕了！"

"不，不是的！"泰摩笑了起来。他说到最后总是会笑。想要向一个外人解释他一直以来习以为常的生活，这事很好玩，也很让人泄气。他怎么才能让汤姆明白，被带到盗贼馆其实是一种荣耀，而他更愿意成为一名迷失小子，而不是一个无聊的旱地人？"等我们到了那里，你就会明白的。"他保证道。然后（因为想到回家后要向大叔解释自己的举动，这令他不舒服），他就转变话题，问："弗蕾娅到底是什么样的？"或者："你认为彭尼罗真的不知道去美洲的路吗？"

"他知道路。"汤姆沮丧地说，"任何有点脑子的人都能根据古代航图画出一条通往美洲的路线。麻烦在于，我认为他对路线终点有什么撒了谎。我不认为那里存在绿色大地，除非是在彭尼罗教授的想象中。"他垂着头，真希望自己在被迷失小子抓走前就把自己的担忧告诉弗蕾娅。现在安克雷奇在它的道路上已经走得太远，没有足够的燃料往回走了。

"很难说。"泰摩说着，伸出手来碰了碰汤姆的手臂，然后飞快缩了回去，就好像碰到旱地人会烫伤一样，"关于寄生虫的事他其实还是说对了，差不多吧。"


某一天（或者可能是一个晚上），汤姆从纷乱的梦中被泰摩的叫声惊醒："汤姆！我们到家了！"他从偷来的织物堆成的窝里爬了出来，赶紧跑过去看，但当他来到控制舱的时候他发现"钻孔虫"号仍旧在水下深处。从某台机器里发出反反复复的带着回声的砰然声响。

考川一边忙着操作仪器，一边抬头看了一眼，只来得及说一句，"这是大叔的信标！"

贝壳船调整航线，随之感觉到船身摆动和扭转起来。窗外的黑暗渐渐淡去，变为一种昏沉沉的蓝色，汤姆意识到他们不再位于冰层下方，而是到了开阔海域，阳光正穿过他头顶上方数百英尺处波涛汹涌的海面照射下来。一座座巨大冰山的底部从他们边上滑过，仿佛上下颠倒的高山。随后在前方的昏暗之中，一个轮廓渐渐浮现：覆着海藻的钢梁与构架、附着藤壶的巨大螺旋桨片、一块倾斜而泥沙淤积的平台，在它之上有一排排生锈的房间挤开淤泥和垃圾矗立起来。"钻孔虫"号像是一艘飞艇正飞越一座座方山和一条条峡谷，巡游在一座沉没的巨大筏城的街道上。

"欢迎来到格里姆斯比。"考川说着，朝城市上层驶去。

汤姆听说过格里姆斯比。每个人都听说过格里姆斯比。北大西洋上最大且最凶猛的筏城，九十年前的那个寒铁严冬，它被浮冰群撞沉。汤姆满怀敬畏地透过贝壳船的舷窗凝望一路经过的景象，鱼群逡巡在死寂的房屋之间，神庙和高大的办公楼上垂着海藻。然后，在灰色、蓝色和黑色之中，出现了某个温暖的金色物体。舒寇叶发出一声欢呼，考川咧嘴而笑，轻轻向前推动"钻孔虫"号的驾驶杆，令它上升到城市最上层的边缘。

汤姆嘶了口气。在前方，灯光从市政厅的窗户里射了出来，里面有人影走动，使得这座沉没的建筑看起来温暖而有了家的感觉，就好像冬夜里一幢灯火通明的房子。

"这是什么？"汤姆问，"我是说，怎么——"

"这是我们的家。"泰摩说道。直到现在为止他一直都缄口不言，担心着有什么样的欢迎会等待着他，不过他觉得很自豪，因为格里姆斯比让去过这么多奇怪城市的汤姆都感到了震撼。

"大叔建造了它！"舒寇叶说道。

"钻孔虫"号钻进了市政厅底楼灌满水的楼层里，然后沿着管形隧道兜兜转转，一路上等待自动门在前方开启，又在后方关上。这一套水密门和气闸系统令建筑的其余部分保持干燥，不过汤姆并没能理解其原理，于是当贝壳船浮出水面，停泊在高大穹顶下的一个水池里时，他大大地吃了一惊，随后长长地松了一口气。

引擎的噪声停了下来，但从外面传来乒乒撞击声，那是系泊臂贴了上来，将"钻孔虫"号吊离水面。舱室顶上的一扇闸门吱呀一声打开了。泰摩拿过来一架梯子，将它挂在舱口："你先走。"他对汤姆说。汤姆爬了出去，来到贝壳船宽阔的背脊上，站在那儿，一边呼吸着清冷而带有氨水味的空气，一边环顾四周。

贝壳船是从地面上的一个圆形洞口里浮上来的，位于一个庞大的回音阵阵的房间里。这个房间可能曾是格里姆斯比的主议会大厅（在天花板上，城市达尔文主义的精神象征——一位相当魁梧的背生双翼的年轻女性——正为城市指向繁荣昌盛的未来）。宽敞的地面上点缀着几十个类似的出入口，每一个的上方都架着一具结构复杂的系泊吊车。其中几台吊车下方挂着贝壳船。汤姆惊讶地发现这些船只看上去是多么地拼拼凑凑东倒西歪；就好像它们是用任何手头能得到的东西胡乱镶补起来的一样。某些贝壳船明显正在被修理中，但那些在它们之上工作的人（全都是年轻的男人或男孩，没几个比泰摩或考川年纪更大）都离开了他们的岗位，围到了"钻孔虫"号边上。他们全都盯着汤姆。

汤姆朝他们瞪了回去，同时很高兴泰摩爬上来站到了他身边。即使是在"鬼面鱼"号曾拜访过的最粗鲁的城市里，他也很少看到一群如此不友好的眼神。和他同龄的小伙子们，瘦长结实外貌冷酷的年轻人们，还有比舒寇叶更小的小孩们，全都用半是仇恨、半是恐惧的目光盯着他。他们头发蓬乱，少数几个年纪大到需要刮胡子的也并没有费心去刮。他们的衣物是各类不同的服装错误地搭配了起来，要么太大要么太小：几件制服，女人的披巾和软帽，潜水衣和飞行员头盔，茶水保暖窝和过滤勺被压扁当成了帽子。他们看上去就好像是被一场旧杂货拍卖会爆炸后的残骸淋了满头满脑。

头顶上传来咔啦一声，随后是一阵又高又细的电路反馈啸叫。所有的脸都朝上望去。从一个个钉在系泊吊车上的扬声器里涌出静电干扰噪声，随后一个声音仿佛一下子从每一处地方响起。"把那个旱地人带到我的房间来，我的孩子们。"这个声音说道，"我要马上和他说话。"

## 24 大叔

　　格里姆斯比并不是汤姆所想象的那种犯罪头子的水下巢穴。它太冷了，而且闻上去有太多发霉和煮卷心菜的味道。这幢"废物利用"的建筑从外面看如有魔法之助，里面却狭小而凌乱，历年盗窃所得的赃物将它堆得像个旧货铺。一幅幅偷来的挂毯装饰在走廊里，精美的花纹被霉菌镶上了一片片新的图案。在架子上，在储物柜里，在经过的房间和工作间打开着的门口时偷瞄的几眼，汤姆能看见一堆堆的衣物，长满霉渍的书籍和文件，珠宝和饰品，武器和工具，来自高级店铺的外貌傲慢的模特假人，显示屏和飞轮，电池和灯泡，从城镇腹部撕下来的大而油腻的机械部件。

　　同时到处都有摄像蟹。天花板上爬满了这种小机器：阴暗的角落里有它们摇摇摆摆的细腿的闪光。它们不需要躲藏，就这么趴在一摞摞炊具上，或者钻在书橱下面，或是从挂毯上匆匆爬过，或是沿着从墙上垂下来的沉重而外观危险的电缆荡过来。它们的独眼微微闪光，吱吱旋转，跟踪着汤姆，望着他在泰摩和考川的引领下，走上一长溜通向大叔房间的楼梯。生活在格里姆斯比，就是永远生活在大叔的注视之下。

当然，大叔正等着他们。当他们走进他的房间时，他从椅子里站起身，穿过一千个监视屏的光芒来迎接他们。他是一个小个子，既矮又瘦，因为太长时间不见阳光使他的脸显得苍白。半月形的眼镜架在他狭窄的鼻子上。他手上戴着无指手套，头戴一顶五角帽，身穿一件带流苏的束腰上衣，可能曾经属于某位将军或是某个电梯服务生，外罩一件丝绸睡衣，下摆在积满灰尘的地板上拖出了一条条痕迹，下身穿着本色棉布的裤子，脚踩一双兔子拖鞋。一绺绺斑白的头发披在他的肩上。他手下的小子们帮他从十几个图书馆的书架上偷来的一本本书从他的口袋里探出来。在他脸颊的胡楂上挂着一粒粒面包屑。

"泰摩，我亲爱的孩子！"他喃喃地说道，"感谢你这么迅速地照着你可怜的老大叔的话做，又这么给力地把这个旱地人带回了家，他没有受伤吧？我看，没对他造成什么损伤吧？"

泰摩回想起了他在安克雷奇的表现，还有考川可能发回家的那些关于他的报告，于是便吓得不敢开口回答。考川粗声大气地说道："他活蹦乱跳的，大叔，就像你命令的那样。"

"棒极了，棒极了。"大叔满意地咕哝了一声，"还有考川。小考川。据我所知，你也一直挺忙啊。"

考川点点头，但就在他开口之前，大叔就抽了他一巴掌，打得很重，以至于考川跌跌撞撞地后退几步摔倒在地，大吃一惊，像小孩子一样痛得哭了起来。大叔狠狠地踢了他几脚。在他拖鞋欢快的兔子脸底下装着钢头。"你以为你是谁。"他吼道，"没有我的指示就自任为船长？你知道那些不听我话的孩子都怎么样了，对吗？'雷蒙娜'号上的小盛纳也玩了一手你这种把戏，你记得我把他怎么样了吗？"

"是的，大叔。"考川抽噎着说，"可这不是我的错，大叔，泰摩和一个旱地人说话！我以为规章——"

"所以泰摩稍微扭曲了一点规章。"大叔和蔼地说着，又踢了考川几脚，"我是一个通情达理的人。我不介意我的孩子们发挥一点主动性。我的意思是，小泰摩并不是把他自己暴露在了随便哪个老旱地人面前，不是吗？那是我们的朋友汤姆。"

从刚才起他一直在兜着圈子，渐渐接近汤姆，现在他伸出一只汗津津的手，抓住了汤姆的脸颊，将他的脸扭到灯光下。

"我不会帮你的。"汤姆说道，"假如你计划要攻击安克雷奇或别的什么，我不会帮助你。"

大叔的笑声又轻又尖："攻击安克雷奇？那可不是我的计划，汤姆。我的孩子们是窃贼，不是战士。窃贼是观察者。他们看、听。给我发报告，告诉我各个城市里发生了什么，说了些什么。是的。那才是我如何让我的孩子们持续不断劫掠的方式。那才是我为什么从来没被发现过。我收到很多报告，然后我将它们整理到一起，相互对比，记下某些事情，做些简单的算术。我注意那些在奇怪的地方突然冒出来的名字。好比赫丝塔·肖。好比托马斯·纳茨沃西[1]。"

"赫丝塔？"汤姆说着，朝前走去，但被泰摩拉住了，"你听说了赫丝塔什么事？"

在大叔椅子后面的阴影中，两名护卫被汤姆突然的举动吃了一惊，抽出了剑。大叔挥挥手让他们退回去："那么泰摩的报告是正确的了？"他问，"你是赫丝塔·肖的甜心？ 她的情人？"现在他的声音里多了一丝坏坏的劝诱意味，汤姆点头的时候感到自己的脸红了。大叔看了他一会儿，然后咯咯地笑了："最初是那艘飞艇让我坐直了开始记笔记。'鬼面鱼'号。那是个我记得的名字，哦是的。那是那个女巫方安娜的船，对吗？"

"安娜是我们的朋友。"汤姆说。

"朋友，呃？"

"她死了。"

"我知道。"

"我们差不多算是继承了'鬼面鱼'号。"

"继承了它，是吗？"大叔发出一声长长的窃笑，"哦，我喜欢那个说法，汤姆！继承了！ 正如你所见，我这儿有很多我和我的孩子们继承来的东西。我真希望我们十年前就得到你，汤姆，我们会把你变

---

1. 汤姆是托马斯的昵称。

成一个迷失小子的。"他又笑了起来，走回去坐进椅子里。

汤姆看看泰摩，又看看考川，后者又站了起来，脸上依然印着红色的大叔掌印。为什么他们能忍受他？汤姆不禁想道。他们都比他更年轻，也更强壮。为什么他们听他的命令？不过答案就闪现在环绕着他的墙上，在偷来的各种形状和尺寸的显示屏上，一幅幅蓝色的格里姆斯比内的生活画面滑过，从扬声器里传出窃听到的微弱对话。大叔知道他们说的和做的每一件事，这样一来谁还敢挑战大叔的权力呢？

"你刚才提到了一些关于赫丝塔的事。"汤姆努力以较为礼貌的口气提醒那个老人。

"信息，汤姆。"大叔无视他，开口说道，监视画面在他的眼镜镜片上舞动，"信息。那就是一切的关键。我的小贼们发回来的报告全都像一块块拼图那样拼到了一起。我可能比任何活着的人都更清楚北地发生的事情。而且我关注奇怪的小细节。关注改变。改变会是危险的事情。"

"赫丝塔呢？"汤姆再次发问，"你知道关于赫丝塔的事？"

"例如……"大叔说道，"有一个小岛，盗贼之窟，离这儿不远。曾经是红色洛奇与他的空中海盗的巢穴。不是啥坏人，红色洛奇。从没给过我们麻烦。占据了食物链上的不同生态位，他和我。不过现在他不在了。出局了。被谋杀了。它现在是一帮反牵引主义者的家了。绿色风暴，他们是这么称呼自己的。一个走强硬路线的势力。恐怖分子。麻烦制造者。你听说过绿色风暴吗，汤姆·纳茨沃西？"

汤姆心里仍旧挂念着赫丝塔，只得苦苦思索答案。他记得彭尼罗在唐怀瑟山脉上空的那场追逐时曾喊过一些关于绿色风暴的话，但在那之后发生了太多事情，他根本不记得任何只言片语了。"没怎么听说过。"他说道。

"好吧，他们听说过你。"大叔坐在椅子里，向前倾着身说道，"否则他们为什么要雇佣一名间谍来不断寻找你的飞艇？ 而且否则为什么你的妹子会成了他们的客人？"

"赫丝塔在他们那儿？"汤姆倒抽一口冷气，"你确定？"

"我是那么说的，不是吗？"大叔又跳了起来，搓着双手，一边绕着汤姆走，一边捏着指节发出咔咔的响声，"尽管'客人'并不是我想用的词，也许吧。确切来说她不太舒服。不怎么高兴，确切地说。关在一间牢房里，一个人。时不时地被带出去，天知道是去干啥——拷问，折磨……"

"可她是怎么到了那儿的？ 为什么？ 他们要从她身上得到什么？"汤姆紧张不安起来。他不知道大叔是否在说真话，还是在开某种玩笑来捉弄他。他所能想到的就是赫丝塔被监禁，在受苦。"我不能待在这儿！"他说，"我必须去这个什么窟的地方，尝试帮助她……"

大叔的微笑回到了脸上："当然你必须这么做，亲爱的孩子。那就是为什么我把你带到这里来的原因，不是吗？ 我们有共同的利益，你和我。你要去盗贼之窟里救出你那个可怜的妹子。而我和我的孩子们会帮助你。"

"为什么？"汤姆问。他天生容易相信别人——砍掉一半都嫌太轻信，赫丝塔总是这么说——不过他还没有天真到信任大叔。"为什么你要帮我和赫丝塔？你在里头有什么好处？"

"喔，问得好！"大叔咯咯笑起来，搓着双手，指节像一串小爆竹一样咔咔响，"来，我们吃东西。晚餐在地图室里奉上。泰摩，我的孩子，你和我们一起来。考川，从我面前消失。"

考川像条淘气的狗一样夹着尾巴溜了出去，随后大叔领着其他人从后头的一条路离开了这个满是屏幕的房间，沿着螺旋的阶梯往上走，来到了一个从地板到房椽都排满一个个木架的房间。一卷卷一叠叠的地图紧紧地塞在每一处空隙里，脸色苍白垂头丧气的男孩——失败的盗贼，不准执行贝壳船任务——吃力地在一个个架子之间爬上爬下，寻找航线图以及街道图，大叔要用这些地图来准备新的盗窃行动，以取代那些他已经完成的。这就是可怜的小舒寇叶将要留下来的地方，泰摩想，因为他知道在得到了他关于安克雷奇的报告之后，大叔将永远不会再派那个孩子出去行窃了。这令他心中戚戚了一阵，想象着舒寇叶要么就是像鸟儿一样在这些堆得山崖一样高的纸张间筑巢，要么就是去鼓捣大叔的间谍摄像头，如此度过余生，会是怎样的一番情景。

大叔在桌子的主位上坐了下来，打开餐盘边上的一个小小的移动式监视屏，这样他即使是在吃东西的时候也能继续观看他的孩子们。

"坐下！"他叫道，大方地指了指桌上摆出的食物，以及边上的空座，"吃啊！吃啊！"

在格里姆斯比，除了迷失小子们偷来的东西就没别的可吃了，而因为没人告诉迷失小子们什么是均衡膳食还有两顿饭之间不能吃零食，所以他们只偷那些自己想吃的东西。超甜的饼干，口感像肥皂的便宜巧克力，流着油的培根三明治，薄薄的海藻面包上涂着厚厚的花花绿绿的奶油酱，一瓶瓶乱选的酒，味道冲得就像飞艇燃料。唯一向健康饮食做出让步的就是桌子中央的一碗煮菠菜。"我一直关照孩子们要带回来一点绿叶菜。"大叔边解释边给他们盛菜，"帮助预防坏血病。"菜啪地拍到汤姆的盘子里，就像是某种从堵塞的机油箱里挖出来的东西。

"所以你问，为什么我要帮助你。"大叔说。他吃得飞快，说话的时候嘴里也塞满了东西，眼睛时不时地从他的监视屏上扫过："哎，汤姆，事实是这样的。要侦察像盗贼之窟这样的地方，可不像登上一座城市那样容易。我们在那里架设监听站已经几个月了，可我们还是不知道绿色风暴在那里做什么。他们是群做事认真的家伙。我们根本没法送任何摄像蟹进去，而我也不敢派某个我手下的孩子进去；十次里有九次他会被哨兵抓住。所以我想，我可以送你进去，你能得到机会去救赫丝塔，而我能了解一些关于盗贼之窟的事情。"

汤姆瞪着他："可你的手下是久经训练的窃贼！如果他们都没法混进去而不被抓住，你凭什么认为我能行？"

大叔笑了起来："如果你被抓住，那就不算什么。对我来说不算。我仍旧能通过看你如何被抓而对他们的安保系统深入了解，而且假如他们逼问你的话，你也不可能说得出我的任何秘密。你不知道格里姆斯比在哪里。你不知道我有多少条贝壳船。况且不管怎么说，他们可能也根本不会相信你。看上去你就好像是独自行动，为了营救心爱的妹子。多浪漫呀！"

"听上去就好像你很期待他们抓住我。"汤姆说。

"不是期待。"大叔抗议道，"但是我们必须准备好应付各种不测，汤姆。只要一点儿运气，再加上我的孩子们的一些帮助，你就能溜进去，找到那姑娘，再溜出来，几天之后，我们就又都能坐在这张桌子边上，听赫丝塔讲讲为啥绿色风暴要在我的一亩三分地上弄出这些机密军事设施啦。"

他将一大把爆米花塞进嘴里，视线回到了屏幕上，随意地切换着频道。泰摩闷闷不乐地望着自己的盘子，他被大叔话里的意思惊到了。听上去他的意思好像就是要把汤姆当成某种炮灰一样的两条腿的摄像蟹……

"我不去！"汤姆说。

"可是汤姆啊！"大叔抬起头，叫了起来。

"我怎么行？我想要帮助赫丝塔是没错，可这也太疯狂了！这个盗贼之窟听上去就是一座要塞！我是历史学家，不是特种兵！"

"但你必须去。"大叔说道，"因为关在那儿的是赫丝塔。我读过了泰摩和考川关于你的那些伤感的小报告。你对她的那种爱。自从你赶走她之后的那种自我折磨。想一想，要是你现在有个机会，却不试着去救她，那会变得有多糟。她可能是真的在遭受折磨。我不愿去想象那些绿色风暴的人在对她做些什么。他们指责她谋害了老方安娜，这你是知道的。"

"可那不公平！这太可笑了！"

"也许是那样。也许这正是可怜的赫丝塔现在正对绿色风暴的刑讯人员所说的话。不过我不认为他们会相信她。而且就算他们最终觉得她是无辜的，他们也肯定不会给她道个歉把她放走，对吗？他们会给她脑袋上来一枪然后推下悬崖。你能想象得出那个画面吗，汤姆？很好。你要习惯看到它。如果你不尝试帮助她，在你的余生里，每次闭上眼睛，你就会看到那个场景。"

汤姆向后推开椅子，大步离开了桌子。他想要找到一扇窗户，看看别的东西，而不是大叔那张笑得不怀好意、仿佛无所不知的脸。但地图室里没有窗户，就算有，外面除了冰冷的海水和沉没城市的座座屋顶之外也没什么好看的。

门边的一块板子上钉着一张巨大的航图，显示着盗贼之窟以及附近海床上的沟壑与峰脊。汤姆凝视着它，猜想着赫丝塔位于何处，在小岛峰顶这些用蓝色小方块标记的建筑物中，她正遭受何种待遇。他闭上双眼，但就像大叔所保证的那样，她就在他眼皮下的那片黑暗之中等着他。

这全是他的错。假如他没有吻弗蕾娅，赫丝塔绝不会像那样飞走，绝不会被绿色风暴的特工抓住。弗蕾娅也面对着危险，但她离得太远，他做不了任何事情来帮她或她的城市。不过他能帮助赫丝塔。他有十分之一的机会来帮赫丝塔。

他尽可能地让自己平静下来，转回身来面对大叔，尽力让自己的声音听上去平稳而无畏。"好吧。"他说道，"我去。"

"好样的！"大叔咯咯笑了起来，用戴着手套的双手鼓掌，"我知道你会的！明天一早，泰摩就会用他的'钻孔虫'号带你去盗贼之窟。"

泰摩在边上旁观着。他觉得自己正被从未感受过的情感浪潮同时卷向两个不同的方向：替汤姆感到害怕，这是肯定的，不过也有几分欢欣鼓舞，因为他一直都如此地担心大叔会为了他在弗蕾娅的城里所做的事而惩罚他，可现在就这么着，他还是"钻孔虫"号的指挥官。他站起身走向汤姆。汤姆正靠在椅背上，盯着自己的手，看上去颤巍巍、病恹恹："没事的。"泰摩向他保证道，"你不会是一个人。你现在是和迷失小子在一起了。我们会送你进入那个地方，再和赫丝塔一起出来，一切都会没事的。"

大叔飞快地在他的监视屏上切换着频道，因为要是不一直看着，天知道那些诡计多端的小子会干出什么来。然后，他眉开眼笑地给汤姆和泰摩的杯子里倒了更多酒，好让他们将他灌输给他们的半真不假事实与彻头彻尾的谎言一古脑儿冲服入肚。

# 25　波普乔伊博士的展览厅

　　对赫丝塔而言时间过得很慢。在盗贼之窟，白昼与黑夜没有太大分别，除了有时候在她牢房高墙上的小方窗会从黑色变成灰色。某一次月亮照了进来，比满月略过几分，于是她意识到自从她离开汤姆之后一定已经超过一个月了。

　　她坐在一个角落里，当守卫从门上的一块活板把食物推进来，她就吃，若是内急了，就蹲到一个马口铁桶上去。她在墙上的霉斑上尽最大可能地绘出安克雷奇和阿尔汉格尔斯克的航线，试着计算出那座大掠食城会在何时何地追上它的猎物。而大多数时候，她只是思考着身为瓦伦丁之女的这一事实。

　　有几天，她希望她当时有机会的时候能杀了他，而在另几天里，她又希望他还活着，因为她有很多事情想要问他。他爱过她的母亲吗？他知道赫丝塔是谁吗？为什么他这样关心凯瑟琳却一点也不在乎他的另一个孩子?

有时候门会被踢开,士兵们会过来带她去回忆室,萨特雅会和波普乔伊还有那个曾经是方安娜的东西等在那里。一张巨大而丑陋的赫丝塔脸部照片被添加到了这座记忆环境的墙壁上的其他肖像之间,但萨特雅似乎依旧觉得,在她耐心地对面无表情的潜猎者反复讲述方安娜一生的故事时,有赫丝塔的真人在边上会有帮助。她对赫丝塔的怒火似乎淡去了,就好像她心里有一部分已经明白这个营养不良的疤脸少女并不真的是她想象中的那个残忍的伦敦刺客。而赫丝塔,相对地,也开始渐渐地对萨特雅了解得更多了一点,包括为什么她如此坚定地要将那位死去的女飞行家复活。


萨特雅出生在光秃秃的大地上,在某条古代辙印的深崖上所挖出的一连串洞穴,将洞口挂上帘幕后所形成的一个陋居营地里,位于饱受城镇蹂躏的印度南部。在旱季里她的族人们每过一两个月就得迁居,以免被某些路过的城市的履带碾碎,例如吉丹纳戈拉姆[1],或古塔克[2],或贾格纳布尔[3]。当雨季来临,整个世界在他们的赤脚下面溶

_____

1. 可能源自印度城市吉丹巴拉姆;小说设定中,是在印度南端活动的牵引城。

2. 在印度雅利安语中意味"吞"。

3. 原文为Juggernautpur,这是作者生造的单词,可以看作由Juggernaut和Puri两个单词组合而成。贾格纳(Jaggernaut)是毗湿奴的化身,在印地语中有"世界主宰"之意,对贾格纳的崇拜尤为集中在印度东部的布里市(Puri)。印度教徒每年会举行隆重的仪式,将神像放在巨大的战车上,随着游行队伍前进。

化成了泥浆。每个人都在谈论总有一天他们要搬到高地上的某个定居地去，但当萨特雅长大之后，她开始明白他们永远不会真的踏上行程。光是要生存下来就已经占据了他们所有的时间和精力。

然后那艘飞艇来了。一艘红色的飞艇，由一位高挑、和善、美丽的女飞行家所驾驶，在去槟城执行完某个任务之后一路北上，中途降落以进行维修。营地里的孩子们粘在她身边，被她迷住了，如饥似渴地听她讲那些她为反牵引联盟工作的故事。方安娜炸沉了一整座威胁要进攻百岛群岛的筏城。她与来自巴黎和发动城[1]的空中侦察兵进行战斗，并将炸弹放置进其他饥饿城市的引擎室里。

萨特雅害羞地站在人群后面，人生中第一次发现她不必像一条蛆那样过完余生。她要反击。

一个星期后，在前往联盟首都天津的路上，方小姐听见"鬼面鱼"号的货舱里传来动静，随后发现萨特雅蜷缩在那里。她同情这个女孩，出资让她接受训练成为一名联盟飞行员。萨特雅认真学习，努力工作，很快就成为北方空中舰队的一名空军中校。每个月，她将四分之三的薪水寄回南方以帮助她的家庭，但她几乎不怎么想他们——现在联盟就是她的家庭，而方安娜就是她的母亲，是她的姐姐，也是她睿智而又亲切的朋友。

而她又是如何回报这一切善意的呢？ 与一队绿色风暴的活跃分

---

1. 小说设定中，速度最快的牵引城，后因燃料耗尽而被伦敦城捕食。

子爬到联盟最伟大的战士们的安息之地，战山的冰窟上去，偷出那位女飞行家冰冻的尸体。将她带到盗贼之窟这儿，让波普乔伊在她身上实施他那可怕的炼金术。尽管自己被关着，赫丝塔眼看着另一个少女不断试图软磨硬泡地将潜猎者的记忆激发出来，越来越为她而感到难过："我不是方安娜。"那个东西一遍又一遍地用风吹野草般的声音坚持。有时它会发起怒来，于是他们就得撤离。有一次连续几天都没有对话过，后来赫丝塔才知道它杀了一个守卫，试图冲出回忆室。

情况好的日子里，当那个生物看上去比较顺从，他们都一起沿着一条装甲通道，从回忆室走到"鬼面鱼"号系泊的机库。在船舱的狭窄范围里，赫丝塔被逼着将她所记得的与那位女飞行家有关的两次简短航行再重新表演一遍，同时萨特雅又重复讲述安娜是如何建造这艘飞艇，从她当奴隶的阿尔汉格尔斯克废料厂里偷来一个个的零件，在她的野蛮主人的鼻子底下将"鬼面鱼"号组装起来。

潜猎者用它那冰冷的绿色眼睛望着她，悄声说道："我不是方安娜。我们在浪费时间。你建造我是为了领导绿色风暴，而不是窝在这里。我想要去摧毁一座座城市。"

一天晚上萨特雅独自来到牢房。她脸上颤抖、惊异、恐慌的表情比以往更甚，她的眼圈发紫。她的指甲都被啃秃了。赫丝塔坐起身来，面对她的到来，一个奇怪的念头闪过她的脑海：她是她自己的囚徒。

"来。"萨特雅只说了一个字。

她领着赫丝塔沿着午夜时分的幽深隧道来到一个实验室,一排排试管用阴郁的笑容欢迎她们。波普乔伊博士正蹲在一张工作台边,鼓捣着一件精巧复杂的机器,他的秃头在一盏氩气灯的照耀下闪着光。萨特雅不得不叫了好几遍他的名字,他才咕哝着做了几下最后的调整,放下手头的工作。

"我想让赫丝塔看到一切,博士。"萨特雅说道。

波普乔伊粉红色的眼睛湿漉漉地眨了几下,目光落到赫丝塔身上:"你确定那没问题吗? 我是说,要是有只言片语流传出去……不过我想肖小姐不会活着离开这里,对吗? 至少,不是通常意义下的那样!"他发出抽鼻子的声音,可能是在笑,然后示意他的客人们往前走。赫丝塔跟着萨特雅在工作台间穿梭,她看见波普乔伊刚才在摆弄的东西是一枚潜猎者的大脑。

"一件机械杰作,呃,我亲爱的?"波普乔伊自豪地说,"当然,它还需要占据一具尸体。现在它躺在这里就只是一件巧妙的玩具,但只要等到我把它塞进一个死人体内! 加一小撮化学药剂,再来少许电流,搞定!"

他轻快地跳着舞,穿过实验室,路过一排排玻璃曲颈瓶,路过装在一个个罐子里的死人肢体,以及一组组建造了一半的潜猎者零件。一只巨大的死鸟栖息在一个 T 形的架子上,用亮着绿光的眼睛望着访客们。波普乔伊向它伸出一只手,它展开破破烂烂的翅膀,张开喙。

"正如你们所见。"工程师轻轻拍着它，说道，"我并不局限于复活人类。潜猎鸟的原型早已在本机构周围的天空中巡逻，我还在考虑其他的点子——一头潜猎猫，也可能是一条潜猎鲸，能带着炸药潜到一座筏城的下方。与此同时，我在人类复生技术的领域里取得了一些重大的进展……"

赫丝塔瞄了一眼萨特雅，但萨特雅没有看她，只是跟着波普乔伊走向另一侧墙上的一扇门。那扇门上装着一道磁力锁，就像记忆室门上的那些一样。工程师的修长手指像蜘蛛一样在象牙键上爬动，敲进一串密码。锁咔的一响，发出呼呼的声音，门随之打开，露出一个冰洞，里面有一座座奇怪的雕像，都盖着塑料布。

"你瞧，那些建造旧型潜猎者的人缺乏想象的天分。"波普乔伊解释道，他匆匆绕着那个冷冻的大展厅走了一圈，为他的一件件作品揭幕，嘴里的呼吸被冻成了白雾，"仅仅因为潜猎者需要一个人类的大脑和神经系统，并不意味着它必须局限于人的外形。为什么要执着于两条胳膊和两条腿呢？为什么只有两只眼睛？为什么要有一张嘴？这些家伙不用吃饭，我们也不是为了要它们进行活泼机智的对话而建造它们的……"

积满白霜的塑料布被拽到一边，露出身披钢甲的半人怪兽，长着二十条手臂，以及取代双腿的履带，还有蜘蛛型的潜猎者，脚上带着爪子，腹部带着机枪塔，更有一些潜猎者在它们的脑后也有额外的眼睛。在展厅前方的一个平台上，躺着某件半成品，是由可怜的韦杰理·布林科的尸体做成的。

赫丝塔伸手掩住了嘴，咽了口口水，同时倒抽一口冷气："这是那个在阿尔汉格尔斯克给我下了药的人！"

"噢，他只是一个雇佣的特务。"萨特雅说道，"他知道得太多了。他带你来的那一晚我就把他干掉了。"

"要是他的那些妻子来找他怎么办？"

"要是你是布林科的老婆，你会来找他吗？"萨特雅问。她甚至看都不看那个死去的间谍一眼，她的目光逗留在其他潜猎者与波普乔伊的身上。

"管它呢！"波普乔伊轻快地说着，将一块块罩布盖回原处，"最好在这些小家伙过热之前退回到外面去；在它们苏醒之前，尸体会有一些腐烂的危险。"

赫丝塔没法儿自己移动脚步，但萨特雅拉着她回到了实验室里，说："谢谢你，波普乔伊博士，这些实在太有趣了。"

"我的荣幸，亲爱的女士。"工程师轻佻地微微躬身，回答道，"始终是我的荣幸。很快，我肯定，我们会找到恢复你朋友安娜的记忆的办法……再见！你也再见，肖小姐！我期待着在你被处决之后与你共事。"

离开实验室，走过一条短短的隧道，穿过一扇门，门外通往一条架设在悬崖上的生锈步道。狂风大作，从世界之巅呼啸而下，卷过冰原。赫丝塔估量了一下风向，身子探出扶手之外，开始呕吐起来。

"你曾经问过我，为什么绿色风暴会支持我在这里的工作。"萨特雅说道，"现在你知道了。他们对方安娜不感兴趣，一点也不。他们想要波普乔伊为他们建造一支潜猎者大军，这样他们能在联盟里攫取权力，然后向那些城市发起战争。"

赫丝塔擦了擦嘴，俯视着卷过狭窄礁岩缝隙的浪涛的白色破碎泡沫。"为什么要告诉我？"她问道。

"因为我想要你知道。因为当炸弹开始落下，绿色风暴的潜猎者们被释放出来时，我想要有人知道这不是我的错。我是为安娜做了这一切。只是为了安娜。"

"但安娜会痛恨这个。她不会想要一场战争的。"

萨特雅痛苦地摇着头："她认为只有当那些城市威胁到我们的定居点时，我们才应该攻击它们。她从不赞同城市里的人都是野蛮人，她说他们仅仅是被误导了。我认为，当安娜恢复自我之后，她会向我们揭示一条新的道路：比旧有的联盟更加强硬，但又没有绿色风暴那么激烈。可是绿色风暴正变得日益强大，它们的新潜猎者已经快准备好了，而安娜仍旧处于迷失之中……"

赫丝塔觉得自己的脸扭曲成了一个讽刺的笑容，在萨特雅注意到之前她飞快地移开视线。一个毫不犹豫就杀掉了老布林科的少女，却产生了道德上的巨大担忧，这一点实在让人难以容忍，但赫丝塔却觉察到了一丝机会。萨特雅的疑虑就像是监狱铁窗上的一条松动的栏杆，一个她也许能加以利用的弱点。她说："你应该警告联盟。派一个信使去最高议会告诉他们你的朋友们在这里干什么。"

"我不能这么做。"萨特雅说,"要是被绿色风暴发现了,我会被杀死的。"

赫丝塔只是一直望着大海,品尝着嘴唇上溅到的咸咸的海水。"那么假如一个囚犯逃脱了呢?"她问,"他们不会为了那个而责怪你的,对吧。假如一个知道这里发生了什么的囚犯逃脱了并偷了一艘飞艇,飞走了,那不会是你的责任。"

萨特雅抬起头,目光锐利。赫丝塔感觉自己因为突如其来的逃脱的可能而颤抖。她可以离开这个地方!还有时间去救汤姆!她为自己如何利用萨特雅的苦闷而感到自豪,对她来说,这似乎是一件机智而残忍的事,配得上瓦伦丁的女儿。

"让我逃走,并带上'鬼面鱼'号。"她说道,"我会飞到联盟的领土去。找到某个值得信任的人,比如柯拉船长。他会率领战舰北上,收复这个地方。在波普乔伊的新发明被使用之前,把它们扔进大海。"

萨特雅的眼睛闪闪发光,就好像她已经能想象出那个英俊的非洲飞行员跳出他那艘阿契贝 9000 型的船舱,帮她脱离她给自己设下的陷阱。然后她摇了摇头。

"我不能这么做。"她说,"如果柯拉看见安娜现在这个样子——他不会理解的。我不能让任何事情干扰我对她进行的工作,赫丝塔。我们现在已经如此接近了。有时候我能感觉到她从那张面具后面朝我望过来……而不管怎样，我怎么能让你走呢？　你协助别人杀了她。"

"你已经不相信那个了。"赫丝塔说，"一点也不相信。否则你早就已经杀了我了。"

两行眼泪从萨特雅的脸上滑落，在她深色皮肤映衬下闪着银光。"我不知道。"她说，"我有过怀疑。但是我对太多东西有过怀疑了。"突然间她拥抱了赫丝塔，将脸靠在赫丝塔那件浆过的粗糙上衣的肩头："能有人说得上话，真好。我不会杀你的。等安娜好起来，她就能亲口告诉我你是否应该为她的死而受到指责。你必须待在这里，直到安娜好起来。"

# 26　大局

如果你从某个高高在上的地方俯瞰世界——如果你是一位神明，或者某个游荡在众多仍旧高挂于北极上空轨道的古代美国武器平台上的幽灵——冰封荒原第一眼看上去就像赫丝塔牢房的墙壁那样空无一物：一片茫茫白色散布在可怜的老地球的王冠上，就好像一只蓝色的眼睛上长了白内障。但若是凑近一点看，就能看到在空白一片上有一些东西在移动。看见格陵兰西面的那个小黑点了吗？那是安克雷奇，它在厚厚冰川覆盖的群山之间迤逦爬行，穿越大片大片不曾被测绘过的海冰，在它前方散开一大片勘探雪橇。爬行得很小心，但并不太慢，因为城上的每个人都记得那条将可怜的汤姆偷走的寄生船，他们害怕随时可能有更多这种寄生船穿过冰层喷射出来。现在引擎区里设置了警卫，每天早上巡逻人员还会检查城市外壳，寻找是否有不受欢迎的客人。

当然，城上没有一个人怀疑，真正的危险并不是来自下方，而是来自另一个黑点（更大，更黑），它正从东面向他们爬来，拉起减速板，放下履带，拖着它那巨大的外壳，穿过格陵兰遍布丘陵的中脊。它就是阿尔汉格尔斯克。在它的肠子里，狼獾镇与另三座小型捕鲸镇正在被拆解。而在它最深的核心区，在墙上铺陈着象牙的总长办公室里，朴特·马思嘉正催促他的父亲加快城市的行驶速度。

　　"但提速是很花钱的，我的孩子。"总长捻着他的胡子说道，"我们已经抓住了狼獾镇，我不确定是否值得继续往西冲过去追安克雷奇。我们可能永远也找不到它。这可能只是一场恶作剧。他们告诉我说，那个将安克雷奇航线出卖给你的姑娘已经失踪了。"

　　朴特·马思嘉耸耸肩："我的线人总是会在猎物被抓住之前逃走。不过这一次我有一种感觉我们会再次见到她的。她会回来领取她那份掠食者的赏金。"他的拳头重重地落到了他父亲的书桌上，"我们必须抓住他们，父亲！我们谈论的可不是某些瘦不拉几的捕鲸镇！我们讲的是安克雷奇！拉斯穆森家族藏在冬宫里的财富！还有他们的那些引擎。我查过了记录。它们的效率应该要比冰原上的任何其他东西高出二十倍。"

　　"没错。"他的父亲承认道，"斯卡比俄斯家族一直以来都守护着他们所建造的东西的秘密。我猜是害怕某个掠食者会夺走它。"

　　"嘿，现在就有个掠食者。"马思嘉胜利地说，"我们！想象一下，索伦·斯卡比俄斯不久就能替我们工作！他能重新设计我们的引擎，让我们只需要一半的燃料就能抓获两倍的猎物！"

"很好。"他的父亲叹息道。

"你不会为此而后悔的，爸爸。再沿这条路线走一个星期。然后我就会带着我的猎手团出发去找到那个地方。"

如果你是一个幽灵，高高在上，位于无休止地翻滚着的纸、笔、塑料杯，以及冻得硬邦邦的宇航员之间，你就可以使用那座古代太空站上的设备，看透海水，望进格里姆斯比的秘密房间里。大叔正坐在那儿，观看着他最大的一个屏幕，目视"钻孔虫"号驶离贝壳船坞，泰摩驾驶着船，考川担任船员，带着汤姆·纳茨沃西离开，前往盗贼之窟。

"放大，孩子！放大！"大叔一边欣赏着贝壳船的行驶灯渐渐隐入水下的黑暗中，一边呵斥道。舒寇叶坐在他边上的摄像器控制台边，乖乖地将图像放大。大叔拍了拍那个男孩头发蓬乱的脑袋。他是个好孩子，在这儿会很有用，帮他管理档案与监视屏。有时候大叔觉得他最喜欢像舒寇叶这类无能为力笨头笨脑的小孩子。至少他们不会惹麻烦。这可比像泰摩那种温和而奇怪的男孩好多了，最近泰摩显露出了良心这种讨厌的症状。也比像考川那种粗暴而有野心的好多了，他们就得一直不断地被盯着，否则不知道哪一天他们就会用大叔传授给他们的技巧和狡诈来与大叔作对。

"它走了，大叔。"舒寇叶说道，"你觉得这能行吗？你觉得那个旱地人能成功吗？"

"谁在乎啊？"大叔咯咯笑着回答，"无论如何都是我们赢，孩子。的确，对于盗贼之窟里面的事情，我了解的不像我所希望的那样多，然而隆透于的报告里有一些线索，一些小细节。但对于一个像我这样的天才来说，它们全都综合到了一起。一个伦敦工程师……那个从山国来的棺材，裹在冰里……那个叫萨特雅的姑娘不断唠叨着她那可怜的已故朋友。太简单了，我亲爱的舒寇叶。"

舒寇叶瞪着又大又圆的眼睛望着他，完全没有理解："所以……汤姆？"

"别担心，孩子。"大叔一边说，一边又揉起了他的头发，"送那个旱地人进去，只是一种引开绿色风暴注意力的方式。"

"把他们的注意力从哪里引开，大叔？"

"喔，你会看到的，孩子，你会看到的。"

# 27 楼梯

迷失小子们就在盗贼之窟东侧岸边建立了他们的监听点，黑色的悬崖在此垂直切入四十英寻[1]深的海水中。在红色洛奇与绿色风暴的战斗中，他的一艘被焚毁的飞艇就沉没在这里。在这艘飞艇长满藤壶的肋骨笼架中，三艘贝壳船停靠在一起，形成了一座临时基地。它们将长腿相互扣在对方身上，就好像捕龙虾笼里的几只螃蟹。"钻孔虫"号小心翼翼地挤进这一团乱麻中，它腹部的气闸对接到了中间那艘贝壳船"跳蚤幽灵"号顶部的一扇舱门上。

"那么这就是大叔新招来的人？"泰摩、考川和汤姆钻过对接点，爬进陈腐而带奶酪臭味的空气里时，一个等候在里面的高个子年轻人问道。他是汤姆所见过的大叔的帮派中年纪最大的成员，带着一

---

1. 1英寻为6英尺，40英寻约相当于73.15米。

种奇怪的居高临下的微笑上下打量着汤姆，就好像他听懂了某个汤姆没有理解的笑话一样。

"汤姆的女朋友就是赫丝塔·肖，盗贼之窟里的囚犯。"泰摩开口解释道。

"对，对。大叔的传信鱼在你们到来之前就来到这里了。我听说过了关于这对鸳鸯的一切事情。慈善使命，呃？"

他转身走向一条狭窄的过道。"他的名字是隆透于。"泰摩悄声说着，与汤姆、考川跟在后面，"他是最早的那批之一。"

"最早的什么？"汤姆问。

"大叔最早带来格里姆斯比的那些人之一。首领之一。大叔让他在任何他带回家的东西中保留一半。他是大叔的左膀右臂。"

大叔的左膀右臂带着他们走进一个货舱，那里清空了货物，改装成了一个监视站。其他的男孩或是神情倦怠地懒懒躺着，或是弓着背坐在控制面板前的蓝色微光里，望着填满整面墙的一排排圆形屏幕。他们每个都比隆透于年轻，但比考川或泰摩大。这个地方很拥挤。泰摩从来没有听说过这么多男孩被分配到同一个任务里。为什么大叔派了这么多人，只是为了秘密监视？还有为什么那么多屏幕暗掉了？

"你们只有三只蟹在工作！"泰摩说，"我们在安克雷奇上同时运作三十只呢！"

"哎，这可不像是对城里人行窃，贝壳船小子。"隆透于不屑地说，"绿色风暴可是玩真的。每个地方，每个时候，都有守卫和枪。摄像蟹唯一能进去的路，是沿着一条通往西边某幢废弃茅房的下水管。我们成功将三个摄像蟹从那条通道送进供暖管，可是旱地人听到了噪声，开始调查，所以我们不能让它们过多移动，我们也没有再试着送更多进去。要是大叔没有把他最新的型号送来给我们，我们甚至连那三个都进不去。新型号是遥控工作的，后面没有拖着电线。还有一些其他的特殊功能。"

又是那个笑容。泰摩扫了一眼长长的控制台。一堆堆笔记躺在扔下的咖啡杯之间，上面列着时间表，换班方案，还有绿色风暴哨兵的习惯。一组大大的红色按钮吸引了他的目光，每一个都单独被一个玻璃钢罩子保护着。"那些是干什么的？"他问道。

"不干你的事。"隆透于说。

"那么，据你估计，上头到底在干什么呢？"考川问道。

隆透于耸耸肩，不断切换着频道："不知道。大叔最感兴趣的那些地方——实验室，还有回忆室——我们完全都没能进去。我们能在主机库里窃听，不过我们并不总是能理解那儿发生了什么。他们不像正常人那样讲盎格鲁语或北地语。叽里咕噜地讲空中世界语还有许多古怪的东方语言。这妹子是他们的首领。"（一个黑发的脑袋占据了屏幕画面，是从一个奇怪的角度，透过她办公室天花板上通风管道口的栅格拍到的。她让汤姆有一点儿回想起了那个在永固寺对他十分粗鲁的少女。）"她是个疯子。一直在讲她的某个死掉的朋友，就好像她还活着一样。大叔对她十分感兴趣。接下来是这位迷人的人物……"

汤姆抽了口冷气。在隆透于指着的那个屏幕上，有个人弓着背坐在一个像井一样深的房间底部。画面是如此模糊黯淡，要是你盯着看太久，它会变得根本不再像是一个人，而是溶解成一锅抽象形状的浓汤，不过汤姆并不需要看上太久。

"那是赫丝塔！"他大喊道。

迷失小子们纷纷咧开嘴，咯咯笑了起来，相互用胳膊肘捅来捅去。他们在自己的屏幕上见过赫丝塔的脸，他们觉得如果有任何人会关心她，那就是一个天大的笑话。

"我必须到她那儿去。"汤姆说道。他凑得更近了些，真希望他能伸手穿过监视屏的玻璃摸到她，仅仅为了让她知道他来了。

"喔，你会的。"隆透于说道。他抓起汤姆的手臂，拉着他穿过舱壁上的一道门，走进一个小隔间，这里的墙上挂满了一排排枪械、刀剑以及长矛。"我们都准备好了。从大叔那儿得到了指示。安排好了我们的计划。"他挑了一把小型气手枪，将它递给汤姆，然后又交给他一件稀奇古怪的小小金属设备。"开锁工具。"他说道。

在他身后的控制室里，汤姆能听见一片行动起来的忙碌声音逐渐变响。现在没有人再神情倦怠了，透过半开的门，他能看见少年们拿着纸张和剪贴板匆匆走来走去，拨着那一长排摄像控制面板上的各种开关，测试耳机。"你们不会是现在就送我进去吧？"汤姆问，"不会就是现在吧？"他还期望着有时间来让自己做些准备：可能给他简单讲讲迷失小子们对于盗贼之窟里的地形布局都了解些什么。他可没想过刚一到达就要被推上战场。

然而隆透于又一次抓起了他的手臂，推着他往回穿过控制室，沿着错综复杂的过道往回走："机不可失，时不再来。"他说道。

一条老旧的金属扶梯沿着盗贼之窟西侧的悬崖曲折向下，在它的底部是一个铁铸的登岸码头，直探进拍岸浪涛之中，并由一条条长石防护大浪。在过去海盗的时代，它有时候被用来系泊运货小船，但自从绿色风暴占领这里以来就没有船到过这里了，码头早已显得破旧而缺少维护，被铁锈和永无休止的大海所侵蚀。

就在太阳沉入地平线上的一层厚厚浓雾中时，"钻孔虫"号在码头的阴影下浮出海面。风已经静到几乎一点儿没有，但浪还是很大，当贝壳船的磁力抓具接触到码头时，一波波浪头不断撞碎在贝壳船的外壳上。

汤姆抬起头，视线穿过湿漉漉的窗子，望向他头顶上方高处的建筑物里透出的灯光，感觉自己就好像快要吐了。一路从格里姆斯比过来，他不断在对自己说一切都会没事的，然而现在置身于码头边的汹涌波涛之间，他都没办法相信自己到底还能不能进入这座绿色风暴的要塞，更别提与赫丝塔一起逃出来了。

他真希望在这里的是泰摩，但隆透于亲自驾驶"钻孔虫"号，让泰摩留在了"跳蚤幽灵"号上："祝你好运！"这少年说着，在气闸口拥抱了一下汤姆，汤姆开始意识到他真的是需要太多好运气了。

"这道扶梯通向大约一百英尺高处的一扇门。"隆透于说，"门那里没有守卫：他们想不到会有人从海上进攻。门应该是锁着的，但没什么是我们的工具对付不了的。带上开锁工具了吗？"

汤姆拍拍外衣口袋。又一道巨浪涌来，将"钻孔虫"号推得转了半圈。"那好吧。"汤姆紧张地说，心里暗想着现在要回头是不是已经太迟了。

"我会等在这里。"隆透于带着那种淡淡的可疑微笑向他保证道。汤姆希望自己能够相信他。

他飞快地爬上舱梯，试着只去想赫丝塔，因为他知道，要是他想到了头顶上方那座堡垒里所有的士兵和枪械，哪怕只是一会儿工夫，也会让他丧失勇气。他推开舱门，一波浪头正从"钻孔虫"号上方卷过，冰冷的水将他浇得湿透。随后他来到了船壁之外，在黑暗而清冷的空气中，大海的喧嚣涛声回响在他的四周。他将身体挤进码头下方的支架间，避过涌来的另一道浪涛，随后摸索着爬到码头之上。他浑身上下里里外外都湿透了，已经开始发起抖来。当他跑向扶梯时，码头像是一头动物那般在他脚下耸动腾跃，绷紧了缰绳，想要将他甩下身去。

他爬得飞快，很高兴这是一个让自己暖和起来的机会。在他的上方，群鸟在暮色中盘旋，其飞翔轨迹令他惊讶不已。只想着赫丝塔就好，汤姆不断提醒自己，但就算是回想起他与她在一起时最美妙的时光，也不太能抹掉他心里不断增长的恐惧。他试着干脆什么都不想，告诉自己有工作要做，但是一连串的念头不断溜进脑海之中。这就是一场自杀行动。大叔就是在利用他。那个关于需要一名间谍溜进盗贼之窟的故事并不是全部的真相，这一点他现在已经能肯定了。还有那个监听站，有那么多枪——他当时就发现泰摩一眼看见那些东西的时候脸上的表情是多么震惊。他被设计了。他就是棋局里的一个小卒子，却不能理解整套规则。也许他应该简简单单地向绿色风暴投降，朝哨兵大喊，主动自首。他们也许不像所有人说的那样坏，而且那样的话至少他会有机会见到赫丝塔……

一道黑影从暮色中坠下。汤姆举起手臂，躲开脸，紧紧闭起眼睛。随着一声粗涩的鸣叫，他感觉一个尖喙啄上了他的脑袋；这是尖锐而疼痛的一击，就好像是被一柄小锤子砸了一下。接着是一阵拍打翅膀的声音，然后就渺无声息了。汤姆抬头四顾。他听说过这个，海鸟会攻击任何接近它们的筑巢地域的人。在他上方高处，成千上万海鸟在逐渐深沉的夜色中盘旋。汤姆加快脚步朝上爬去，一边暗自希望它们不要都打着同样的主意。

那只鸟再度朝他飞来，发出一声长而刺耳的呱呱大叫，从一侧横扫过来，但在那之前，汤姆已经又爬上了一段扶梯。这次他更清楚地看到了它：又宽又脏的双翼，仿佛一件破烂的斗篷，张开的鸟喙上，双眼闪着绿光。汤姆用拳头和前臂砸了它几下，将它打开。当他匆匆往上爬的时候，感到一阵疼痛，低头一看，血从他手掌一侧三条长长的伤口中泉涌而出。这是什么种类的鸟啊？ 它的爪子直接抓穿了他最好的皮手套！

又是一声尖厉刺耳的鸣叫，近得在上空那一大群鸟的喧嚣背景声中仍然清晰可闻。一双翅膀在他脑袋旁边扇动，羽毛纷纷乱乱，拍打着他的脸和头发。他能闻到一股化学物质的气味，这一次他看见鸟眼里的绿色闪光并非上方灯火的倒影。汤姆拔出隆透于给他的枪，朝那东西射击。它打着旋朝上风处飞开，但是下一瞬间，更多的爪子抓向他的头皮，他正被两只这种生物同时袭击。

他拔腿就跑，不停朝上，海鸟紧紧跟着他——如果它们是鸟的话——在他身边叽叽喳喳吵吵闹闹，有时扑过来撞击他的脑袋或者脖子。它们只有两只——其他鸟正自顾自地绕着海岛的峰顶飞翔。只有两只，但两只已经够多了。刀锋般的利爪和噼啪作响的金属喙上反射出一道道细微的闪光；翅膀呼啦啦地拍打着，仿佛狂风中的旗帜："救命！"汤姆叫起来，但却毫无意义，还有"滚开！滚开！"他想要往下跑回等候着的贝壳船，寻找安全之地，但他一转身，那两只鸟就朝他的脸冲过来，而且现在离门也很近了，只要再走一段扶梯就行。

汤姆手忙脚乱地往上爬，一步一滑地奔上结冰的阶梯，同时举起戴着被划破的手套的双手，试图保护他的头。他能感觉到温热的血液从脸上涓涓流淌下来。在即将逝去的最后一缕暮光中，他看见了前方的门，于是朝它冲了过去，但他忙于防御不断戳来的鸟喙和划来的鸟爪，没法撬锁。在焦急之中，他举起枪向上瞄准了它。一声单调的爆响在悬崖边激起阵阵回音，其中一只绿眼鸟掉了下去，拖着一道长长的烟迹坠向汹涌波涛。另一只朝后退去，随即再次俯冲下来。汤姆掩起脸，枪从他鲜血淋漓的手掌里滑落，在扶手上弹了一下，便离他而去，坠入黑暗之中。

一道探照灯的光柱如雪亮刀锋一般扫过峭壁，穿过旋风般的无数鸟翼和拍动的影子，刺到了他身上。汤姆靠着门蹲伏下来。一个警报器拉响了，然后是另一个，再一个，悠长的回声在悬崖间回荡。"隆透于！"汤姆大喊，"泰摩！救命！"

一切似乎不可能在这么快的时间里就变得这么糟。

一个声音在"钻孔虫"号的无线电里咔啦咔啦地响起："他们抓住他了。"

隆透于平静地点点头。大叔告诉过他事情很可能就会变成这样。"让那些蟹动起来。"他对着无线电说，"在他们明白他只有一个人之前，我们只有几分钟时间。"

他开始按动按钮，拨动开关。船壁上的一个舱门打开了，释放出一个破旧的载货气球。当气球升入环绕着小岛顶峰的乌云般的鸟群以及一道道探照灯光柱之间时，"钻孔虫"号的磁铁一个接一个地从码头上放开，它折叠起腿，像一块石头一样沉入了波涛之中。

金属门打开了，黄色灯光喷涌而出，照在汤姆身上。他对于能逃离鸟群真是太高兴了，以至于守卫抓住他时都好像成了一种解脱。他们将他的手臂死死地按在背后，又压住了他乱踢的腿，有人还将一支忧世型自动枪的枪口顶在了他下巴上。守卫们粗暴地推搡着他进去，砰地关上门，将他推倒在冰冷的地面上，与此同时，汤姆不停地脱口而出，"谢谢"还有"对不起"。他被拉起来扛走，然后又被放下。低矮的屋顶下传来嘈杂的声音。外头有火箭发射器在开火射击。那个声音说的是空中世界语，带着东方口音，以及很多他无法理解的方言词汇。

"他就一个人来的吗。"一个女人的声音，奇怪地耳熟。

"我们想是的，指挥官，（某个东西）在阶梯上找到了他。"

那个女的又开口说起话来。汤姆没听明白她说什么，但她一定是在问汤姆是如何来到的这里，因为有另一个声音回答道："气球。一个双人气球。我们的炮火把它射落了。"

某句类似咒骂的话："为什么哨塔没有看到它过来？"

"哨兵说它是突然出现的。"

"没有什么气球。"汤姆轻声说。他被搞糊涂了。

"这个囚犯，指挥官……"

"让我们来看看他……"

"对不起。"汤姆喃喃地说着，嘴里一股血腥味。有人将一个手电筒对准了他的脸，当他恢复视力的时候，他看见那个长得很像萨特雅的少女正弯腰俯视着他，只不过她不仅仅看上去像萨特雅，她就是萨特雅。"你好。谢谢。对不起。"汤姆轻声说道。少女的目光穿过鲜血和一绺绺湿发，随后她的双眼瞪大了，接着又眯了起来，目光变得凶狠，她认出他来了。

经过几个月的没什么东西需要监视之后，迷失小子突然有太多要看。他们在屏幕前相互推挤，奋力想要弄清旱地人之间发生了什么。泰摩推开一条路来到前排，一眼就扫到汤姆被一窝蜂的白色制服守卫赶着往前走。另一个屏幕上，指挥官的办公室空空如也，她的晚饭还摆在书桌上，只吃了一半。第三个屏幕显示着在大机库中飞行员们集合在他们的飞艇边上，就好像绿色风暴认为汤姆的到来可能会是一次进攻的开始。其余的屏幕上还都是一片在黑暗中匆匆往前蹿的景象。数十只遥控蟹之前一直都等候在盗贼之窟下水道的出口处，现在迷失小子正利用这场骚动的时机，将它们飞快地送进基地。这些小机器从一个坏掉了的马桶里蜂拥而出，钻进一条通风管道，分散进机构各处的管道和烟囱里，从安全栅栏上切出一条路来，并破坏传感器，它们发出的声音被淹没在响亮的警报声中。

在这一切发生的当儿，泰摩感觉到了"钻孔虫"号靠泊上来的一阵震动。片刻之后隆透于推开气闸走进来，神情紧张激动，大声询问绿色风暴的反应时间。

"他们很快。"他的手下之一回答道。

"我真高兴大叔没有派我去侦察他们！"

"某种受过训练的鸟守卫着扶梯，它们是最先引动警报的。"

"我们能来得及准备好。"

泰摩扯了扯隆透于夹克的袖子，直到那个比他更年长的男孩一脸厌烦地转头看过来。"你应该等着汤姆的！"泰摩喊道，"要是他逃出来了呢？没有'钻孔虫'号他怎么能撤离？"

"你的男朋友能应付，爱旱地人的家伙。"隆透于甩开他，说，"别担心，一切都按大叔的计划进行。"


钥匙插进锁里，门被踢开。声音将赫丝塔吵醒。她爬了起来，萨特雅大步走进牢房，将她再次打倒在地。士兵们一拥而入，在他们之间拖着一个湿漉漉的、滴着水的人。赫丝塔不知道那是谁，即使萨特雅扯起那个湿淋淋的脑袋，让她看到了那张淤青的、滴着血的脸。不过她看到那件飞行员皮外衣，心想，汤姆有一件差不多的外衣，这个想法让她再看了一眼，尽管那不可能是他。

"汤姆？"她悄声说。

"别假装吃惊了！"萨特雅尖叫道，"你想要我相信你没在等着他来吗？他是怎么知道你在这里的？你的计划是什么？你为谁工作？"

"不为谁！"赫丝塔说，"不为谁！"守卫强迫汤姆在她身边跪下，于是她哭了起来。他来救她，他看上去是如此惊恐，受了重伤，而最糟的一点就是，他不知道她做了什么：他一路奔波而来试图救出她，但她却不值得他救。"汤姆。"她啜泣起来。

"我信任了你！"萨特雅大吼，"你给我设下了陷阱，就好像你对可怜的安娜所做的那样，假装无辜，让我怀疑我自己，与此同时你的野蛮人帮凶出发到这儿来！你有什么计划？有飞艇正等着吗？布林科和你是一伙的吗？我猜你是要绑架波普乔伊，把他带到你们的某一座臭城里，这样他们也就能拥有他的潜猎者了？"

"不，不，不，你全都搞错了。"赫丝塔哭着说，可是她看得出，她说什么都没法让那个少女相信，汤姆的突然出现并不是牵引主义者的某项密谋的一部分。

至于汤姆，他太冷了，也太震惊了，没法搞清发生了什么，但他听见了赫丝塔的声音，于是仰头望去，看见她蹲在他身边。他已经忘了她有多丑。

随后萨特雅抓住他的头发，迫使他再次低下头，露出脖子。他听见她的剑伴随咪溜一声出鞘，听见天花板上的管道里传来咔嗒咔嗒的搔爬声，听见赫丝塔说："汤姆！"他闭上了眼睛。

在迷失小子们的屏幕上，抽出的剑就是一道白色耀光。萨特雅的声音带着一丝金属声从摄像蟹的无线电中传出，大叫着关于密谋以及背叛的疯狂话语。

"快做些什么！"泰摩喊道。

"他只是个旱地人，泰摩。"考川语气不善地警告道，"别管它！"

"我们得帮他！他会死的！"

隆透于将泰摩扔到一边："他始终是要死的，你这个笨蛋！"他叫道，"你以为在他看到了那些之后，大叔真的会让他离开吗？就算他救出了那个姑娘，我得到的命令是向他们提问然后杀了他们。汤姆只是用来分散他们注意力的。"

"为什么？"泰摩哀诉道，"就是为了你能在里面多移动几个摄像头？就是为了大叔能看到回忆室里有什么？"

隆透于揍了他一拳，将他甩到了控制面板上："大叔几个月前就探明回忆室里有什么了。那些不仅仅是摄像头。它们是炸弹。我们要将它们移动到位，给那些旱地人几个小时，等他们再平静下来，然后炸开那里，走进去，干一票真正的打劫。"

泰摩看着屏幕，嘴里尝到了从鼻子里流出来的血的味道。其他男孩从他身边退开，就好像太关心旱地人是一种像流感一样会传染的东西。泰摩慢慢支起身，他看到了自己手边的那一板罩着的红色按钮。他盯着它们看了一会儿。他以前从来没见过像这样的控制开关，不过他能猜到它们肯定是用来干什么的。

"别！"有人大叫起来，"还没到时候！"

在他们来得及碰到他之前的一瞬间，他尽可能多地翻开了按钮上的罩子，用力将拳头砸在它们上面。

所有屏幕变得一片黑暗。

## 28 释放风暴

　　某个东西从背后击中了他，他朝前倒去，脸扑在冰冷的地面上，心想：就这样了，我死了，不过他没死，他能感到潮湿的石头贴着他的脸，当他翻过身来，他瞧见爆炸将天花板炸塌了：以满地的碎砾和灰尘来判断，是一场大爆炸。他本以为爆炸会发出巨响，但他没听到任何声音，而且他现在还是听不见任何声音，即使相当大的天花板碎块掉落下来，即使人们胡乱挥舞着手电筒，张大嘴叫喊着。不，在他的脑壳里的某个地方，只有呼啸声、口哨声和嗡嗡声在回响着。他打了个喷嚏，也没有发出声音。细小温热的手指握起了他的手，用力拖他，他抬头望去，便看见了赫丝塔，在手电光柱的扫射下显得一片亮白，如同她自己的一尊被泛光灯照亮的雕像，她的嘴对着他开合着，抓着他拉啊拉，并指向门口。他七手八脚地从那个砸在他身上的东西下面爬出来，才发现那东西原来是萨特雅。他想她是不是伤得很严重，他是不是该帮助她，但赫丝塔拉着他朝门走去，一路上在那些显然已经死掉的人的尸体上磕磕绊绊。他们弯腰钻过一条供暖管道的残余部分，这条管道整个地被扭开了，还冒着烟，就好像爆炸是在它里面发生的一样。当他回头看时，有人朝他开了一枪，他看见了枪口的闪光，并感到子弹从他耳边一掠而过，但他同样没有听见声音。

随后他们沿着一条楼梯向下一路猛冲。穿过其他一扇扇门。无声无息地将门在他们身后狠狠关上。他们停下脚步来喘口气，深深地弯下腰，咳嗽不已。他试图弄明白发生了什么。爆炸——供暖管道……

"汤姆！"赫丝塔靠近了他，但她的声音听上去十分遥远，模模糊糊，颤颤悠悠，仿佛她是在水底下大喊一样。

"什么？"

"飞艇！"她大叫，"你的飞艇在哪儿？你是怎么来的？"

"潜水艇。"他说道，"不过我猜它已经离开了。"

"什么？"她和他一样聋。

"离开了！"

"什么？"走廊的另一头，手电筒的光束穿过烟尘闪闪发亮。"我们去乘'鬼面鱼'号！"她一边吼，一边开始将汤姆朝另一条楼梯推去。楼梯很暗，就像走廊一样，也遍布烟雾。他开始意识到还有其他爆炸发生，并不仅仅是牢房里的那一次。在某些走廊里，灯光还在闪烁，但大多数走廊里的电力都已经中断。一群群惊狂的士兵带着手电筒匆匆跑来跑去。汤姆和赫丝塔很容易就能看到他们过来并及时躲藏，或是闪身挤进深深的门洞里，或是伏低在满地石砾的旁侧通道中。慢慢地，汤姆的听觉恢复了，耳朵里的口哨声让位于持续而焦急的警报长鸣。更多人急匆匆经过——这次是飞行员们，赫丝塔将他推进一个楼梯口以避开他们。"我都不知道我们在哪里。"等那些人走了，她嘟哝道，"在黑暗里看起来都不一样了。"她望着汤姆，脸庞上被灰尘弄得斑斑点点。她笑了起来："你是怎么搞出爆炸来的？"

这是隆透于一生中最艰难的抉择。有那么一会儿工夫他几乎已经失魂落魄，站在"跳蚤幽灵"号里，无比惊慌地瞪着漆黑一片的屏幕。大叔的一切计划都毁了！他们所做的一切工作都毁了！摄像蟹在它们大多数都还没就位的时候便炸掉了！

"我们怎么办，隆透于？"他手下的少年之一问道。

只有两件事是他们能做的。空着手回家去，让大叔活活剥了他们的皮。或者去干一把。

"我们去干一把。"他下了决心，感觉自己的力量渐渐恢复了。其他人开始跑去取枪和网还有工具，将手电筒绑到头上，拖开泰摩："考川，俞求，你们处理摄像头，你们留在这儿；其他人跟我来！"

于是，当绿色风暴慌里慌张，吵吵闹闹，试图扑灭摄像蟹引起的火灾时，当探照灯刺入夜空，多管火箭炮一波又一波地朝着想象中的进攻者发射时，一艘流线型的特制贝壳船脱离了监听站，向上浮游来到码头边。迷失小子蜂拥而出，静悄悄地飞快跑上汤姆一小时前爬过的同一条扶梯。

快到扶梯顶端的时候，一只潜猎鸟发现了他们。一个男孩翻出扶手，尖叫着坠入波涛之中。另一个被峭壁上某处炮台的火力射伤，隆透于不得不结果了他，因为大叔的命令就是不留下任何会被旱地人拷问的人。然后他们来到门口，进了门，沿着他们粗略的楼层平面图，朝回忆室而去，沿途在一个个路口都留下人守卫逃离路线。恐慌的绿色风暴战士们跌跌撞撞地穿出烟雾，迷失小子便将他们杀死，因为这也是大叔的命令：不要留下任何目击者。

回忆室的守卫逃走了。巨大的门锁只让隆透于气馁了片刻，电力中断了，他一推门，门就令人愉快地打开了。迷失小子的手电筒照亮了一条通向某个中央平台的天桥，在平台上有某个人困兽一样走来走去。一张闪闪发亮的铜面具突然朝着亮光转了过来。

他们退缩了回去，所有人。只有隆透于知道他们被派来要偷的是什么，但就算是他也从来没真正见过它。大叔警告过他不要正面对抗那东西：突然袭击，他的命令是这么说的，从上方或从后面，在它明白发生什么之前用网罩住它并用抓钩拉住它。但现在没有时间那么做了，而就算有时间，隆透于也不确定这法子是否能行。它看上去太强大了！在他生命中，他第一次开始怀疑大叔是否真的最有道理。

他尽可能地隐藏起自己的恐惧。"就是这个了。"他说道，"大叔要的就是这个。我们来偷了它。"

迷失小子举起了大叔给他们装备上的枪、刀、绳索、铁链、磁力抓钩，以及沉重的投网，开始缓缓往天桥上挪动脚步。

潜猎者舒展双手，迎上了他们。

枪声乒乒乓乓，四下里的回声沿着低矮的走廊来回反弹，混杂在一起，很难分辨到底是从哪里传来的。汤姆和赫丝塔沿着她脑海中模糊的空军基地地图继续奔跑。他们开始路过尸体：三个绿色风暴的士兵。然后是一个穿着胡乱搭配的深色衣服的年轻人，黑色羊毛帽子下露出几撮凌乱金发。在震惊的一瞬间里，汤姆还以为这是泰摩，不过这个少年的年龄更大，身材更高，他是隆透于的某个船员。"迷失小子到这里来了！"汤姆说。

"他们是谁？"赫丝塔问。汤姆没有回答，他忙着理清究竟发生了什么，以及他自己在其中到底扮演了什么角色。赫丝塔还没来得及再问一次，一阵乱响猛然爆发，就在附近某地轰然响起：是枪声，一开始十分密集，但逐渐稀疏，伴随着尖叫声，变得越来越凌乱，越来越疯狂，越来越尖锐。然后冒出最后一声凄鸣，接着就是一片寂静。

就连警报声也停止了。

"那是什么？"汤姆问道。

"我怎么会知道？"赫丝塔拿起死掉的迷失小子的手电筒，弯腰溜进另一个楼梯井，同时将汤姆拖在身后，"我们快离开这里……"

汤姆很高兴地跟了上去。他很爱她手上传来的感觉，握着他的手，引导着他。他琢磨着是不是该把这一点告诉她，以及现在是不是时候为在安克雷奇发生的事情而道歉。但在他来得及说任何话之前，他们来到了楼梯的底部，赫丝塔停下脚步，重重地喘着气，打手势让他站着别动保持安静。

他们正置身于某种前厅里，一扇圆形的金属门大大地敞开着。

"哦，诸神在上！"赫丝塔轻声说道。

"什么？"

"电力！锁不起作用了！电击屏障！它逃掉了！"

"可到底是什么？"

她深吸一口气，蹑手蹑脚地走向那扇门。"快来！"她对汤姆说，"有一条路穿过这里通往机库……"

他们一起跨进门。就在他们头顶上方飘荡着一片浓厚的硝烟，翻腾起伏，好像一顶白色的凉篷。黑暗中到处都是液体滴落的声音。赫丝塔将手电筒沿着天桥照去，光束扫过一潭潭血泊，一条条凌乱的血迹，扫过一片片血脚印组成的、有如某种暴力舞蹈的步法图图案，扫过从高高在上的拱顶滴落的一串串血滴。一些东西搁在桥上。一开始它们看上去就像一捆捆旧衣服，等你走近了看，才开始分辨出一些手和脸。汤姆认出了某几张脸是在监听站里见过的。可他们到这里来是为了什么？他们发生什么事了？他开始不受控制地发抖起来。

"没事的。"赫丝塔说。她将手电筒晃向中央平台。什么都没有，除了正中间有一件扔下的灰袍，被鲜血浸透，就好像一只蜕下的蝶蛹。潜猎者离开了，无疑正在他们上方的走廊与房间的迷宫里猎杀新的被害者。赫丝塔再次拉起汤姆的手，带着他飞快地沿着回忆室外侧边缘走到另一个门口，在潜猎者状态良好的日子里，她经常与萨特雅还有其他人从这扇门离开。前面的楼梯上，空气中传来轻柔的呜咽声，像是无数鬼魂在低语。"这条路通往'鬼面鱼'号所在的机库。"她一边解释，一边匆忙往下走，汤姆跟在她身后。

楼梯到了头，通道一个急转弯，突然开阔起来，来到了机库。在赫丝塔晃动的手电光束中，汤姆一眼便扫到"鬼面鱼"号缝补过的红色气囊飘荡在他上方。赫丝塔在墙上找到了一块控制面板，然后拉动了其中一根操纵杆。在幽暗的天花板上某处，滑轮吱吱呀呀地动了起来。随着轮子转动，缆绳拉紧，一片片铁锈扑簌簌地落了下来，机库出口处的巨大防风门一点点打开。大门的缝隙逐渐变宽，显露出一块狭窄的停机坪，探出外面的悬崖，还有雾气，大雾环绕着盗贼之窟，仿佛一片浓密的白色梦境，如群山，如波涛，如褶皱，将大海完全掩盖。雾气之上，天空澄净，群星和死去的人造卫星的光芒照射到机库里，显现出了系泊平台上的"鬼面鱼"号，显现出了水泥地面上的一行血脚印。

从"鬼面鱼"号方向舵的阴影下走出了一个高挑的身影，挡住了退回门口的路。两只绿色的眼睛像萤火虫一样漂浮在黑暗之中。

"喔，魁科啊！"汤姆尖叫起来，"那个是——那该不是一个——它是吗？"

"它是方小姐。"赫丝塔说，"只不过她已经不是她自己了。"

潜猎者向前走去，来到了从打开的防风门外射进来的光亮之中。微弱的反光在它修长的钢铁四肢上流动，在它覆盖装甲的躯干上流动，在它脸上的铜面具上流动，迷失小子那些毫无用处的子弹所制造出的小坑小洼也闪烁着点点反光。他们的血依然不断从潜猎者的爪子上滴下，鲜血涂满了它的双手和前臂，仿佛戴了一双长长的红手套。

潜猎者很享受回忆室里的那场大屠杀，但当最后一个迷失小子死去，它不知道接下来该做什么。硝烟的气味和沉闷的战斗声从走廊里回荡着传来，激起了它的潜猎者本能，但它小心谨慎地关注着打开的门，因为还记得上一次它试图离开时弹出来的电击屏障。最后它选了另一扇门，被一种它并不理解的感觉所吸引，向下走到机库，那艘红色的旧飞艇就等候在那里。它在黑暗中一直绕着"鬼面鱼"号兜圈子，金属手指一路沿着船舱的板缝摸索着，直到赫丝塔和汤姆冲了进来。它的双爪再度弹出，凶猛的杀戮欲望如同电流涌动一般在它的电子血管中噼啪作响地流过。

汤姆转过身，想要跑到外面的停机坪上去，却撞在了赫丝塔身上。赫丝塔在满是鲜血的地上滑了一跤，重重地摔倒了。汤姆弯下腰去拉她，而突然之间，潜猎者已经站在了他们跟前。

"方小姐？"汤姆轻声说着，抬头望向那张奇怪的、熟悉的脸。

潜猎者望着他蹲在那少女身边血迹斑斑的水泥地面上，一小片毫无意义的回忆忽然飘进了它大脑的机器里，微微作痒，又令人迷惑。

它迟疑了，双爪轻轻颤抖。它是在哪里见过这个少年的呢？ 他并不在它房间墙上的那些肖像之中，但它却认得他。它回忆起躺在雪地上，他的脸俯视下来。在面具后方，它枯死的双唇之间凝聚出了一个名字。

"汤姆·尼茨沃西？"

"纳茨沃西。"汤姆说道。

那段外来的记忆在潜猎者的头颅中再度翻搅起来。它不知道为什么这个少年看起来如此眼熟，只知道它不想要他死。它退了一步，然后又退一步。它的爪子缩回了鞘中。

"安娜！"

那个声音，那个尖厉的叫喊，响亮地回荡在空旷的机库中，令他们三个全都朝门口看去。萨特雅站在那里，一只手提着个灯笼，另一只手握着她的剑，她的脸和头发仍被灰泥粉尘染成白色，血从她头上的伤口里一滴滴落下，那是被爆炸管道的碎片所刺伤的。她放下灯笼，飞快地走向她深爱着的潜猎者："哦，安娜！我一直在到处找你！我早该知道你会在这里的，和'鬼面鱼'号在一起……"

潜猎者没有动，只是转开了它的金属脸庞，再次盯着汤姆。萨特雅突然停下脚步，第一次注意到了蜷缩在它脚下的两个人："你抓住了他们，安娜！干得好！他们是敌人，和入侵者们是一伙的！他们是杀害你的人！杀了他们！"

"绿色风暴的所有敌人都必须死。"潜猎者赞同地说。

"说得对，安娜！"萨特雅催促道，"马上杀了他们！杀了他们，就像你杀死其他那些人一样！"

潜猎者将头侧到一边，眼中的绿光扫过汤姆的脸。

"那么我来做！"萨特雅吼着，大步向前，举起了剑。潜猎者飞快地动了一下。汤姆害怕地尖叫起来，感觉到赫丝塔朝他缩得更近了。钢爪在灯笼的光芒下猛地一闪，随后萨特雅的剑就当啷一声掉在地上，而她的手掌却还紧紧握在剑柄上。

"不行。"潜猎者说。

在短暂的片刻间，一片死寂，萨特雅瞪着从她手臂残端以令人难以置信的方式喷射而出的鲜血。"安娜！"她悄声说着，双膝跪地，然后脸着地向前扑倒。

汤姆和赫丝塔望着，不敢说话，不敢呼吸，蜷缩得尽可能小，尽可能一动不动，就好像假如他们静止不动的话潜猎者就会忘记他们一样。然而它转过身，轻盈地朝他们走了回来，再次举起了它那滴着血的爪子。"走。"它轻轻地说着，指向"鬼面鱼"号，"走，别再与绿色风暴相遇。"

汤姆却只是瞪着眼睛，紧紧靠着赫丝塔蹲着，吓得动不了。不过赫丝塔相信了潜猎者的话，小心翼翼地站起来，拉着汤姆和她自己一起往后退去，一边催着他朝飞艇走："快来，看在诸神的分上！你听见它说的话了！"

"谢谢。"在他们慢慢从潜猎者边上挪过，跑上"鬼面鱼"号的

接舷板之后，汤姆终于能说出口来，记起了他的礼貌。经过了长时间
的着陆，船舱里的气味闻上去清冷而又奇怪，不过当赫丝塔发动引擎
后，它们带着熟悉的震动突突地转动起来，轰鸣声充斥着机库。汤姆
慢慢地在驾驶座上坐下，努力不往外望向那个正站着朝他们看来的东
西。它的盔甲反射着红的和绿的飞艇运行灯，显得十分艳丽。

"她真的会让我们走吗？"他问道，牙齿打着颤，他颤抖得如此
猛烈，几乎握不住操纵杆，"为什么？ 为什么她不像杀死其他人那样
杀死我们？"

赫丝塔摇摇头，打开各种设备，还有加热器。她回忆起了史
莱克，以及他那些奇怪的情感，促使他收集破旧的自动人偶，或
者救起一个破相的、垂死的孩子。但她只是说："是它，不是她。
我们也无法知道它想的是什么。快走就行了，赶在它改变主意
之前。"

系泊夹具解开了，引擎吊舱转动到了起飞位置，"鬼面鱼"号犹
犹豫豫地从平台上升起，慢慢地往外飞入夜空，出去的路上一枚舵片
还擦到了机库的墙壁。潜猎者走了出去，来到停机坪上，望着那艘旧
飞艇离开盗贼之窟，在绿色风暴的多管火箭炮来得及判断它是友方还
是敌方之前，落进了大雾之中。随后，那种奇怪的回忆再一次像飞蛾
一样轻轻拂过潜猎者的心灵： 那个叫作汤姆的单生人跪在它边上的
雪地里，说："方小姐！ 这场战斗不公平！ 他拖延时间直到你被光刺
得睁不开眼！"

一时间，它感到了一种奇怪的满足，就仿佛它做出了报答。


"哪个方向？"当盗贼之窟已经在后方一英里开外的雾中，汤姆终于觉得自己已经足够平静下来，于是开口问道。

"西北。"赫丝塔答道，"安克雷奇。我得回到那儿去。发生了一件可怕的事情。"

"彭尼罗！"汤姆猜测道，"我知道。我离开前刚发现的。来不及告诉任何人。关于他，你说对了。我当时真应该听你的。"

"彭尼罗？"赫丝塔瞪着他，就好像他说的是某种她无法理解的语言。她摇摇头："阿尔汉格尔斯克跟上了他们。"

"哦，伟大的魁科啊！"汤姆低声说道，"你确定吗？可是阿尔汉格尔斯克是怎么知道安克雷奇的航线的？"

赫丝塔只是接过操纵杆，锁定了一条航线，西北偏北。随后她转过身，双手放在背后，紧紧抓着控制面板的边缘，直到用力抓得发疼。她开口说道："我看到你吻了弗蕾娅——于是我——我——"她的言辞间穿插着一段段坚冰般的沉默。她想告诉他真相，她真的想，然而当她望着他那可怜的、擦破了皮的、惊恐的脸时，她发现自己没法说出口。

"小赫，对不起。"他突然说道。

"没关系。"她说，"我是说，我也对不起你。"

"我们该怎么做？"

"对安克雷奇？"

"如果他们前方只有一块死亡大陆，他们就不能继续往前了，而如果阿尔汉格尔斯克就在后面，他们也不能回头。"

"我不知道。"赫丝塔说，"我们先到了那里再说。到时候我们会想出什么办法来的。"

"可是有什么办法呢？"汤姆开口问，不过他没有说完，因为赫丝塔用双手捧起了他的脸，忙着吻他。

"鬼面鱼"号的引擎声越来越微弱，直到就连潜猎者的耳朵也听不见它。那段提醒它饶过汤姆和赫丝塔的回忆也同样淡去了，仿佛一个梦似的消散。它将双眼切换到夜视模式，回到机库里。萨特雅的断手已经快速冷却了，不过她的身体仍旧显示为一团模糊的温暖。潜猎者轻快地走到她躺着的地方，拎着她的头发将她举起，不停摇晃着她，直到她醒过来，开始抽噎。

"你要去准备好飞艇，还有武器。我们要离开机构。"

萨特雅的喉咙里发出一阵咯咯声，她的眼睛在痛苦和恐惧之下凸出。当她将这个潜猎者锁在回忆室里，给它看那些照片，对它播放可怜的安娜最喜欢的音乐时，难道它自始至终一直在等待着这一天吗？可是当然了，这就是它为之而被建造的原因！难道她没有告诉波普乔伊把安娜复活以领导联盟吗？"是的，安娜。"她啜泣道，"当然，安娜！"

"我不是安娜。"潜猎者说道，"我是潜猎者方[1]，我已经厌倦了躲在这里。"

　　其他单生人现在正缓缓走进机库：士兵、科学家、飞行员，在与神秘的入侵者战斗之后的遍地烟尘的余波中，他们震惊不已，群龙无首。波普乔伊博士与他们在一起。当潜猎者将脸转向他们时，他们飞快地将他推到最前面。潜猎者将萨特雅像一个残破的人偶娃娃那样拖在身后，走近了波普乔伊，近得足以闻到咸咸的汗水从他的毛孔里漫出，足以听到他受惊的急促呼吸。"你要服从我。"它说道，"你的那些原型机必须立刻加快研制，博士。我们要回到山国，沿路从其他绿色风暴基地聚集起我们的军队。反牵引联盟内那些抗拒我们的人将会被清除。我们将控制船坞、训练营、兵工厂。然后我们将发动一场彻底清洗大地的风暴，将所有牵引城彻底抹去。"

---

1. 方在英语中意为"尖牙"。

第3巻

# 29　吊车

"我要告诉你一个小故事。"那个声音说，"你吊得还舒服吗?那么我开始了。"

泰摩睁开双眼。正确地说，他睁开一只眼睛，因为另一只眼睛一团淤青肿得睁不开。"钻孔虫"号将他耻辱地从盗贼之窟带回家的路上，隆透于手下那些幸存下来的可怜船员真给了他好一顿痛揍啊！当他终于失去意识的时候，他还误以为是死亡降临，并高兴地迎接了它，他最后的意识是他为帮助汤姆和赫丝塔逃脱。然后他在格里姆斯比醒了过来，痛揍再度开始，很快他就不再觉得自豪了。他没法相信自己竟然那么愚蠢，抛开了自己的生命去救一对旱地人。

大叔为那些真正令他失望的男孩保留了一种特殊的惩罚。他们将泰摩拖到贝壳船坞里，把一条绳索绕在他的脖子上，再把另一端系在

"钻孔虫"号的系泊吊车上，将他吊起，缓慢地窒息。在整个日班，当他被吊在那里喘着气时，迷失小子们站在周围嘲笑他，冲他大叫，朝他扔残羹剩饭和垃圾。而当夜班开始，所有人回到他们的寝室里后，那个声音就响了起来。它是如此轻微，仿佛耳语，一开始泰摩还以为是自己想象出来的，不过它足够真实。这是大叔的声音，从他脑袋边上的大扬声器里轻柔地传出。

"还醒着吗，泰摩？ 还活着吗？ 年轻的盛纳像那样吊着，几乎坚持了一个星期。记得吗？"

泰摩从割裂而肿胀的双唇间吸进空气，穿过他的门牙曾经占据的空间。绳索在他上方吱呀作响，缓缓扭转，于是贝壳船坞便似乎无止境地环绕着他旋转，包括那些黑沉沉的水池，静悄悄的贝壳船，还有天花板上绘着的向下俯视着的人形。他能听见大叔那湿乎乎的、连绵不断的呼吸声从扬声器里传出来。

"当我还是个年轻人的时候……"大叔说道，"我曾经是一个年轻人，和你一样年轻——虽然，不像你，我后来长大了——我住在阿尔汉格尔斯克上。斯蒂尔顿·凯尔，那曾是我的名字。凯尔家是一个大家族。开设各种商店、旅馆、废品场，还有履带板材特许经营权。当我十八岁的时候，我负责家族的废品场生意。不过那并不是说我就想把废品回收作为一生的事业，你懂的。我渴望成为一位诗人，一位写出宏伟史诗的作者，某个能名垂千古的人，就好像古代那个叫什么来着，你懂的，那货——那个希腊瞎子[1]……年轻时代的梦想一事无成，这还真是可笑。不过你会明白那是什么感觉的，小泰摩。"

泰摩晃来荡去，费力地吸着气，他的双手被绑在身后，绳索一点点陷进他的脖子里去。有时候他会晕过去，但当他醒过来后，那个声音仍然还在那里，咝咝地将故事坚持不懈地灌输到他的耳朵里。

"让废品营生能源源不断的关键是奴隶。我手下有整群整群的奴隶。决定他们生死的权力，尽在我手。在那之后，来了一个奴隶，一个姑娘，吸引了我的目光。美丽，她真美丽。诗人是很容易注意这种事情的。她的头发像一道墨汁的瀑布。皮肤的颜色如同灯火。眼睛好似北极之夜，漆黑一片，然而却孕育着无穷星光与神秘。能想象出那副样子了吗，泰摩？ 当然，我告诉你这些，仅仅是因为你马上就要变成鱼食了。我可不想让我的迷失小子们觉得我曾经心软到会坠入爱河的地步。心软和爱对于一个迷失小子来说是没用的，泰摩。"

泰摩想到了弗蕾娅·拉斯穆森，猜想她现在何处，她前往美洲的旅程又进行得如何。一瞬之间，他是如此接近而清楚地看见了她，几乎能感觉到她的温暖，但是大叔的声音再次幽幽响起，打碎了他的幻梦。

"安娜，这是那个奴隶的名字。方安娜。这名字蕴含着某种意味，对于一个诗人来说。我让她远离繁重和危险的工作，给她良好的

---

1. 古希腊的著名诗人荷马。

饮食和衣物。我爱她，她也告诉我她爱我。我计划要释放她，并娶她，完全不在乎我的家人会怎么说。然而真相却是，安娜从头到底一直都在愚弄我。在我对着她做着美梦的时候，她却在我的废品场里溜来溜去，从这里弄一个旧飞艇气囊，从那里弄一对引擎吊舱，又假借我的命令，让我的工人们将它们装在一条船舱上，把我送给她的礼物全都变卖了，来购买燃料和升空气体。某一天，当我正在试着要找到一个词，既与方押韵，又能够精确地描述她耳朵的颜色，这时他们来告诉我说她跑了。用她偷来的各种零件给她自己造了一艘飞艇，你瞧。而那就是我在阿尔汉格尔斯克的生活的终结。我的家族将我除籍，总长因我帮助奴隶逃脱而将我逮捕，随后我一无所有地被驱逐到冰原上。一无所有。"

泰摩小口小口地吸着空气，但完全不够填满肺。

"喔，那可是磨炼意志的生活，泰摩。我跟一帮雪疯族拾荒者混到了一块儿，他们正从格里姆斯比的残骸中打捞废品。我把他们一个接一个地杀了。顺走了他们的潜水艇，潜到了这里。开始干一点盗窃：偷来各种不被注意的小东西，替换掉所有我失去的事物。我也窃取情报，因为那个时候我发誓没人可以在我面前再保守秘密。所以，以某种方式来讲，你可以说是她把我变成了我现在的样子，那个女巫方安娜。"

这个名字，一再重复，钻进了泰摩脑袋中不断爆炸的彩光旋涡之中。"方。"他努力说道。

"没错。"大叔低声说,"我发现盗贼之窟里在做什么已经有一段时间了。所有那些挂起来的照片,以及他们这么急着要找到'鬼面鱼'号。要么他们是在建立一座方安娜博物馆,我对自己说,要么他们就是将她复活了。"

泰摩回忆起了监听站,还有那场暴力的抢劫行动而又令人费解的余波。少数几个摄像头还在工作着,当它们的操作员焦急地搜索盗窃小队的踪迹时,他们瞄到了潜猎者方,并听到了它那可怕的死亡之声低低地呼喊着战争。

"那就是为什么我在盗贼之窟的行动上投入了这么多的精力。"大叔说道,"你只要想想看!把多年以前导致我失败的那个人再偷回来。我的职业生涯回到了起点,就好像一条咬住自己尾巴的蛇!多么诗意的正义!我本要将那个小潜猎者带到这里来,给她重新编程,让她再次成为我的奴隶,没完没了,永无止歇,直到太阳熄灭,世界冻结!

"而我本来是能做到的。假如你没有在那个时候炸掉了那些炸弹蟹,令隆透于过早地带着他那些小伙子冲进去,这个计划本来是能成功的。但是你破坏了它,泰摩,你毁了一切。"

"求求你……"泰摩花了巨大的力气吸进足够的空气,小心地用这口气吐出一个词来,终于能说出口,"求求你……"

"求什么?"大叔不屑地说,"饶你一命?让你去死?在你干出这种事后可不行,泰摩,我的小伙子。为了隆透于的遭遇,小子们得找个人来怪罪，如果那个人是我的话，我就惨了。所以你得挂在这里，直到你咽气，然后你得挂在这里，直到气味臭不可闻，连迷失小子们都忍受不了，然后我们会把你从水门冲走。这样每个人就会记得大叔最有道理。"

一声长长叹息，手指在麦克风上一阵摸索，随后扬声器那种类似揉气球的声音被关掉了，就连背景中咝咝的静电声也消失了。绳索吱呀作响，房间缓缓旋转，海水挤压着格里姆斯比的墙壁和玻璃窗，寻找进来的途径。泰摩的意识缓缓陷入黑暗，然后醒来，然后又陷入黑暗。

大叔在他那高高在上的房间里，从五六个不同的屏幕上观看着那张垂死少年的脸，特写，中景，远景。他忍住一个哈欠，转身离去。即使是无所不见的眼睛，也需要时不时地睡眠，虽然他不想让任何人知道这一点，除了他手下那些最忠诚的少年之外。"好好看着他，舒寇叶。"他对年轻的助手说道，随后爬上通往卧室的楼梯。床铺现在已经几乎被一堆堆纸，一份份档案，一本本书，还有装在一个个马口铁容器里的文件遮得看不见了。大叔舒舒服服地钻到床罩下面（金线刺绣的床罩，从科兹藩侯那儿偷来的），很快就睡着了。

在他的梦里，永远是同一个场景，他又变得年轻了，流放在外，身无分文，心痛欲碎。


泰摩再次清醒过来的时候，仍是夜里，勒住他的绳索猛地一动，开始扭转起来。他挣扎着呼吸，喉咙里发出可怕的咕噜噜的水声，这时，就在他上方，有人压低了声音说道："别动！"

泰摩睁开尚能看见的那只眼睛，朝上望去。在他头顶上的阴影中，一把刀子闪闪发光，正割着缠成绳索的一股股浸了柏油的粗线。

"嗨！"他试着说道。

最后一股绳线断了。他在一片漆黑中摔落下来，重重地掉在"钻孔虫"号的外壳上，躺在那儿直喘气，发出响亮而无助的呼呼声。他感觉有人在割他手腕上的绳子。那双手摸到了他的肩膀，将他翻过身来。舒寇叶正俯视着他。

泰摩试着想要说话，但是他的身体忙于呼吸，一个字都讲不出来。

"振作起来。"舒寇叶柔声说道，"你得离开。"

"离开？"泰摩声音沙哑地说，"但大叔会看见的！"

舒寇叶摇摇头："大叔睡着了。"

"大叔从来不睡觉！"

"那是你这么以为的。不管怎么说，所有监视着你的摄像蟹都出故障了。我安排的。"

"但当他发现你干了什么——"

"他不会的。"舒寇叶咧嘴一笑，在黑暗中露出一抹白，"我把我破坏掉的蟹的残片藏在考川的床铺里。大叔会以为是考川干的。"

"考川恨我！大叔知道这一点！"

"不，他不知道。我一直对大叔说你们俩在'钻孔虫'号上相处得多么好。说考川接手指挥只是因为他担心你。说他愿意为你做任何事情。大叔认为你和考川两人关系亲密无间。"

"老天啊！"泰摩嘶哑地说。他为这个菜鸟的狡狯而感到吃惊，又为想到考川的下场而心惊胆战。

"我不能让大叔杀了你。"舒寇叶说，"在安克雷奇，你一直对我很好。那里才是属于你的地方，泰摩。带上'钻孔虫'号，回安克雷奇去。"

泰摩揉着喉咙。多年以来他所接受的训练在对他大喊，偷窃一艘贝壳船是一个迷失小子所能想到的最可怕的罪孽。而另一方面，活着的感觉真好，他吸进饥渴的肺叶里的每一口呼吸都让他下更大的决心要活下去。

"为什么是安克雷奇？"他说，"你也听见汤姆和彭尼罗的交谈了。安克雷奇末日临头了。而且不管怎么讲，我在那里也不会受到欢迎。像我这样的一个小贼是不会的。"

"他们会欢迎你的。当他们发现他们是多么需要你，他们马上就会忘记你偷过他们的东西。你需要这个。"舒寇叶将某个东西塞进他手里：这是一个用薄薄的金属制成的长管子。"没空多说了，泰摩。"他说道，"你不属于这里，你从不属于这里，真的。现在快进那条贝壳船里去，然后走吧。"

"你不一起来吗？"

"我？当然不。我是一个迷失小子。我要留在这里帮大叔的忙。他是一个老人了，泰摩，他的视力和听力都在衰退。他会需要某个他能信任的人来操作他的摄像头和文档。给我几年工夫，我就能成为他的左膀右臂。再过几年，谁知道呢？或许我就会自己来管理格里姆斯比了。"

"那就好，舒寇叶。"泰摩一边说，一边痛苦地笑着，"我希望能看到你掌控格里斯比。让那些恃强凌弱的恶霸行为画上句号。"

"画上句号？"舒寇叶露出一个泰摩从来没见过的笑容，一个他一点儿都不喜欢的，冷酷、尖锐的笑容，"才不会！我要成为他们之中最大的恶霸！那是我前进的动力，泰摩，每一次考川和其他人在盗贼馆里对我的欺负都是。想想看，等轮到我的时候，我会把他们怎么样。"

泰摩多盯了他一会儿，有点想要相信这一切只是另一场梦。"快走。"舒寇叶又说了一次，并打开了"钻孔虫"号的舱门。不管是不是梦，都没法和他争辩，在舒寇叶的语音中有一种强烈的不容置疑，让泰摩觉得自己又变成了一个菜鸟，正被某个自信的、年纪更大的男孩下令去做事。他差点失手掉了舒寇叶给他的那个东西，但舒寇叶一把抓住，又将它塞给了他："快走，不要回来，祝你好运！"

泰摩接过那个东西，虚弱地爬到舱门口，然后钻了进去，爬下舱梯，一边思考着这根涂了漆的破旧马口铁管到底怎么能帮得上他的忙。

# 30  安克雷奇

弗蕾娅早早醒来，在黑暗中又躺了一会儿，感受着她的城市在她身体下方微微振动，迅猛地从结痂的冰雪和冰压脊上越过。安克雷奇现在已经到了格陵兰西边很远的地方，正跨越未知的冰原以及那些封冻岛屿的嶙峋隆起的岩石背脊。有好几次，斯卡比俄斯先生不得不升起驱动轮，让履带工程车将城市拖过覆着积雪的坚实岩石和四分五裂的冰川。如今海冰再度在他们前方铺展开来，连绵不绝地朝着地平线延伸出去。派小姐认为这里是哈得孙湾，彭尼罗教授宣称它能将他们带进死亡大陆的核心地带，接近他所称的绿色大地的边界了。可是它是否足够结实，能够承受安克雷奇的重量呢？

要是彭尼罗教授能够十分确定地告诉我们就好了，弗蕾娅一边想着，一边踢开被子，轻快地走到窗口。但是彭尼罗当时是从这条路一路步行出来的，而他书中的描述模糊得让人吃惊。派小姐和斯卡比俄斯先生试图让他讲出更多的细节，可他变得越来越愠怒和粗鲁，没多久他就根本不再参加掌舵委员会的会议了。实际上，自打赫丝塔乘着"鬼面鱼"号飞走之后，这位好教授的行为就变得非常奇怪。

弗蕾娅分开窗帘，朝外面的冰原望出去，于是一股冷意扑面而来。一想到这里是世界的最远端，这种感觉真是奇怪！而更奇怪的是想到他们不久就会到达新的狩猎场，那时从她的窗口望出去，外面的景色会是一片绿色：草地、灌木，还有树林。这个念头还是令她有点儿恐惧。假如一片土地每年只有几个月才会下雪的话，冰雪诸神是否还统治着那里呢？还是说，安克雷奇需要一些新的神明？

掌舵塔的一扇门被推开，有人溜了出来，一片扇形的灯光顿时将塔外的雪地染黄。弗蕾娅抹掉她的呼吸所留下的白霜，将脸凑近窗玻璃。那个身形轮廓绝不会让人认错：这是一个肥胖的身影，穿着自带加热的长袍，戴着一顶特大号的皮毛缠头巾，鬼鬼祟祟地沿着拉斯穆森大道偷偷摸摸前进。

就算以彭尼罗教授最近的举止而言，这也是奇怪的行为。弗蕾娅飞快地穿好衣服，披上一件简单的毛绒衬里的工作服，这是她这些天来常穿的行头，然后再往口袋里塞了一支电筒。她溜出宫殿，没打算叫醒鱼鸭。彭尼罗的身影已经看不见了，但他那东倒西歪的深深脚印在雪地里踩出一个个坑，为她指出他的去向。

短短几个月前弗蕾娅还不敢独自冒险离开宫殿，不过在这场绕过格陵兰北部的漫长旅途中，她改变了许多。一开始，失去汤姆所带来的震动几乎将她推回到她以前那种样子：待在她的房间里，谁也不见，只通过斯卡比俄斯或者鱼鸭来发布命令。可是她很快就厌烦了关在冬宫里。她心里痒痒地想要知道外面发生了什么。于是她冒险走了出来，以她从未体验过的方式融入了她的这座城市的生活。下班的工人们坐在城市上层边缘的暖阁里一边吃午饭一边看路过的冰原风光，她就坐下来与他们闲聊。她跟着温窦莲·派学习怎样自己洗澡和刷牙，她还把自己的头发剪短了。她参加了斯卡比俄斯派出的巡逻队，每天早上前往城市雪橇支架去检查是否有寄生船；她在引擎区里驾驶运货机械；她甚至随着一支惊讶且尴尬的勘探队到安克雷奇前头的冰原上去。她带着一种解脱了的感觉，抛开了所有的家族传统，就好像脱下了不合身的旧衣服。

而现在，她正蹑手蹑脚地穿过拉斯穆森大道右舷一侧的阴影，跟踪着她自己的首席领航员！

在她前方，教授从空港的大门之间溜了进去，在一片白雪覆盖的建筑物所组成的昏暗背景下，他那花里胡哨的头巾凸显为一个彩色的斑点。

弗蕾娅跟在他后面跑，从一片阴影蹿到另一片阴影里，直到她在空港大门里头的海关检察亭的掩护下蹲伏下来。她呼出的温热气息形成一片雾气环绕在身边，她四下环顾，一时间还以为在这些白雪皑皑的机库和系泊平台之间跟丢了她的目标。不——他在那里！彭尼罗那顶缠头巾的明快色团在空港另一端的一盏路灯下浮现出来，当他跨进阿丘克的仓库入口处的阴影里时，又一闪即逝。

弗蕾娅穿过空港，一路追踪着那位探险家慌慌张张的脚步在雪地上踩出的小径。仓库大门敞开着。她停顿了片刻，紧张地朝仓库内的黑暗中窥探进去，心里不由自主地回想起那些寄生者少年就是用黑暗作为掩护来侵扰和掠夺她的城市……不过眼下没有危险：她所看到的仓库另一头的那个晃来晃去的手电光并不属于某个不怀好意的冰原海盗，而仅仅属于一个怪异的冒险家。

她能听见他的声音在尘埃弥漫的寂静中絮絮低语。他在跟谁说话？他自己吗？温窦莲·派告诉过她，他已经喝空了总领航员的酒窖，现在都开始从终极商场的空餐厅里偷烈酒了。可能他醉了，在胡言乱语。她走近了些，轻手轻脚地从堆积如山的旧引擎部件之间穿过。

"彭尼罗呼叫任何人！"他的声音说，虽然压低了但听上去十分焦虑，"彭尼罗呼叫任何人！请回答！请回答！"

他蹲在从一架古代无线电收发机的发光仪表盘投射出的绿色光芒之中，一定是他用什么方法让它重新工作起来的。耳机夹在耳朵上，手抓着麦克风，轻微颤抖："有人吗？请回答！我会付你任何报酬！只要带我离开这座遍地傻瓜的城市！"

"彭尼罗教授？"弗蕾娅大声地说。

"哇！克莱奥！保斯基！尼克斯！"教授大叫一声。他跳了起来，耳机的连接线扯下了一大堆旧无线设备，像雪崩一样掉在了他的脚边，发出一阵稀里哗啦的滑落声。仪表盘上的光消失了，几个阀门喷出小撮小撮的火星，仿佛是放了空炮的烟火。弗蕾娅拿出自己的手电筒，将它打开。在灰尘弥漫的光束下，彭尼罗的脸显得苍白而又大汗淋漓，他眯起眼睛，视线越过手电筒的光束，认出了弗蕾娅，于是脸上的恐惧转变成了一种傻傻的微笑。

"殿下？"

这些天来，几乎没有人还这样费心称呼她。就连派小姐和鱼鸭都称呼她"弗蕾娅"。教授是有多脱节啊！

"我很高兴看到你一直没有闲着，教授。"她说道，"阿丘克先生知道你在他的仓库里四下窥探吗？"

"窥探，殿下？"彭尼罗的表情震惊了，"彭尼罗从不窥探！不，不，不……我只是——我不想麻烦阿丘克先生……"

弗蕾娅的电筒开始闪烁，她顿时记起安克雷奇上可能没剩下多少电池了。她找到一个开关，打开了挂在头顶上方生锈的橡子上摇摇晃晃的一个氩气灯。彭尼罗在突如其来的光亮下眨巴着眼睛。他的样子看起来很糟糕：脸色苍白，眼睛通红，一片细细的白色胡楂模糊了他原本清晰的胡形。

"你刚才在和谁说话？"弗蕾娅问。

"和任何人。没有人。"

"为什么你要他们带你离开这座遍地傻瓜的城市？我以为你会和我们一起走？我以为你渴望回到美洲的绿色山谷和美丽的邮政

编码[1]。"

弗蕾娅本以为他的脸色已经白到极点了，但现在变得更加苍白。"啊！"他说，"嗯。"

有时，在过去几周里，弗蕾娅的心里会冒出一个可怕的想法。它总是在奇怪的时刻出现——当她在淋浴的时候，或者凌晨三点躺在床上睡不着的时候，或者在与派小姐和斯卡比俄斯先生共进晚餐的时候，她也从来没和其他任何人提起过这个想法，尽管她肯定他们一定也这么想到过。通常，当她感到这个想法钻进她的脑海里时，她就试着去想些别的东西，因为——好吧，这个想法很傻，不是吗？

只不过它并不傻。它其实就是真相。

"你并不知道去美洲的路，对吗？"她尽力让自己的声音不要发抖，问道。

"嗯。"

"我们一路走来，遵循着你的建议和你的著作，而你却不知道怎样再次找到你的绿色山谷。还是说，可能根本不存在任何山谷让我们去找？ 你真的曾经到过美洲吗，教授？"

"你怎么敢这么说？"彭尼罗开口说道。随即，就好像意识到了说谎已经不再有什么好处了，他叹了口气，摇了摇头："不，不，全

---

1. 原文如此。由于年代久远，彭尼罗在他的书中将"邮政编码"误以为是一个地名，于是弗蕾娅也理解错误了。

是我编出来的。"他一屁股在一个翻转过来的引擎遮罩上坐了下来，悲悲切切，垂头丧气，"我从来没去过任何地方，殿下。我只是读了其他人的书，看了些照片，然后编出了这一切。我在巴黎顶层的一家酒店的游泳池边消闲的时候写下了《美丽的美洲》，身边伴着一位名叫桃子·桑给巴尔的年轻可人儿。当然，是费了一番心思将它设计为发生在某个美丽而又遥远的地方。我做梦也没有想到过有任何人会真的想要去那里。"

"那为什么以前你不索性承认这全是谎言？"弗蕾娅问，"当我任命你为总领航员的时候，为什么你不告诉我这全是谎话呢？"

"于是就放弃机会获得所有那些金钱，豪华的寓所，以及总领航员的酒窖？ 我只是个凡人，弗蕾娅。除此之外，要是这些话传回了大狩猎场，我会成为一个笑柄！我只是以为我会跟着汤姆和赫丝塔一起离开。"

"所以当赫丝塔带走'鬼面鱼'号的时候，你才那么沮丧。"

"说得对！她切断了我的逃生之路！我没办法离开这座城市，也没法承认我做的错事，因为那样你会杀了我的。"

"我才不会！"

"哎，你手下的人会的。所以我一直在用这些旧无线电试图呼叫帮助；希望在呼叫范围内可能有某个迷途的空中商人或是某条探险船，某个能带我走的人。"

他是如此地自怨自艾，与此同时，却丝毫也不为这座被他带向末日的城市而担忧，这一点还真是非同凡响。弗蕾娅气得浑身发抖：
"你——你——你被解雇了，彭尼罗教授！你不再是我的总领航员
了！你必须立刻归还作为身份象征的罗盘以及掌舵塔的所有钥匙！"

这并没有让她感觉好受些。她瘫倒在一堆旧发动机垫圈上，垫圈
被她压得吱呀作响，挪动开去。她该怎么把这个消息告诉派小姐和斯
卡比俄斯先生还有所有人呢？说他们被困在了世界的歧途一侧，前
方除了一片死亡大陆之外什么也没有，也没有足够的燃料让他们再回
到故乡，而将他们带到这里的人正是她！她曾告诉每个人这次向西的
航程是冰雪诸神所希望的，而自始至终这只是她所希望的。要是她没
有被彭尼罗和他的傻书蒙骗就好了！

"我该怎么办才好？"她问道，"我该怎么办才好？"

在空港后面的街道上，有人喊了一些什么。彭尼罗抬头望去。从
什么地方传来一种呼呼的轰隆声。那声音十分微弱，是一种起起伏伏
的微响，听起来简直就像——

"空气引擎！"彭尼罗一跃而起，在匆忙跑向门口的路上撞倒了
更多的一堆堆的零件，"感谢克莱奥！我们得救了！"

弗蕾娅跟在他身后跑着，一边抹掉眼泪，一边拉起她的防寒面
罩。在外面，黑夜已经渐渐变为泛着钢铁色泽的晨曦。彭尼罗正踩着
重重的步子，穿过空港，离她远去，中途只停下一次，转身指向某个
滑过港务总监办公室上方天空的东西。弗蕾娅一头扎进风中，便看见
一簇灯光，还有抹在夜色上的一道奶油般的废气尾迹。"飞艇！"彭

尼罗一边大声嚷嚷，一边在积满雪的系泊平台中央疯狂地手舞足蹈起来，"有人听到了我发的消息！我们得救了！得救了！"

弗蕾娅从他身边跑过，想要将那艘飞艇保持在视野之中。阿丘克一家正站在港务总监办公室的外头，仰望天空："一艘飞艇，在这个地方？"她听见港务总监说道，"那会是谁呢？"

"冰雪诸神是否对你说过这些人要来，弗蕾娅，亲爱的？"阿丘克夫人问。

一个名叫勒缪·夸尼克的人跑上前来，脚下一双宽大的雪地鞋拍打着地面。他是弗蕾娅曾经一起工作过的那些勘探者中的一员，所以他说话的时候，并没有对她感到有多敬畏："小殿下，我以前见过那艘飞艇。那是朴特·马思嘉的船，'晴空湍流'号！"

"阿尔汉格尔斯克的猎手团！"阿丘克夫人倒抽一口冷气。

"在这儿？"弗蕾娅叫道，"不可能！阿尔汉格尔斯克从不到格陵兰以西猎食。这里没有东西给它吃。"

"这里有我们。"夸尼克先生说道。

"晴空湍流"号绕着安克雷奇盘旋，然后漂浮在城市艉部上方，就像一头孤狼如影随形地跟着它的猎物。弗蕾娅奔向掌舵塔，爬上舰桥。温窦莲·派已经在那里了，身穿睡衣凝立着，灰白的头发来不及梳理。"是猎手团，弗蕾娅！"她说，"他们是怎么找到我们的？看在漫天神明的分上，他们怎么会知道我们在哪里呢？"

"彭尼罗。"弗蕾娅明白了过来，"彭尼罗教授以及他那愚蠢的广播……"

"他们在发信号。"乌米亚克先生从无线电室里探出身来，报告道，"他们命令我们关闭引擎。"

弗蕾娅朝城市舰部望了一眼。在曦光下，惨白的冰原微微发亮。她能看见城市舰轮的辙印朝着东北方向延伸，渐渐淡去，混入雾中。没有任何迹象有城市追来，只有那艘黑色的飞艇，乘着城市后方的滑流，微微飘荡。

"我要回答他们吗，弗蕾娅？"

"不！假装我们没有听到。"

那并没有阻止朴特·马思嘉多久。"晴空湍流"号滑翔得更近了，直到它悬浮在与掌舵塔并驾齐驱的地方，弗蕾娅透过玻璃墙朝它望去，看见飞艇甲板上的飞行员们俯身在他们的控制面板上工作着，有一个机枪手在引擎吊舱下方悬挂着的装甲小间里冲着她冷笑。她看见一扇舱门打开，朴特·马思嘉亲自探出身来，用一支号角喊着什么。

派小姐打开了一个通风口，于是那响亮的声音便朝着他们轰然涌入。

"祝贺你们，安克雷奇的人民！你们的城市被伟大的阿尔汉格尔斯克选为猎物了！北地的天灾离这里只有一天的路程，并且正飞快地加速。关闭你们的引擎，帮我们省下一场追逐，你们就会得到好生对待。"

"他们不能吃了我们!"派小姐说,"现在不行!噢,这真太糟了!"

弗蕾娅感到麻木在身上蔓延开来,就好像她掉进冰水里一样。派小姐正望着她,舰桥上的其他所有人也一样,都等待着冰雪诸神借她之口告诉他们该怎么做。她想着是否该告诉他们真相。毕竟,与其越过这片未经测绘的冰原,朝着一块真的已经死亡的大陆无休止地奔下去,还不如被阿尔汉格尔斯克吃掉更好。然后她想起了她曾经听过的关于阿尔汉格尔斯克的一切,以及它如何对待它吃掉的人们,于是便想,不,不,什么都比被它吃了好。我不在乎我们会不会穿破冰层掉下去,或者饿死在消亡的美洲,只要不被他们吃掉就好!

"关掉你们的引擎!"马思嘉怒吼道。

弗蕾娅向东望去。要是阿尔汉格尔斯克抄近路穿过格陵兰的山脊而来,它可能会像马思嘉所宣称的那般接近了,不过安克雷奇仍可以甩开它。那座掠食城不会想要冒险在这片未经测绘的冰原上跑太远。那就是为什么他们会选择派出他们的猎手团来……

她没有扩音器可以用来回复,所以她拿起绘图桌上的一支彩色铅笔,在一张地图的背面用大大的字写下,不!"派小姐。"她说道,"请告诉斯卡比俄斯先生,'全速前进'。"

派小姐朝通话管走去。弗蕾娅将她写下的话压在玻璃上。她看见马思嘉费力地读着它,也看见了当他明白过来时表情的变化。他走回船舱里,用力带上舱门,随后那艘飞艇便掉头离开了。

"说到底，他们又能做什么呢？"一位领航员说道，"他们不会攻击我们，因为那样他们会冒很大的风险，损坏他们想要通过吃掉我们而获得的东西。"

"我打赌阿尔汉格尔斯克离我们远远不止一天的路！"派小姐宣称，"那个横冲直撞的饕餮城市！他们一定十分心急，否则他们不会派出那些纨绔子弟来扮演空中海盗。好吧，弗蕾娅，跟他们摊牌是对的。我们会轻易地甩掉他们！"

紧接着，"晴空湍流"号下降到了城市后方扬起的大片细碎冰碴之间，朝着艉部驱动轮的左舷方向支架发射了一波火箭。烟雾、火星、烈焰从安克雷奇的艉部喷涌而出。轮轴垮掉了，轮子朝一侧倾倒，打横滚过冰原，它上头靠右舷的一侧还连着缠成一团的传动链和扭曲的支柱，这些残骸碎片形成了一个锚，拖着城市渐渐减速，隆隆颤抖着停了下来。

"快！"弗蕾娅喊道。她看见那艘飞艇从艉部后方一点点散去的冰雾中又升了起来，感到心中生出一股恐惧，"让我们再动起来！放下履带……"

派小姐站在通话管边上，侧耳听着从下头传来的混乱不清的报告："哦，弗蕾娅，我们不行的；那只轮子太重了没法拖动，必须切除它，索伦说那得花上几个小时！"

"可我们没有几个小时！"弗蕾娅尖叫起来，随后便意识到他们就连几分钟都没有。她紧紧搂住了派小姐，她们俩一起向空港望去。

"晴空湍流"号在那儿才降落了没多久，但从里面已经涌出了一大群黑乎乎的身穿盔甲的人来，他们迅速地冲下楼梯，去占领引擎区。随后飞艇再度升空，飘浮在掌舵塔上方的天空中。更多的人从船舱里缒绳而下，靴子踩破了玻璃墙。在一蓬闪亮的玻璃碎片之中，他们破墙而入冲进了舰桥，紧接着是各种混杂在一起的尖叫，呼喊，刀剑在灯光下闪耀，地图桌被推翻。弗蕾娅与派小姐走丢了。她奔向电梯，但有人已经挡在了那里，身披毛皮与盔甲，面露狰狞笑容，一双戴着手套的巨手向她抓来。此时此刻，弗蕾娅心中唯一的念头就是：这一路！我们走了这一路，就是为了被吃掉！

# 31　刀具抽屉

在"鬼面鱼"号的船舱下方几百英尺处，一片片巨大粗粝的海冰缓缓流过，其上遍布着纵横交错的冰坝与参差破碎的冰脊。汤姆与赫丝塔透过飞行甲板上的舷窗俯瞰着这片无垠的白色，感觉就好像他们已经在这片覆盖着厚厚装甲的大洋上飞了一辈子。

从盗贼之窟逃脱后的次日，他们在一座雪疯族的捕鲸小站降落，用最后剩下的几个彭尼罗所给的金币购买了燃料。在那之后，他们就一直飞行，向着西北方向，寻找安克雷奇。他们没怎么睡觉，因为害怕那位已故的女飞行家会潜入他们的梦中。他们待在飞行甲板上，啃着过期的饼干，喝着咖啡，时不时笨拙地急急开口，相互倾诉着自从分别以来他们俩各自的见闻。

他们没有提到赫丝塔飞离安克雷奇的事，也没有提到原因。从第一个晚上起，他们就再没有提过它。那一晚，他们俩躺在坚硬的甲板上，气喘吁吁，浑身颤栗，四肢交缠。便在这时，赫丝塔用细微的声音说道，"还有些事情我没来得及解释。在我离开你之后，我做出了一件可怕的事情……"

"你不开心，就飞走了。"汤姆理解错了她的话，便说道。他太高兴她能回来，所以不想再冒争执的风险。于是他试图让这事听起来微不足道，可以被轻易地原谅。

赫丝塔摇摇头："我不是这个意思——"可是她没法解释。

于是他们继续飞行，日复一日地飞越起起伏伏的海冰和千里冰封的大地，直到今天，汤姆才突然开口："我不是有意的，我和弗蕾娅。等我们回到安克雷奇，不会再像上次那样了，我保证。我们就光警告他们阿尔汉格尔斯克要来，然后我们就再次起飞。飞向百岛群岛或者其他地方，就我们俩，像以前那样。"

赫丝塔只是摇了摇头："那样太危险了，汤姆。一场战争就要到来了。可能不是今年或明年，但会很快，也会很糟，而且已经来不及做任何事来挽回它。而联盟仍然相信是我们烧了他们的北方空中舰队，绿色风暴也会把攻击盗贼之窟的罪名加到我们头上，那个潜猎者也不会一直在周围保护我们。"

"那么我们到哪里才安全呢？"

"安克雷奇。"赫丝塔说，"我们会找到一个办法保全安克雷奇，然后在那里潜伏几年，在那之后，或许……"

然而她知道，即使有什么办法能拯救那座城市，在那座城里也不会有她的一席之地。她会将汤姆留在那里，安全地与弗蕾娅在一起，然后独自飞走。安克雷奇是个好地方，友好而又和平；这不是瓦伦丁的女儿该待的地方。


那天晚上，北极光在头顶上方飘舞，汤姆从云层中的一条缝隙向下望去，看到下方冰原上有一条巨大的疤痕，成百上千条深深的平行沟槽，向东延伸直入云雾笼罩的山地，向西消失在苍茫夜色之中。

"城市的辙印！"他喊了一声，赶紧叫醒赫丝塔。

"是阿尔汉格尔斯克。"赫丝塔说道。她感到害怕起来，胃里一阵翻腾。这座掠食城翻起的宽阔尾迹让她想起了它是何等庞大。她怎么能有希望阻止像那样的一个庞然大物呢？

他们将"鬼面鱼"号转到阿尔汉格尔斯克的航线上来。一个小时后，汤姆在无线电的静电干扰声中听见了那座掠食城的导航信标的刺耳尖啸，不久之后，他们就看见它的灯火在他们前方的雾气中闪烁。

那座城市前方散开了一大群勘探车和剥去外壳的子郊镇，以测试冰层厚度。一艘艘飞艇悬浮在它上空，大多数是离开空港转回东方的商人，他们不愿被阿尔汉格尔斯克带到比每一张地图的边界都更遥远的地方去。汤姆想要与他们交谈，但赫丝塔警告他别那样做。"你不能信任那种与阿尔汉格尔斯克做交易的飞艇。"她说。她害怕某个商人可能会认出她来，随之会让汤姆明白她曾经做了什么。她说："让我们离那个地方远远的，继续前进。"

他们离得远远的，继续前进，当大雪开始从北方袭来时，阿尔汉格尔斯克的灯光便隐入了他们后方的黑暗之中。不过当它的无线电信标开始减弱的时候，其信号被另一个信号逐渐取代，那个新信号初时十分微弱，但越来越响，源自前方冰原上的某个地方。大风猛吹着"鬼面鱼"号的气囊，雪片拍打着它的舷窗，他们朝黑暗中凝望。一簇灯光亮起，微弱而又遥远，随后导航信标的悠长低沉音符从静电噪声中缭缭升起，恍如狼嚎一般孤独。

"是安克雷奇。"

"它没在移动！"

"出什么问题了……"

"我们来晚了！"汤姆哀号一声，"你不记得吗？阿尔汉格尔斯克总是会先派出猎手团去占领它想要吞吃的城市。我们在天空之城遇见过的那个莽汉！他令那些城市掉转方向，驾驶着它们进入阿尔汉格尔斯克的巨颚……我们必须掉头回去。要是我们降落在那里的话，猎手团会把我们关起来，一直关到阿尔汉格尔斯克到达为止，而'鬼面鱼'号就会和那座城市一起被吃掉……"

"不。"赫丝塔说道，"我们得降落。我们得做些什么。"她望着汤姆，渴望告诉他这对她来说是多么重要。她现在明白了，如果她要自我救赎，那么她就得与猎手团战斗，而她很有可能会被杀死。她想要向汤姆解释她与马思嘉所做的交易，让他原谅她。可万一他不肯原谅呢？万一他只是惊恐地将她推开呢？这些话在她的嘴里打着转，可她却不敢把它们说出来。

汤姆关闭了"鬼面鱼"号的引擎，让风带着它静静地靠近。赫丝塔对这座冰原城市表现出来的突如其来又令人吃惊的关心，感动到汤姆。他并没有怎么意识到他有多么怀念这座城市，直到它再度进入他的眼帘。他的眼中噙满泪水，令掌舵塔和冬宫的灯光模糊成了蜘蛛形的图案："每个地方都灯火通明，就好像一棵魁科节树[1]……"

"这是为了让阿尔汉格尔斯克能看见它。"赫丝塔说，"马思嘉和他手下的猎手们一定已经停下了引擎，并打开了所有的灯和导航信标。眼下他们大概正在弗蕾娅的宫殿里，等候着他们的城市到来。"

"那弗蕾娅呢？"汤姆问，"还有其他所有人呢？"

赫丝塔没有回答。

空港看上去明亮而又好客，与往日迥异，不过要降落在那儿的话却没有问题。赫丝塔熄灭了"鬼面鱼"号的运行灯，然后让汤姆来驾驶，因为他在起降技术上一向比她好得多。汤姆将"鬼面鱼"号降得极低，船舱的龙骨几乎擦到了地上的冰，但紧接着他驾驶着它突然再度升起，滑入城市下层左舷边缘的两座仓库之间的狭窄缝隙之中。系泊夹具的当啷一声在飞行甲板上听来响得可怕，不过没有人跑过来察看是怎么回事，当他们俩冒险走出飞艇时，他们在落满厚厚积雪的寂静街道上没有发现任何移动的物体。

---

1. 魁科节是伦敦城庆祝其守护神魁科的节日，庆祝方式与现代的圣诞节类似。

他们默默地飞快爬上空港，不出一声，各自被对这座城市的回忆包围着。"晴空湍流"号正停泊在靠近空港中央的一片开放平台上，气囊上面阿尔汉格尔斯克的狼徽红得耀眼。一个身穿皮衣的守卫站在一旁警戒，在船舱的舷窗后方，能看到灯光和走动的人影。

汤姆望向赫丝塔："我们该怎么做？"

她摇摇头，还不太确定。汤姆跟着她穿过燃料槽后方投下的一片片浓重阴影，从后门进入了港务总监的屋子。这里一片漆黑，偶尔有几丝港口的灯光从覆满寒霜的窗户透进来，才会将这片黑色射破。本来十分整洁的客厅和厨房仿佛被一场龙卷风横扫而过，收藏的纪念餐盘被砸碎，陶瓷器皿被打破，阿丘克夫妇的子女们的照片被从家族神龛上扫了下来。以前挂在客厅墙上的古董猎枪不见了，炉膛里冰冰冷。赫丝塔一路咯吱咯吱地踩着拉斯穆森家喜笑颜开的面容碎片，走到了橱柜边上，拉开了刀具抽屉。

在她身后，一道不怎么结实的楼梯忽然吱呀响了一声。汤姆靠得离楼梯近，立刻转过身来，就看见在扶手栏杆之间有一张灰乎乎的脸向下朝他窥视。那张脸几乎立刻就不见了，躲在后面的那人手忙脚乱地朝二楼爬去。汤姆吃惊地叫了一声，随后想起外面还有人，于是飞快地伸手捂住了自己的嘴。赫丝塔粗鲁地从他边上挤过，阿丘克夫人家最锋利的那把厨刀在她手里闪过一抹晦暗的光芒。栏杆后面的影子狂乱地扭打起来，紧接着一个气喘吁吁的声音叫道："行行好！饶命啊！"然后便传来砰砰的撞击声，一个笨重的身体臀部着地一路被拖下楼梯来。赫丝塔后退一步，喘着气，手里仍然紧握着刀子，汤姆低头朝她抓住的那个人望去。

那是彭尼罗。浑身发臭，头发散乱，脸庞凹陷，长着茂密的白色胡楂。在汤姆和赫丝塔离开的这段时间里，这位探险家仿佛老了十岁，就好像安克雷奇上的时间比外界走得更快一样。他轻轻地抽噎着，鼓凸的双眼在他们两人脸上扫来扫去："汤姆？ 赫丝塔？ 老天啊，我还以为你们是那些该死的猎手团。可是你们是怎么到这里来的？ 你们带着'鬼面鱼'号吗？ 哦，感谢老天！我们必须马上离开！"

"这儿发生什么了，教授？"汤姆问，"其他人呢？"

彭尼罗一边还警惕地望着赫丝塔持刀的手，一边挪到了一个更加舒服的位置。背靠在楼梯中柱上："阿尔汉格尔斯克的猎手团，汤姆，他们是一群空中无赖，由那个恶棍马思嘉率领着。他们是大概十个钟头前到的，砸碎了驱动轮，占领了城市。"

"有人死了吗？"赫丝塔问。

彭尼罗摇了摇头："我不这么认为。他们想要让每个人都完好无损，好送到他们那恶心的奴隶营里去，所以他们就把大家都集中起来，关在冬宫里，一边等待着他们的城市追上来。斯卡比俄斯手下有几个勇敢的伙计试图与他们争执，然后就被痛揍了一顿，不过除此之外我想就没有其他人受伤了。"

"那你呢？"赫丝塔身体前倾，凑近亮光下，让他能清楚地感受到她那可怕的凝视，"你怎么没有和其他人一起被关押？"

彭尼罗朝她勉强挤出一丝笑容："哦，你知道彭尼罗家的座右铭吗，肖小姐：'一旦事情变糟，明智的人就藏到大件家具后头去。'他们降落的时候我正巧在空港。以我一向的敏捷思维，我飞快跑到这里，躲到了床底下。直到一切都结束了我才敢露头。我本想到小马思嘉那儿去，领取悬赏，不过坦白说，我觉得他不可靠，所以我从那时起就一直潜伏着。"

"什么悬赏？"汤姆问。

"喔，啊……"彭尼罗看起来有点羞愧，并想用他那种典型的愆赖笑容将它隐藏起来，"事情是这样的，汤姆，我觉得是我把猎手团引到这里来的。"

出于汤姆无法理解的原因，赫丝塔放声笑了起来。

"我只不过发送了几条无害的危难呼叫而已！"那位探险家抱怨道，"我从没想过阿尔汉格尔斯克会收到它们！谁听说过无线电信号会传那么远啊！不用提，肯定是因为这见鬼的极地气候……不管怎么说，就像你所看到的那样，这事对我没什么好处。我躲在这里已经有好几个小时了，一直想着要溜到那艘猎手团的飞艇上，突围出去，可是有一个大块头守卫看守着它，里面还有另外几个……"

"我们看到了。"汤姆说。

"不过……"探险家眼睛一亮，继续说道，"眼下你们和'鬼面鱼'号一起回来了，那就无所谓了，对吗？ 我们什么时候离开？"

"我们不走。"赫丝塔说道。汤姆转过头来望着她，他对于她之前所说的跟猎手团较量较量的话还是感到有些不安,不过赫丝塔马上接着说了下去:"我们怎么能一走了之呢? 我们欠阿丘克家的,还有弗蕾娅,还有大家所有人。我们必须去救他们。"

她不管他们如何瞪着她,径直走到了厨房的窗口边,透过窗上的凝霜望了出去。漫天飞雪在港口路灯的光锥中漫无目的地盘旋。她在心中构想着飞艇上的守卫,还有他们那个守在外面系泊平台上的同伙,正跺着脚驱散脚趾上的寒冷之意,还有在冬宫里的马思嘉的其余手下,正用拉斯穆森家族酒窖里的藏品暖和身子。他们都将变得昏昏欲睡,自信满满,不会想到有任何麻烦发生。他们肯定斗不过瓦伦丁。也许,如果她从他那里继承了足够的力量、残酷,以及狡诈,那么他们也斗不过她。

"赫丝塔?"汤姆靠近她身后,被她冰冷的情绪吓到了。通常那个做出鲁莽救人计划的人都是他。如今听到赫丝塔提出这样的建议,让他感觉天翻地覆。他将手温柔地放到她的肩头,感到她僵了一下,缩了开去:"赫丝塔,他们有很多很多人,而我们只有三个⋯⋯"

"算成两个就行。"彭尼罗插嘴道,"我不想掺和到你们的自杀计划里去⋯⋯"

赫丝塔迅速一动,刀就架在了他的喉咙上。她的手微微颤抖,令刀刃的明亮反光随之晃动。

"我说什么你就做什么。"瓦伦丁的女儿说道,"否则我就亲手杀了你。"

# 32　瓦伦丁的女儿

"吃饭了，小小女藩侯！"朴特·马思嘉朝弗蕾娅晃着一只啃了一半的鸡腿，在桌子的另一头叫道。

弗蕾娅低头盯着她的餐盘，食物已经开始冻结起来了。她真希望自己还和其他人一起被关在舞厅里，吃着猎手团扔给他们的不管什么垃圾，可是马思嘉坚持要她与他一起进餐。他说他只是在表现她应得的礼遇，而一位女藩侯可不能和她的子民们一起吃饭，对吗？ 身为阿尔汉格尔斯克猎手团的首领，在他自己的餐桌上款待她是他的责任，也是他的荣幸。

只不过这张餐桌是弗蕾娅的，在她的餐厅里，而食物则来自她的储藏库，在她的厨房里由可怜的鱼鸭烹调而成。每一次她抬头望去，视线就会对上马思嘉的蓝色双眼，正愉快地对她品头论足，并为他所抓获的猎物而感到自豪。

　　在最初那次进攻掌舵塔的可怕混乱中，她自我安慰地想道：斯卡比俄斯绝不会袖手旁观的，他和他的手下会顽强战斗，拯救我们。然而当她和一起被捕的人们被赶进舞厅里，看见已经有不少她的子民早就等在那里的时候，她才明白这一切都发生得太快了。斯卡比俄斯的手下有的被吓了一跳，有的忙于扑灭火箭袭击所引发的大火。邪恶战胜了善良。

　　"再过几个小时，伟大的阿尔汉格尔斯克就会到达我们这里。"当时马思嘉如此宣布道。他绕着那一群挤在一起的囚犯慢慢踱着，手下人手持枪和弩警戒地守在一旁，随时待命。他的话音从他助手头盔上架着的号角扬声器中轰然传出："好好表现的话，你们或许能在城市之肠中过上健康而高产的生活。试图抵抗的话，你们就会死。这座城市是一份足够漂亮的奖品；如果你们坚持想要我证明我有多认真的话，我不介意牺牲几个奴隶。"

　　没有人坚持。安克雷奇的人们并不习惯暴力，猎手团的那些蛮横的脸孔和蒸汽动力枪已经足以说服他们。他们缩成一团，挤在舞厅中央，妻子倚在丈夫身上，母亲竭力不让子女哭泣或是讲话或是做出任何可能吸引守卫注意的事情。当马思嘉呼唤女藩侯与他共进晚餐的时候，弗蕾娅认为最好还是明智地接受；她会做任何让他保持好心情的事情。

　　尽管如此，她一边戳着快速冷却下来的饭食，一边心想，假如与马思嘉一起进餐是我必须忍受的最糟糕的事情，那么我会被从轻发落。不过感觉上可没有那么轻，至少在她抬头望向他，感到两人之间的气氛渐渐带着一股威胁之意时没有。她觉得肠胃翻转，一瞬间还以为自己要吐了。作为不吃东西的借口，她尝试着找话题说道："那么你之前是怎么找到我们的，马思嘉先生？"

马思嘉咧嘴而笑，眼皮几乎完全盖住了蓝色的眼睛。他刚到这里时有一点失望：镇民们太轻易就放弃了反抗，而弗蕾娅的保镖就是一个小个头的笑话，根本不值得马思嘉的一剑，不过他决心对被他抓住的女藩侯彬彬有礼。坐在餐桌上首处——弗蕾娅的宝座上，他感觉自己高大、英俊，大获全胜，同时他有一种感觉，觉得自己正在给她留下良好印象。"你怎么知道不是我天生的狩猎技巧把我带到你身边的呢？"他问。

弗蕾娅挤出一个生硬的浅笑："那可不是你的行事风格，对吗？我听说过你。阿尔汉格尔斯克急切地渴望着猎物，所以你付别人钱，让他们说出其他城市的消息。"

"卖。"

"什么？"

"你的意思是'卖了其他城市'。假如你想要使用甲板下层的黑话，殿下，你至少应该用对。"

弗蕾娅的脸红了："是彭尼罗教授干的，对吗？他发的那些愚蠢的无线电消息。他告诉我说他只是想要联系上某个经过的探险者，或是某个商人，不过我猜他一直在对你发信号。"

"哪个教授?"马思嘉又一次笑了,"不,我亲爱的,卖了你们的是一只会飞的老鼠。"

弗蕾娅的目光再度被他的话牵了过去:"赫丝塔!"

"而且你知道最妙的地方是什么吗? 她甚至根本不要黄金作为对你们城市的交换。只要某个小子,某个一文不值的空中垃圾,名字叫作纳茨沃西……"

"哦,赫丝塔!"弗蕾娅低声说道。她一直认为那个少女是个麻烦,但她从来没想到她能做出这么可怕的事情。背叛一整座城市,只是为了留住一个不该属于你的、跟别人在一起会更好的男生! 弗蕾娅竭力不让马思嘉看出她的愤怒,因为那样只会令他发笑。她说:"汤姆已经走了。死了,我想……"

"那么,他幸运地逃过了我们。"马思嘉嘴里塞满食物,咯咯地笑着,"反正那也不重要。他的马子不见了,那份契约上的墨水都还没干她就飞走了……"

餐厅的门砰地被撞开,弗蕾娅抛开赫丝塔的事,回头察看发生了什么。马思嘉的一名手下——那个头戴号角扬声器的人——站在门口。"着火了,大人!"他喘着气说,"在港口!"

"什么?"马思嘉走到窗口,将厚厚的窗帘扯到一边。飞雪在外面的花园里打着旋,在雪幕后方,一片红色的光芒闪烁不定,逐渐扩散,将拉斯穆森大道建筑屋顶上的山墙和管道映照出轮廓分明的剪影。马思嘉厉声朝他的助手喝骂道:"空港那边加斯当和他的小子们有消息传过来吗？"

那个猎手摇摇头。

"狼了个牙的！"马思嘉怒吼道，"有人纵火！他们在进攻我们的飞艇！"他拔出剑，朝门口走去，中途在弗蕾娅的座椅边上停了停："假如任何你的卑劣镇民损伤了'晴空湍流'号，我会活活剥了他们的皮，再把他们的皮当成地毯卖掉。"

弗蕾娅从椅背上向下滑去，努力让自己缩得更小："不可能是我的子民，你把他们都关起来了……"不过就在她一边说的时候，她一边想到了彭尼罗教授。她没在舞厅里看到他。也许他逃脱了？ 也许他正在做着什么事情来帮助他们？ 这似乎不太可能，但这是她仅有的一点希望。即使马思嘉把她从椅子里拎了出来，扔给他的助手，她还是紧紧抓住这丝希望不放。

"把她带回舞厅去！"他大吼道，"瑞文还有托尔还有斯盖特到哪里去了？"

"还守着大门，大人。"

马思嘉拔腿就跑，另一个人将弗蕾娅拖出了餐厅，沿着走廊的优雅弧线，将她朝舞厅推去。她觉得她可以尝试逃跑，但守卫太高大强壮，武装也太齐全了，所以她不敢这么做。她一路走来，一幅幅亲属们的画像朝她俯视，仿佛对她的不反抗感到失望。于是她说："我希望有人已经烧了你们宝贵的飞艇！"

"对我们来说没啥区别。"她的守卫咆哮道，"你们才是会为此受罪的人。阿尔汉格尔斯克很快就会来到这里。一旦你们这座渺小的镇子进了北地天灾的肚子，我们才不需要一艘飞艇来离开这里！"

他们接近舞厅门口时，弗蕾娅听见里面传来越来越响的嘈杂人声。俘虏们一定也看见了大火，正在激动地谈论着，而他们的守卫则大喊着让他们安静。然后某个东西从她脑袋边上一闪而过，马思嘉的助手一声不吭地朝后倒去。弗蕾娅以为他滑倒了，不过当她回头看时，一支弩箭钉在他的头盔正面，浓稠的鲜血从他头上的一支号角上滚滚滴落。

"哟！"她叫道。

舞厅门口边上的一处墙壁凹面里，一条颀长的人影从阴影中显现出来。

"彭尼罗教授？"弗蕾娅悄声说道。但那人却是赫丝塔·肖，正往她所携带的一张巨大弩弓上装填另一支箭。

"你回来了！"弗蕾娅倒吸一口凉气。

"哦，多么聪明的推理啊，殿下。"

弗蕾娅心底一股怒火腾腾上涌。这个少女怎么敢嘲笑她？ 这一切之所以会发生都是她的错！"你出卖了我们的航线！你怎么能这么做？ 你怎么能这么做？"

"嗯，我改变主意了。"赫丝塔说道，"我来这儿帮忙。"

"帮忙？"弗蕾娅的声音嘶哑而愤怒，但还是压低了悄声说道，害怕舞厅里的守卫们会听到，"你能帮什么忙？ 你能帮我们的最好的忙，就是不要出现在任何接近我的城市的地方！我们不需要你！汤姆不需要你！你又自私，又邪恶，又冷酷，除了你自己以外，你谁都不关心……"

她停了下来。她们在同一时刻想到了，赫丝塔手里正拿着一张上了弦的弩箭，只要她手指轻轻一扣，就能把弗蕾娅钉在墙上。赫丝塔对这种可能性考虑了片刻，用弩箭的尖端轻轻碰了碰弗蕾娅的胸脯。"你说得对。"她轻声说，"我很邪恶。这是我继承自父亲的。不过我真的关心汤姆，而这意味着我也必须关心你和你那愚蠢的城市。我想你现在需要我。"

她放低弩弓，瞄了一眼她刚杀死的那人。他的皮带里塞着一支气手枪。"你知道怎么用那玩意吗？"她问道。

弗蕾娅点点头。她的私人教师们以前更多地注重在礼仪和举止上，而没怎么关心轻兵器训练，但她觉得自己还是掌握了大致概念的。

"那就跟我来。"赫丝塔说。她用一种命令的口气开了口，于是弗蕾娅根本没有生出反抗的念头。


到目前为止，最难的一部分是甩开汤姆。赫丝塔不想置他于险地，如果他跟着她，她就不能化身为瓦伦丁的女儿了。在阿丘克家客厅的一片黑暗中，她将他拉近身边，说："你知道有什么可以进冬宫的后门么？如果那地方到处都是猎手团的人，我们可不能就这么大摇大摆地从正门进去，大声宣布我们来见马思嘉。"

汤姆想了一会儿，然后掏摸着自己大衣的口袋，取出了一个她从没见过的，闪闪发光的小东西："这是从格里姆斯比拿来的撬锁工具。泰摩那帮人给我的。我打赌我能从奇珍陈列室后面的那道小热闸里溜进去！"

他看起来是如此激动，如此为他自己高兴，以至于赫丝塔没法忍住不吻他。等吻完了，她说："那么，去吧。在奇珍陈列室里等着我。"

"啥？ 你不一起来？"他现在看上去不激动了，而是一脸恐惧。

她将一只手指轻轻放到他的唇上，让他别再开口："我去飞艇边上探一圈。"

"可是那些守卫——"

她努力表现出并不害怕的样子："我曾经当过史莱克的学徒，记得吗？ 他教了我很多东西，我还从来没机会使用过。我会没事的。现在快走吧。"

他开口想说些什么，但放弃了，拥抱了她一下然后便匆匆离开。有那么一两秒钟，她觉得孤身一人让她松了口气；随后她突然一下子就非常想要汤姆回来，想要在他的怀抱里，告诉他那些她以前应该对他说的各种各样的事情。她跑到后门，然而他早就到了视野之外，沿着某条秘密通道朝宫殿而去。

她对着雪地轻轻呢喃他的名字。已经不期望能再见到他。她感觉自己正太快地朝着深渊滑去。

彭尼罗还躺在楼梯脚下。赫丝塔从他边上挤过，回到厨房里，从水池上的碗柜里拿出一盏油灯。"你在做什么？"当她点亮油灯时，彭尼罗嘶声说道。黄色的光辉在烟熏火燎的灯罩玻璃里面慢慢凝实，随后向外扩散，抚过四壁、窗户，以及彭尼罗惨白的脸。"马思嘉的人会看见的！"

"这就是目的所在。"赫丝塔说。

"我不会帮你的！"探险家颤声说道，"你不能逼我！这是在发疯！"

这次她懒得用刀，仅仅将她如石像鬼般恐怖的脸凑近了彭尼罗，说道："是我，彭尼罗。"她想要让他明白她能变得多么残酷无情，"不是你。我才是那个将猎手团带来这里的人。"

"你？可是伟大的保斯基啊，为什么？"

"为了汤姆。"赫丝塔简单地说，"因为我想要让汤姆再次回到我身边。他本来会是我那份掠食者的赏金。只不过事情没有照我计划的那样进行，所以现在我得尝试将它纠正。"

厨房窗外的雪地上传来咯吱咯吱的脚步声，外层的隔热门被拉开，发出吱呀一声。赫丝塔溜回了阴影里，从系泊平台过来的那个守卫正推门进了屋子，离她近得几乎能感觉到从他落满雪片的毛皮外衣上散发出来的寒气。

"站住！"那个守卫冲着彭尼罗大吼一声，同时转头察看是否还

有其他逃犯。就在他看见赫丝塔前的一瞬间，她奋力探出手臂，一刀
扎进了他的盔甲上方与防寒面罩底部之间的缝隙之中。守卫喉咙里发
出咕咕的声音，魁梧的身体扭动间就拽着刀柄脱出了赫丝塔的掌心。
那人的弩弓发射了，赫丝塔闪到一边，就听见箭矢砰地射穿了她身后
的碗橱门。那个猎手摸索着皮带想找到自己的刀。赫丝塔抓住了他的
手臂试图阻止他。一时间，除了他们粗重的呼吸和跌跌撞撞来回走动
时脚下碾碎的瓷器之外，再没有其他声响。彭尼罗手忙脚乱地避开他
们。那个猎手圆睁的绿色双眼透过他面具的镜片盯着赫丝塔，眼神中
充满愤怒，直到最后他的目光似乎聚焦在她身后非常远的什么地方，
喉咙里的咕咕声也停止了，身体朝一侧摔倒，几乎将她带得一起倒
下。他的脚蹬了片刻，然后就不动了。

　　赫丝塔以前从来没有杀死过任何人。她以为自己会有负罪感，但
没有。她没有任何感觉。这就像我父亲所做的那样。她一边想，一边
披上那个死人的斗篷，戴上他的毛皮帽子，拉上他的防寒面罩。只不
过是一件必须完成的工作，为了让他的城市与他所爱的人安全。这就
是他杀了我爸妈之后的感受。清晰，坚定，透彻，如同玻璃一样。她拿
起那个猎手的弩弓与箭袋，对彭尼罗说："拿上灯。"

　　"可是，可是，可是——"

　　屋外，雪片像一大群白色的飞蛾一样在空港路灯下飞旋。她穿过
系泊平台，将惊恐万状的彭尼罗推在前头，一边朝两座机库之间的夹
缝中望去，看见东方天空中有一个大而遥远的光斑。

"晴空湍流"号的舱门打开着。另一个猎手正等在那儿。"怎么回事,加斯当?"他大吼道,"你找到什么人了?"

"就是一个老头子而已。"赫丝塔喊了回去,她希望防寒面具能混淆她的声音,毛皮斗篷能掩饰她细瘦的身形。

"就是某个老头。"那个猎手回头对船舱里的某人说了一声。然后,他的声音更响起来,"把他带去宫殿,加斯当!把他和其他人扔在一起!我们不要他。"

"求求你,猎手先生!"彭尼罗突然叫道,"这是个陷阱!她是——"

赫丝塔抢起弩弓,扣下扳机,那个猎手尖叫着向后倒去。当他的同伙们试图推开他那剧烈抽搐的身体跑出来时,赫丝塔从彭尼罗手中抓过油灯,将它掷进了舱门里。一个猎手的斗篷点着了,火焰在船舱里倏然腾起。彭尼罗恐惧地尖叫着逃走了。赫丝塔转身跟了上去,但没走两步她就发现自己飞了起来,被从身后吹来的一股热风举到空中,然后掉到了雪地里。雪地已经不再是白色的,而是显现出如万圣节般耀眼的橙色和红色。没有爆炸声传来,只有一声响亮的、轻柔的"呼"的声音,伴随着气囊内的储气单元被点燃。她在雪地里翻身爬起,回头望去。有人从烧着了的船舱里一窝蜂地冲了出来,拍打着钻进他们外衣和斗篷毛皮里的火星。他们只有两个人。其中之一跑向赫丝塔,她赶紧去摸索掉落的弩弓,不过那人没朝她看,只是踩着笨重的脚步从她边上跑过,一边大叫着有人破坏什么的,所以她有充足的时间将另一支弩箭放进弩弓，射中了他的背部。彭尼罗已经没了踪影。赫丝塔绕着熊熊燃烧的飞艇走，在黑烟滚滚的地方遇上了最后一个猎手。从他垂死的手里取过剑来，插在了她自己的皮带里。朝着拉斯穆森大道和冬宫的灯光奔去。

　　大叔的工具在锁眼里发出轻微的咔嗒声，然后那扇热闸就打开了。汤姆溜了进去，呼吸着宫殿里的熟悉气息。走廊久已荒弃：厚厚的尘埃上连一个脚印都没有。他匆匆地穿过一片片阴影，朝奇珍陈列室走去，那儿的潜猎者骨架又重新吓了他一跳，不过撬锁工具在那扇门上也成功了，他走进一座座展示柜之间，脚步声踩碎了蛛网交织的寂静，他感觉自己在微微发抖，但同时也感到一阵自豪。

　　那片四四方方的铝箔闪耀着柔和的光辉，让他清楚地想起了弗蕾娅，以及从头顶上方某条供暖管道的栅格口窥探他亲吻弗蕾娅的摄像蟹。"泰摩？"他满怀希望地说着，朝黑暗中张望。但如今安克雷奇上头已经没有盗贼了，只有猎手团。突如其来地，他感到一阵让人窒息的担忧，担心赫丝塔现在的情形。他讨厌这种感觉，想到她身处外面的危险之中，自己却等在这里。靠近港口的天空中，一道光亮一闪即逝。发生什么了？ 他该去瞧瞧吗？

　　不。赫丝塔说过她会到这里来找他。她从没有让他失望过。他尝试着分散心思，从墙上展示的武器中选择了一样：一把沉重的钝剑，带有华丽的剑环和剑鞘。将它抓在手里，汤姆顿时感到勇气倍增。他在装着被虫蛀了的动物标本的柜子和古代机械柜子之间来回走动，等着赫丝塔过来，然后他们就能一起去拯救安克雷奇了。

直到枪战在舞厅中展开，呼喊声、射击声，还有尖叫声沿着宫殿里的走廊轰然传来，他才意识到，她从正门直接进来了，没有等他就开始了行动。


气手枪比弗蕾娅想的要重。她试着想象朝某个人射击，但她办不到。她考虑着能不能向赫丝塔解释自己有多么害怕，可是看来没有时间这么做。赫丝塔早已来到舞厅门口，头猛地一摆，示意弗蕾娅上前。她的头发和衣服散发着烟火气的味道。

她们合力推开大门。没人回头看到她们进来。猎手们和俘虏们都在往窗外看，熊熊大火展开如波涛般的巨翼，在港口上空翻腾不已。弗蕾娅用汗津津的双手紧紧抓住枪，等待赫丝塔喊"举起手来！"或者"都不许动！"或者不管什么应该在像这样的场合下说的话。然而，赫丝塔只是举起弩弓，射中了最近的一个猎手的背部。

"嗨，那可不——"弗蕾娅刚开口说话，接着就赶紧扑到地上，因为那个死人朝前倒下的时候，他边上的一个人转过身来，枪口朝她喷出一长溜火焰。她老是忘记现在可是动真格的。她在地板上扭动，听见子弹从门上打下一片片碎屑，或在她身边的大理石地板上反弹开去。赫丝塔从她手里夺过手枪，紧接着那个猎手的脸就变成了一蓬猩红。鱼鸭趁他倒下的时候从他那儿拿走了枪，并将它指向第三名守卫，引起了俘房们之中的一片慌乱。"拉斯穆森！"有人大喊起来，突然间整个房间里的人都跟着喊起来，这是安克雷奇的古老战吼，可以上溯至弗蕾娅的祖先领导人民抵抗空中海盗以及游牧帝国的潜猎者的战斗。"拉斯穆森！"射击声接连不断，紧接着一声尖叫，跟着又是一长串叮叮当当宛如木琴啭鸣般的柔和颤音，那是一个垂死的猎手撞翻了一座封存起来的水晶大吊灯。一切都结束得极快。温窦莲·派开始组织人手救护伤员，其他人则用死掉的猎手们的剑和随身武器将自己武装起来。

"斯卡比俄斯在哪儿？"赫丝塔叫道，于是有人将他推向了她。引擎主管看上去急不可耐，紧紧抓着一支缴来的枪。赫丝塔说道："阿尔汉格尔斯克就要来了。我可以从空港那里看到它的灯光。你需要让这座老城市赶紧跑起来。"

斯卡比俄斯点了点头："不过引擎区里还有猎手团的人，而且后轮被射掉了，光用履带的话，我们没法超过平时四分之一的速度，而且要是不把后轮的残骸切除，我们甚至连那个速度都达不到。"

"那就动手切吧。"赫丝塔扔下弩弓，抽出了剑。

斯卡比俄斯有千百个其他问题要问，但最后只是耸耸肩放弃了它们，并点了点头。他朝着楼梯走去，大半个安克雷奇的人们跟在他身后，那些没有武器的人就在路过时随手抓起椅子和酒瓶。弗蕾娅尽管还是害怕，但感觉她应该与他们一起去，领导进攻行动，就好像很久以前的某一位女藩侯那样。她跑进人群中朝着门口冲去，但赫丝塔一把抓住她，让她停了下来："你留在这里。你的子民需要你活下来。马思嘉在哪儿？"

"我不知道。"弗蕾娅说，"我想他朝着宫殿大门去了。"

赫丝塔点点头，这是飞快地轻轻一颔首，可以蕴含各种含义。"汤姆在博物馆里。"她说道。

"汤姆在这里？"弗蕾娅一下子理解不过来。

"求求你，殿下，等这一切结束之后，保证他平平安安的。"

"可是……"弗蕾娅刚开口，赫丝塔就离开了，那扇被子弹打得千疮百孔的门在她身后砰然关上。弗蕾娅考虑着自己该不该跟上去，可她面对马思嘉又能干什么呢？她转身回到舞厅里，看见还有一大堆人仍旧畏缩在那里：太年老的，太年幼的，受伤的，还有那些太过害怕而不敢参与战斗的人。弗蕾娅知道他们的感受。她双手紧紧攥着拳头，不叫它们发抖，脸上换上了最亲切的女藩侯式的笑容："不用担心，冰雪诸神与我们同在。"


汤姆朝舞厅走去，遇上了斯卡比俄斯和他那一帮子人向他涌来，奔跑中的肢体乱成黑乎乎的一片，金属器械上闪着寒光，坚毅的脸庞在灯光下如白色浪潮。他们像海水倾入沉船似的涌进走廊。汤姆还担心他们会将他误以为是某个猎手，不过斯卡比俄斯看见了他，叫着他的名字，于是人潮将他卷起，带着他一起前进。潮水中分出一张张熟悉的笑脸：阿丘克、普罗伯斯泰因、鱼鸭。人们纷纷伸出手来拍拍他的肩膀，捶捶他的胸膛。"汤姆！"鱼鸭拉着他的腰喊，"见到你回来真好！"

"赫丝塔！"汤姆一边挣扎着被人潮带出宫去，一边喊道，"赫丝塔在哪里？"

"她救了我们，汤姆！"鱼鸭大叫着跑到前头去了，"多么勇敢！冲进那个舞厅里，草斩了所有猎手，就像潜猎者那样无情！多么勇猛的姑娘！"

"可是她在哪儿——斯卡比俄斯先生，她在你那里吗？"

他的声音被掩盖于凌乱的脚步声和"拉斯穆森，拉斯穆森！"的高呼声之下，人群从他身边横扫而过，渐渐远去，流入了向下通往引擎区的楼梯。汤姆听见叫喊声和枪击声回荡在低矮的屋顶之下，他考虑着是不是应该去帮忙，不过一想到赫丝塔，他就收住了脚步。他呼唤着她的名字，穿过极地商场，走出门来，到了风雪旋飚的拉斯穆森大道上。两行脚印点缀在雪地上，一路通往空港。正在犹豫时，他看见一张面孔正从街道另一侧的一座店铺门口朝他张望。

"彭尼罗教授？"

彭尼罗向一旁狂奔出去，跌跌碰碰地陷在雪地里，然后消失在了两爿时装店之间的一条狭窄小巷里。他一路走，一路有钱币从手里掉出来。他的口袋里塞满了从商店收银机里取出来的零散找头。

"教授！"汤姆大叫着，将剑插回鞘中，朝他跑去，"这里只有我！赫丝塔在哪儿？"

那位探险家的笨拙脚迹通向了这一层的边缘，一条楼梯从这里往下通向下层城市。汤姆急急忙忙地飞奔而下，每一步都踩在彭尼罗的豪华雪地靴所留下的大得像熊爪一样的脚印里。在快到楼梯末端的时候他突然停了下来，心脏怦怦直跳，被一眼瞄到的黑色翅膀吓了一大跳。不过那并不是一只潜猎鸟，只是一块招牌，挂在一座叫作"雄鹰展翼"的小酒馆外头。他继续慢慢地跑了起来，一边心想着，他是不是从此开始就一直有鸟类恐惧症了。

"彭尼罗教授？"


马思嘉没有等在宫殿大门口她一路进来时杀死的人的尸体之间。也许斯卡比俄斯的那帮人抓住了他，赫丝塔想。或者他也许听见了战斗的声音并估量到了哪边占了上风。也许他赶回空港去了，希望在那里能找到一艘飞艇带他回到阿尔汉格尔斯克。

她推开热闸走了出去。防寒面罩遮住了她的两侧视野，所以她把它扔了。走下斜坡，来到了拉斯穆森大道上，一路上雪花像冰冷的手指一样撞着她的脸。一长串新近留下的脚印从她脚下延伸向远处，不过已经渐渐被雪填满。她跟着这行脚印，一边估测着它的长长步距。在前方，一个人的身影在空港即将熄灭的火光中映衬了出来。那正是马思嘉。赫丝塔加快了步伐，当她接近时，能听到他呼唤着他那些已经死掉的同伙的名字。"加斯当？ 古斯塔夫森？ 斯布鲁？"她能听见他声音里的恐惧越来越甚。他只是城里的一个纨绔子弟，享受扮演海

316

盗的乐趣，而从没有想过会有人挺身而出反抗他。他来到这里寻求一场战斗，然而现在一场战斗找上了他，他却不知该如何是好了。

"马思嘉！"她喊道。

他转过身，重重地喘着气。在他身后，"晴空湍流"号已经烧得只剩一个炭化的金属篮子。在火焰摇曳不定的最后几分狂乱余光中，一片片系泊平台仿佛正在相互倾轧。

赫丝塔扬起了剑。

"你在玩什么把戏，女飞行员？"马思嘉吼道，"你把这座城市卖给了我，然后你又试图帮助他们收复它。我不明白！你的计划到底是什么？"

"没有计划。"赫丝塔说，"我就是边行动边想而已。"

马思嘉抽出了剑，来回挥舞，一边演练着眼花缭乱的格挡招式，一边朝她逼近。等他只剩几尺远的时候，赫丝塔向前冲去，手中的利刃刺进了他的肩膀。她没觉得自己造成了多大的伤害，可是马思嘉抛下剑，伸手捂住伤口，在雪地上趔趄着，摔倒在地。"求求你！"他喊道，"饶命！"他在皮毛大衣下摸索着，取出了一个厚厚的钱包，朝他们之间的雪地上撒下一片闪闪发亮的大个儿金币："那个少年不在这里，不过你可以拿走这些，放我一马！"

赫丝塔走到他躺着的地方，双手握剑朝他砍去，一下接一下地劈着，直到他的尖叫声终止。然后她将剑丢到一边，站在那里，望着马思嘉的血浸入雪中，染成粉红色，大片的雪花开始扬扬洒洒地覆盖上了他扔给她的金子。她的手肘酸痛，同时有一种奇怪的失望感觉。她本以为今晚会发生更多的事情。她想要一些别的东西，而不是现在剩下的这种晕眩空虚的感觉。她本以为自己会死。似乎有什么地方搞错了，她竟还活着，并且毫发无伤。她想到了所有那些死掉的猎手。毫无疑问，还有其他人也在这场战斗中丧命，全都是由于她的所作所为。难道她就根本不会受到惩罚？

那行脚印带着汤姆来到了熟悉的街道上，上方的港口火光将这里照亮。他开始感到有些不安，兜过最后一个转角，就看见了"鬼面鱼"号，正停泊在仓库的阴影中，还在他将它停下的那个位置上。彭尼罗正鼓捣着舱门。

"教授！"汤姆边喊边朝他走去，"你在做什么？"

彭尼罗抬头看过来："见鬼！"他意识到自己被发现了，便嘟囔了一声，随后，以他惯有的那种气势汹汹的口吻说道："我看起来像是在做什么啊，汤姆？ 我在趁还有时间的时候离开这个镇子！ 如果你还有那么一点脑子，你就该和我一起走。伟大的保斯基啊，你把这东西藏得好深！ 花了我好久才看到它……"

"可是现在不需要离开了！"汤姆说，"我们可以启动城市的引擎，甩掉阿尔汉格尔斯克。无论如何，我是不会离开赫丝塔的！"

"如果你知道她干了什么，你就会的。"彭尼罗阴沉沉地说道，"那个姑娘不是好人，汤姆。完全是个疯子。神经错乱，还丑得一塌糊涂……"

"你再敢那样说赫丝塔看看!"汤姆怒火中烧地叫了起来,伸手去将那个探险家从舱门边拖开。

彭尼罗从他的袍子下面拔出一支手枪,朝他的胸口开了一枪。

子弹的冲力将他向后推去,撞进了一个雪堆。他试着要挣扎爬起来,但做不到。在他的外衣上有一个灼热、湿漉漉的小洞。"这不公平!"他轻声说道。他感到鲜血涌上了喉咙,灌满了他的嘴,既温热又腥咸。疼痛如同盗贼之窟那儿漫长的灰色浪头一样阵阵袭来,持续而缓慢,每一波都渐渐混入下一波疼痛之中。

雪地里传来咯吱咯吱的脚步声。彭尼罗在他上方蹲了下来,手里依旧拿着枪。他看上去几乎就和汤姆一样吃惊。"哎哟!"他说,"对不起。我只想吓吓你的,谁知道它就这么发射了。以前从来没用过这种玩意儿。是从某个被你那怪胎女朋友刺死的小伙子身上拿来的。"

"救命。"汤姆用了好大的力气才轻轻地说出了一句。

彭尼罗扯开汤姆的外衣,看了一眼伤口。"噫哟!"他说着,摇摇头。他摸进内袋,拿出了"鬼面鱼"号的钥匙。

随着城市的引擎恢复工作,汤姆感觉身下的甲板开始微微振动起来。艉部响起了锯子的轰鸣,斯卡比俄斯手下的人们正将轮子的残骸切除掉。"听着!"他低声说,却发现他的声音听上去像是某个其他人的,既微弱又遥远,"别拿走'鬼面鱼'号!你不需要这么做!斯卡比俄斯先生会让我们再动起来的。我们会甩掉阿尔汉格尔斯克……"

彭尼罗站起身来："说真的，你是个多么不可救药的浪漫主义者啊，汤姆。你以为你们会跑到哪里去？美洲没有一丁点儿绿色，记得吗？这座城市要么就奔赴冰原上的寒冷而缓慢死去，要么就奔向阿尔汉格尔斯克肠子里火热而迅速地死去，而不管哪种情况发生，我都不想要留在附近！"他将钥匙串往空中一抛然后又再次接住，然后转身离开："得赶快走了。再说声抱歉。再见喽！"

汤姆开始试着拖动自己的身体穿过雪地，他决心要找到赫丝塔，可是爬了几尺后他就已经忘记他是想要告诉她什么事情了。他躺在雪地里，片刻之后，空气引擎的嗡嗡声传到他耳中，随着彭尼罗驾驶"鬼面鱼"号升空离开仓库的迷宫，驶入黑暗之中，引擎声也逐渐升高，慢慢变弱。到了这时候似乎已经无所谓了。就连死亡似乎也无所谓了，尽管一想到他甩开了狐狸精型飞艇，逃离了潜猎者，又在奇异的海底冒险中幸存了下来，最后却只是像这样死去，这种感觉似乎挺奇怪的。

大雪蒙蒙降下，雪片已经不再寒冷，而只是轻柔温暖，将它带来的寂静堆满城市，将整个世界包裹在梦境般的平和之中。

# 33 薄冰

就在日出后不久，随着舾轮的残骸最终被切除下来，一浪欢呼声传遍了引擎区，城市开始再度移动起来，向着西南偏西方向前进。然而由于失去了轮子，只有履带来拖动它向前，安克雷奇只能保持一种缓慢的爬行速度，才刚刚达到每小时十英里。在一阵阵大雪的间歇，已经能看到阿尔汉格尔斯克像一座污浊的山峰在东方地平线上若隐若现。

弗蕾娅与斯卡比俄斯先生一起站在舾部走廊上。引擎主管的前额上贴着一片粉红色的粘胶布，这里被一颗猎手的子弹擦伤了。不过他是在收复引擎区的战斗中的唯一伤员：猎手们很快就看出他们在人数上陷入了劣势，于是逃到了冰原上，等待阿尔汉格尔斯克的勘探子郊镇的救援。

"我们只有唯一的希望。"斯卡比俄斯喃喃地说。他和弗蕾娅一起望着低垂的太阳在掠食者城市的窗户上反射出的光芒："假如我们往南跑得足够远，冰会变薄，他们可能就会在追逐中压破冰层掉落下去。"

"可要是冰更薄，我们不也会掉下去吗？"

斯卡比俄斯点点头，"那种危险总是存在着的。而且要是我们继续向前走，我们就没法负担得起勘探队和侦察组。我们得以我们最快的速度持续前进，寄希望于获得最好的结果。要么到达美洲，要么一无所有，嗯？"

"是的。"弗蕾娅说道，随后，她觉得继续撒谎已经不再有意义了，"不，斯卡比俄斯先生，这全都是一个谎言。彭尼罗从来没有到过美洲。他编造出了整个故事。所以他才开枪射了汤姆，并驶走了'鬼面鱼'号。"

"哦，是吗？"斯卡比俄斯说着，转过头来俯视着她。

弗蕾娅等着他说下去，然后却没有下文了。"咦，就这样？"她问，"就只有'哦，是吗'？你难道不打算告诉我我是一个多么愚蠢的小傻瓜，竟然会相信彭尼罗？"

斯卡比俄斯微微一笑，"说真的，弗蕾娅，我从一开始就对那个家伙持怀疑态度。听上去总是有点不太对劲。"

"那你当时为什么不说些什么呢？"

"因为充满希望的旅行比到达目的地更好。"引擎主管说道，"我喜欢你那个穿越冰原的主意。在我们启程西进之前，这座城市是什么样子的？一座移动的废墟；唯一没离开这里的人们，都是心中充满太多悲痛，而没空思考该去哪儿的人。我们更像是鬼魂而不是活人。而现在再看看我们。看看你自己。这趟旅程让我们振作起来，让我们转变了，我们又活过来了。"

"可能活不了很久。"

斯卡比俄斯耸耸肩："就算这样。况且你永远无法预料未来，说不定我们能找到一条生路。只要我们能远远离开那个大怪物的巨颚。"

他们静静地伫立着，肩并肩，观望着那座追来的城市。当他们这样看着的时候，它似乎越来越阴森，越来越逼近了。

"我得承认……"斯卡比俄斯说，"我从来没想到过彭尼罗会做出向人开枪的事来。可怜的小汤姆怎么样了？"

他躺在床上，仿佛一座大理石雕像，与潜猎鸟战斗时留下的褪色伤疤和瘀青在苍白的脸上异常分明。他冰凉的手被赫丝塔握着，只有微弱跳动的脉搏才告诉她他还活着。

"对不起，赫丝塔。"温窦莲·派悄悄地说，就好像只要说得再响一点就会将死神的注意力吸引到冬宫这间临时病房里来。这位领航员女士一直在日夜无休地照看着伤员，特别是汤姆，他伤得最严重。她看上去老了很多，疲惫而又受挫："我已经做了所有我能做的，可是子弹就卡在心脏边上。我不敢尝试将它取出来，至少当城市像这样摇来晃去的时候不行。”

赫丝塔点了点头，凝视着汤姆的肩膀。她没法让自己去看他的脸，出于礼貌，派小姐拉了一条床单盖住了他身体的其余部分，不过靠近赫丝塔这边的手臂和肩膀是赤裸的。这是一个苍白、瘦骨嶙峋的肩膀，微有雀斑，而对她来说，这是她所见过的最美丽的东西。她摸了摸它，又碰了碰他的手臂，望着软伏的汗毛在她手指经过后又弹了起来，感受着皮肤底下坚实的肌肉和筋腱，以及发青的手腕中的细微脉搏。

汤姆感觉到她的触摸，扭了扭身子，眼睛微微睁开。“赫丝塔？”他喃喃地说，“他驶走了‘鬼面鱼’号。对不起。”

“没事的，汤姆，没事的。我不关心那艘飞艇，我只关心你。”赫丝塔说着，将他的手贴在她的脸上。

当战斗结束之后，他们过来找她，告诉她汤姆被射了一枪，生命垂危，她觉得一定有什么搞错了。现在她明白并不是那样的。这就是对于她将弗蕾娅的城市送入阿尔汉格尔斯克的巨颚的惩罚。她必须坐在这个房间里，看着汤姆死去。这比她自己的死亡要糟得多得多。

“汤姆。”她悄声说道。

“他又失去意识了，可怜的孩子。”某个一直在帮助派小姐的女人说道。她伸过手来用冷水刷了刷汤姆的眉毛，另外有人给赫丝塔拿来了张椅子。“也许失去意识对他来说更好。”她听见另一个护士小声说。

狭长的窗户外头，天色早已渐暗。阿尔汉格尔斯克的灯光在地平线上铺展开来。

太阳再次升起的时候，这座掠食城又更近了。在雪停下来的时候，你能看清楚一幢幢建筑物：主要是工厂和拆解工坊，数不清的监牢用来关押这座城市的奴隶，还有一座带有尖锐角塔的狼神的宏伟神殿，蹲踞在城市最高一层。当掠食城的影子越过冰原向安克雷奇延伸而来时，一艘侦察飞艇嗡嗡地飞了过来，察看马思嘉和他的猎手团遭遇到了什么坏情况，不过等它在"晴空湍流"号烧毁的残骸上空盘旋了一阵之后，就掉头加速飞回巢穴去了。那天没有其他飞艇再靠近安克雷奇。阿尔汉格尔斯克的总长在哀悼他的儿子，而他的议会认为不需要浪费更多飞艇来抓住一个到日落时无论如何都会落入他们手中的奖品。这座城市张了张它的巨颚，给在安克雷奇舰部的观众们留下了印象深刻的一瞥，看到了正等待着他们的巨大熔炉和拆解引擎。

"我们应该打开无线电，让他们知道自己的猎手团有什么样的下场！"那天下午，鱼鸭在掌舵委员会的临时会议上郑重地发誓道，"我们要告诉他们，假如他们不退回去的话，同样的事情就会发生在他们身上。"

弗蕾娅没有回答。她试图将精神集中在讨论上，但她的思绪不断漂移到病房里。她猜测汤姆是否还活着。她想要到那儿去坐在他身边，可是派小姐告诉过她赫丝塔一直都在那里，而弗蕾娅还是害怕那个疤脸少女——在她对猎手团做了那些事之后，这种害怕就愈加强烈了。为什么被射中的那个人就不能是赫丝塔呢？ 为什么这种事要发生在汤姆身上？

"我觉得那样只会让事情变得更糟，鱼鸭。"在等待了很长一段时间不见女藩侯给出她的意见之后，斯卡比俄斯开口说道，"我们不想让他们更加发怒。"

一声低沉的震爆声传来，好像是火炮的声音，震得窗户上的玻璃直抖。每个人都抬头望去。"他们在朝我们开火！"派小姐尖叫起来，握住了斯卡比俄斯的手。

"他们不会那样做的！"弗蕾娅尖叫道，"就算是阿尔汉格尔斯克……"

窗户被霜蒙得模模糊糊。弗蕾娅披上裘皮大衣，匆匆走到外面的阳台上，其他人紧紧跟在后面。从这里望去，他们能看到那座掠食城有多么接近。当它穿越冰原的时候，底下的冰刀所发出的咝咝声充溢天际，让弗蕾娅不禁想到这是不是第一次有城市打破这片从未被探索过的平原上的寂静。随后那个重重的震爆声再度响起，于是她明白了，那不是炮火的声音，而是每一个居住在冰原城市上的人所最恐惧的声音： 这是海冰坼裂的声音。

"噢，老天啊！"鱼鸭喃喃地说。

"我应该到掌舵塔里去。"派小姐说道。

"我应该去我的引擎那里。"斯卡比俄斯咕哝道。不过已经没有时间了，他们没有一个移动脚步；现在任何人都已经做不了什么事情，只能站在那儿干看着。

"哦，不！"弗蕾娅听见自己的声音在说，"哦，不，不，不！"

又是一声震爆声，这次更加刺耳，就像是打雷。她紧盯着阿尔汉格尔斯克如峭壁般的正面，想要看看这座掠食城是否也听见了那声音并使用它的冰面刹车。可就算它听到了，它也还是在加速，将一切都赌在最后一次疯狂的冲刺上。弗蕾娅紧紧抓着阳台栏杆，向冰雪诸神祈祷。她不确定她是否还相信他们了，可除此之外现在还有谁能帮她呢？"神啊，请加快我们的脚步吧，"她祈求道，"但不要叫我们掉到冰下去！"

接下来的一声震爆更加响亮，这一次弗蕾娅看到了冰缝裂开，在右舷方向四分之一英里开外裂开了一张越来越宽的黑沉沉大口子。安克雷奇猛地一晃，转向避开。弗蕾娅能想象出舵手正焦急地尝试着扭转航线以穿过像拼图板一样裂开的冰层。又是一晃，在宫殿里的什么地方有玻璃器皿摔下来砸碎了。现在震爆与开裂之间的间隔已经十分近了，而且从四面八方而来。

阿尔汉格尔斯克觉察到了它无法再沿着这条航线前进得更远，于是开始进行最后一次冲刺。它的巨颚张得又宽又大，阳光在一排排旋转的钢牙上闪耀。弗蕾娅看见工人们奔下楼梯朝掠食城的肠道而去，身穿皮草的观众们聚集到高高的阳台上，就像她自己那样，来观看这场追猎。然后，就在巨颚咬上安克雷奇的艉部之前，整座巨大的城市似乎颤抖着慢了下来。一层白色的碎沫喷到了半空中，就好像在两座城市之间拉起了一道由玻璃珠子缀成的帷幕。

碎沫化作一场冻雨砸在安克雷奇上。阿尔汉格尔斯克疯狂地试图倒车，但它底下的冰层正在四分五裂，驱动轮无法着力。缓缓地，如同大山将倾，它朝前倒去，巨颚与城市下层的前部伸进了一道越来越宽的锯齿状裂缝，扎入下方黑沉沉的海水中。随着冰冷的海水冲进它的一座座熔炉中，蒸汽如热泉一样冲天而起。这座掠食城发出一声巨大的咆哮，就好像是一头受了伤的巨大生物被人从手里骗走了它的猎物。

然而安克雷奇自己也身陷危机，在它上面没人有时间来庆祝掠食者的失败。这座城市向左舷剧烈倾斜，履带奋力要抓住冰层，发出尖厉的嘶鸣。四下里有一片片白沫喷向空中。弗蕾娅从来没有体会过这样的运动，也不知道这意味着什么，但她能猜得出来。她紧紧抓着派小姐的手，还有鱼鸭的，而派小姐早就倚靠在了斯卡比俄斯先生的身上，他们一起蹲伏在了那里，等待着黑色的海水哗哗地打着旋淹没楼梯，然后将他们吞没。

等啊。等啊。慢慢地，光线暗了下来，不过那只是夜幕降临了。雪花扑到了他们的脸上。

"我最好看看我能不能到下面引擎区去。"斯卡比俄斯略带扭怩地说着，把自己从纠缠在一起的数人中解脱出来，匆匆地离开了。过了一会儿，弗蕾娅感到引擎被关闭了。城市的运动似乎平稳了一些，但地板还是倾斜的，宫殿的建筑结构内部也还是有着一种轻微的奇怪的摇动。

鱼鸭和派小姐跑回屋里，躲避外面的寒冷，但弗蕾娅留在了阳台上。夜色与大雪覆盖了阿尔汉格尔斯克的残骸，不过她还是能看到它上面的灯光，听到它的引擎轰鸣着试图将它拖回更加坚实的冰面上。她还说不清安克雷奇遭受了什么样的厄运，仍然能感到这种诡异的颠簸运动，即使切断了引擎，城市似乎还是在稳定地朝着远离那座被困的掠食城的方向移动。

一个魁梧的身影急匆匆地穿过宫殿花园，弗蕾娅将身体探出阳台边缘，喊道："阿丘克先生？"

他抬头朝她望来，风雪大衣兜帽上的一圈毛皮环绕着他黝黑的脸庞，形成一个白色的圆圈："弗蕾娅？ 你还好吗？"

她点点头："发生什么事了？"

阿丘克将双手拢在嘴边，大喊道："我们在随波漂流！我们一定是跑到了冰层的边缘，而我们所在的那块冰脱离了下来。"

弗蕾娅的视线越过城市的边缘望向茫茫黑暗。她什么也看不见，但通过现在甲板这种奇怪的升升降降是可以感受到的。安克雷奇漂在了水面上，岌岌可危地在它的冰筏上保持着平衡，就像一个肥胖的日光浴者躺在充气垫上漂出了海。那所谓的一直延伸到死亡大陆腹地的厚实海冰平原也就是这么一回事了！"彭尼罗！"弗蕾娅对着空旷无垠的天空大吼，"诸神会为你把我们带到这种下场而惩罚你的！"

但诸神并没有惩罚彭尼罗教授。他先前已经用一部分他偷来的金子从一辆驶离阿尔汉格尔斯克的油罐车那里买了燃料，现在早已离得远远的了，正沿着掠食城在冰原上割出的宽阔伤疤一路向东。他不是一个优秀的飞行员，不过他运气不错，没有遇到多糟的天气。他在格陵兰东面遇到了一座小型冰原城市，将"鬼面鱼"号重新涂装，并改了船名，然后雇了一个名叫秋琵·昆忒伏的漂亮女飞行员，来驾驶它向南飞。没几个星期他就回到了布赖顿，给他的朋友们讲述起他在冰封北地的冒险故事。

到了那时，即使是阿尔汉格尔斯克的总长也已被迫承认他的城市已经无可挽回。许多富人早已经逃离，浩浩荡荡地乘坐着大群空中游艇及包租船向东而去（布林科的五个寡妇就靠着出售"昙花一现"号上的铺位赚到了足够多的钱，在狩猎城市乌尔姆[1]的上层买了一座迷人的度假别墅）。奴隶们曾一度在混乱中控制了甲板下层，但如今也离开了，或是坐着偷来的运输机飞走，或是乘着抢来的勘探雪橇和子郊镇从冰路离去。最后，一道疏散的通令颁布了下来，于是等到了仲冬的月份里，这座城市已经空无一人，成了一具庞大阴森的残尸，被覆盖在逐渐变厚的雪幔下，慢慢变得越来越白，失去了原有的轮廓。

在那个冬天最冷的一段日子里，几座大胆的雪疯拾荒镇造访了这

---

1. 乌尔姆是德国的一座城市，位于多瑙河畔。物理学家爱因斯坦即出生于这座城市。

座残骸，吸干了它的燃料槽，并派出一支支登船小队去采收那些逃跑的市民们遗留下来的财物。开春后更多拾荒镇闻风而来，还有一群群像食腐鸟一样的拾荒飞艇，不过到了那个时候，残骸下方的冰层已经越来越脆弱了。到了夏天，在奇异的午夜昏暗阳光的照射下，这座掠食城又一次开始翻转，在如宏大排炮齐鸣般的冰块碎裂声中不断颤动着，走上了它最后一段旅途，穿过起伏的海面，沉入下方寒冷而奇怪的世界中。

那个夏天，从山国传来了关于反牵引联盟内部某个派系的新闻：最高议会被推翻了，取而代之的是一个叫作绿色风暴的政党，他们的军队由一个戴着青铜面具的潜猎者领导。但在大狩猎场上，没有人太多关心这事。几个反牵引主义者自己内部吵吵闹闹的又关他们什么事呢？ 在巴黎和曼彻斯特及布拉格，在牵引市和高尔基市[1]及巡回城，生活照常进行。所有人都在议论阿尔汉格尔斯克的覆灭，而每个人都无非是在读宁禄·博·彭尼罗的那本令人震惊的新书。

---

1. 高尔基原为苏联的一座城市，其名字为纪念苏联作家高尔基所改。现已改回原名下诺夫哥罗德。

# 罪孽赏金

宁禄·博·彭尼罗 教授 著

一个火辣激情的真实故事，
讲述一个男人在安克雷奇的冒险经历，
被一位美丽却又疯狂的女藩侯所抓获，
而她一门心思想要驾驶她那厄运笼罩的城市
横穿冰封高原前往美洲！

★ ★ ★ ★

为彭尼罗教授与来自冰下的寄生海盗之间的战斗而惊叹！

———

为他对格陵兰以西的狂野雪国与在那里狩猎的蛮荒城市所留下的印象而
迷惑！

为一位陷入三角情感纠葛的破相的年轻女飞行员，以及她对彭尼罗教授
的毫无希望的爱情是如何令她将安克雷奇出卖给了恐怖的掠食城市阿尔
汉格尔斯克的故事而落泪！

———

为彭尼罗教授单枪匹马战胜猎手团的壮绝胜利而欢呼！

———

为他对于最美丽的冰原城市安克雷奇的最后时光的描述，以及当它沉入
未知海域的冰冷海水中时他那英勇无畏的逃脱而颤栗！

# 34  迷雾之地

可是安克雷奇并没有沉没。强力的洋流将它从阿尔汉格尔斯克那儿拖开，它漂入了一片大雾之中。它所栖息的那块破碎冰筏时不时地碰擦着其他浮冰。

白昼再度降临时，城里大多数人都聚集到了城市上层艏部的护栏边上。引擎关闭了之后，每个人都没什么工作需要做了，也没有什么可资谈论的了，因为前景看上去是如此惨淡，时日无多，没人在乎未来了。他们沉默地伫立着，倾听着波涛拍打在浮冰上，目光穿过飘浮雾气的缝隙之间，逡视着这片新奇的景象——大海。

"你觉得这可能只是一个大型冰间湖呢，还是一条延伸到开阔海面的狭窄水道？"弗蕾娅一边与她的掌舵委员会一起走到前观察甲板上，一边满怀希望地问道。她还没搞清楚一个女藩侯在走向水下坟墓时该穿什么样的衣服，所以她穿上了那件旧的刺绣滑雪衫，还有她以前去母亲的冰上游艇旅游时穿的海豹皮靴子，以及一顶颜色相配的带绒球的帽子。现在她后悔了，因为绒球总是用一种不合时宜的欢乐节奏弹来弹去，让她觉得自己必须乐观起来："也许我们会漂过这片水域，找到安全可靠的冰层，继续行驶下去？"

温窦莲·派脸色苍白，因为一直照顾伤员而疲惫不堪，她摇了摇头："我猜这片水面不会结冰，除非是最冷的冬天。我认为要么我们会一直漂下去，直到停靠到某片荒凉的海岸，要么这块浮冰碎裂，我们沉下水。可怜的汤姆！可怜的赫丝塔！走这么大老远来救我们，到头来只是一场空！"

斯卡比俄斯先生伸出手臂环绕着她，她感激地依靠在他身上。弗蕾娅尴尬地扭头望向别处。她想着该不该告诉他们是赫丝塔一开始将阿尔汉格尔斯克带向他们的，不过这么做似乎有点不太公平，因为那个可怜的姑娘还日夜不眠地坐在汤姆的临终病榻边上。无论如何，安克雷奇目前需要一个优秀的女英雄。最好还是让引来猎手团的罪名加在那个骗子彭尼罗的头上。不管怎么讲，他反正是要为其他所有事情负责的。

弗蕾娅正在试图想些什么话来说，这时一条流线型的黑色背脊浮出了水面，就出现在浮冰前缘的边上。

它就像一条鲸鱼似的穿过一大蓬白色水花上浮，一边喷着气，形成一条咝咝响的水柱，每个人都以为它是一条鲸鱼，直到他们开始看清金属外壳上的一排排铆钉：那些是舱门、舷窗，还有喷涂上去的字母。

"是那些寄生魔鬼!"鱼鸭边喊边拿着猎枪跑过她身边,"他们是回来偷更多东西的!"

这架浮浮沉沉的机器伸出它那些蜘蛛腿,抓住了浮冰的边沿,把它自己拖出水面。许多雪橇已经飞速出发朝它迎了上去,上面坐满了来自引擎区的武装起来的人们。鱼鸭举起他的猎枪,仔细地瞄准了正在打开的舱门。

弗蕾娅伸出手去将枪管推开:"别,鱼鸭。那里只有一个人。"

这当然不可能是某种威胁吧,这么单独一艘公开浮出水面的船?她俯瞰着那个僵硬、细瘦的身影,他刚从寄生船的舱门里爬出来,就被几个斯卡比俄斯的手下人抓住,双手按在背后动弹不得。她能听见越来越高的嗓门,但听不清他们在说什么。鱼鸭、斯卡比俄斯,还有派小姐跟在她身边,随她一起急急忙忙走向通向城市裙围的楼梯口,紧张地等待着那个俘虏被带到她跟前来。离得越近,那俘虏看上去就越加丑怪不堪,他那扭曲的脸上紫一片,黄一片,青一片。弗蕾娅知道这些寄生者都是小偷,但她可没想到过他们都是怪物!

然后他站到了她面前,并不是一个怪物,只是一个与她岁数相仿的少年,遭受了可怕的虐待。他有几颗牙齿不见了,喉咙上有恐怖的红肿勒痕,然而在这满布瘀青和血痂的脸上,他的眼睛正朝她眨动着,这双眼睛漆黑,明亮,相当可爱。

她做出姿态,试图让自己的声音听上去像一位女藩侯:"欢迎来到安克雷奇，陌生人。什么风把你吹来这里？"

泰摩的嘴一张一合的，但却想不出说些什么。他完全无能为力了。从格里姆斯比来的一路上，他都在为这个时刻做着计划，可是他这辈子花了太多时间来努力不让自己被旱地人看见，所以现在站在这里置身于如此多的旱地人之间，他的感觉极不自然。弗蕾娅也让他小小震惊了一下，不光是那个男孩子气的剪短发型，她看上去比他记忆中的样子更高更壮，而且她的脸是玫瑰色的，她根本不是他在屏幕上看惯了的那个苍白的梦中少女。在她身后站着斯卡比俄斯，还有鱼鸭，还有温窦莲以及大半个城市的人，他们全都盯着他。他开始怀疑是不是死在格里姆斯比会更轻松些。

"说话呀，孩子！"站在弗蕾娅边上的那个侏儒用猎枪捅着泰摩的肚子，命令道，"殿下问你问题呢！"

"他身上带着这个，弗蕾娅。"某个抓住泰摩的人说着，递来一支破旧的马口铁管子。挤在弗蕾娅背后的人群紧张地低声惊呼着退了几步，但弗蕾娅认出了这东西是一个旧式的文件容器。她从那人手里接过它，旋开盖子，抽出了一卷纸。她再次望向泰摩，露出一个微笑。

"这些是什么？"

打从"钻孔虫"号浮出水面以来，就渐渐有微风不为人注意地吹起，风翻卷着那些纸张，拍动着因年代久远而变成棕黄色的脆弱纸边，威胁要从弗蕾娅手中将它们夺去。泰摩伸出手来抓住了纸："小心！你需要这些！"

"为什么？"弗蕾娅问，一边向下望去。少年的手腕上有红色的痕迹，绳索曾陷进皮肉里，而这些纸上也有红色的痕迹；用老式的铁锈色墨水书写的一个个单词，经度和纬度；一段纤细而弯曲的海岸线，还有一段用橡皮图章加盖的警告通知，不准携带出雷克雅未克[1]市图书馆。

"这是斯诺利·奥瓦尔逊的地图。"泰摩说道，"大叔一定是在很多年前将它从雷克雅未克偷出来的，从那时起它就一直待在他的地图室里。另外还有一些笔记。他们能告诉你怎样到达美洲。"

弗蕾娅为他的善意而露出笑容，同时摇了摇头："但没有用。美洲已经死了。"

泰摩急切地想要她明白，不知不觉间紧紧握住了她的手。"不！我在来的一路上读过了这些资料。斯诺利不是骗子。他真的找到了绿色生长的土地。不像是彭尼罗教授所想象的那种大森林。没有熊。没有人。但那地方有青草，有树木，有……"他从来没见过青草，更别提树木了，他的想象力一直在拖他的后腿，"我不知道。那儿会有动物和鸟类，水里有鱼。你们可能必须得转变为定居城，不过你们能够在那里生存下来。"

"可是我们永远没法到达那里了。"弗蕾娅说，"就算这是真的，

---

1. 冰岛首都。

我们也永远不会抵达那儿。我们只能随波漂流。"

"不……"斯卡比俄斯先生说,他一直在从弗蕾娅的肩膀后头望着那份地图,"不,弗蕾娅,我们能行的!只要我们能让我们所在的这块浮冰平稳下来,再装上几个螺旋桨……"

"那儿并不远。"派小姐说。她从弗蕾娅的另一侧肩头探过来,手指停留在了地图上,在她所指着的地方,一条狭长而曲折的海湾尽头标注着桃花源。那儿散落着一串海岛,小得几乎就只是一些墨点,只不过老斯诺利·奥瓦尔逊在每一个岛上都用孩子气的线条画了一棵树:"可能有七百英里。和我们已经走过的路程相比,根本不算什么!"

"可我们在想什么呢?"斯卡比俄斯转向泰摩,于是泰摩向后交替退了几步,因为他回想起自己是怎么像幽灵一样在引擎区里出现,将这个可怜的老人折磨得半疯了。斯卡比俄斯似乎也想了起来,眼神变得冰冷而遥远。很长一段时间里,场上只有来自人群中的紧张私语声,以及风吹动弗蕾娅手里纸张的沙沙声。"你有名字吗,孩子?"斯卡比俄斯问。

"泰摩,先生。"泰摩答道。

斯卡比俄斯伸出手来,面露笑容:"好吧,你看上去又冷又饿,泰摩。我们不应该让你一直站在这儿。我们可以到宫殿里去讨论这一切。"

弗蕾娅记起了她的礼貌。"当然!"她说,她身边的人群开始散开，每个人都在兴奋地讨论着那份地图，"你一定要来冬宫，泰摩先生，我会让鱼鸭做热巧克力。鱼鸭在哪里？哦，别管了，我自己可以做……"

于是女藩侯带路，沿着拉斯穆森大道前进，斯卡比俄斯和派小姐紧随其后，泰摩紧张地走在他们俩中间，阿丘克一家和乌米亚克一家及夸尼克先生，他们也加快了步伐，令这个奇怪的队列逐渐散开，随之散播开来的就是关于那个来自海里的少年带来了新希望的故事。鱼鸭挤到了最前头，弗蕾娅则挥舞着那个装着斯诺利·奥瓦尔逊地图的旧马口铁罐子，一边放声大笑，一边与他们所有人开着玩笑。这可不是怎么庄重的行为，她知道她的妈妈和爸爸及她的礼仪老师还有她的宫廷女侍们都不会赞成的，可是她完全不在乎：他们的时代已经过去了，现在弗蕾娅才是女藩侯。

## 35　冰之方舟

之后几天里，安克雷奇上充斥着多么热闹的敲敲打打声啊！在漫长的黑夜里闪耀着多么明亮的工作灯光，而斯卡比俄斯监督着工人们从备用甲板钢材上切下临时螺旋桨叶片，从旧引擎罩上切下支架建材时，爆发出了一阵阵多么壮观的四射火花！测试引擎，重新架设凸轮轴和传动带，又造成了多么高亢的轰鸣与多么剧烈的颠簸！泰摩驾驶"钻孔虫"号在浮冰上钻出洞来，随后一个个新螺旋桨被小心地伸入城市下方的水中，与此同时斯卡比俄斯则在对一个应急方向舵进行实验。这些东西没一个能工作得非常好，不过它们都工作得足够好。泰摩到来之后又过了一个星期，引擎便认真地启动起来了，弗蕾娅能感到城市在她脚下坚定地动了起来，开始缓慢地，缓慢地穿越海洋，海水沿着这座冰之方舟的边沿流动，汩汩水声仿佛是轻快的欢笑。

渐渐地，白昼越来越长，冰山越来越少，刺破雾气的阳光中带上

340

了温暖之意，因为安克雷奇正驶进较低的纬度，此刻这里只是晚秋时节。

在这段旅程的最后几个星期里，赫丝塔没有随城市里的其他人一起参加派对、计划会议和歌唱会。她甚至没有参加索伦·斯卡比俄斯与温窦莲·派的婚礼。大多数时间她都在冬宫，与汤姆在一起，后来，当她回顾这段日子，她记得的不是那些地标——一座座死去的群岛，安克雷奇不得不从中挤过去的厚实稠密的流冰群，还有地平线上隆起的荒芜的美洲山脉——而是汤姆逐渐恢复健康过程中的一个个微小进步。

之前的某一天，派小姐鼓起了所有的勇气，带上了能从她那些医疗书籍中找到的所有知识，将汤姆的胸膛切了开来，用一支长长的镊子，探进了他那潮湿、阴暗、脉动的身体内部，直到——好吧，赫丝塔在这个时候就晕过去了，不过等她清醒过来，派小姐给了她一粒弹头，一粒带着凹痕的蓝灰色金属小片，看上去就好像根本不会伤害任何人一样。

随后的某一天里，汤姆首次睁开眼睛，开口说话。说的都是些神志不清胡言乱语的话，提到了伦敦、彭尼罗，还有弗蕾娅，不过总比什么都不说好。弗蕾娅握着他的手，亲吻着他的额头，安抚着他回到时而抽搐时而呓语的昏睡之中。

现在汤姆已经不再是会要死的样子了。弗蕾娅经常来看望他，有时赫丝塔甚至让弗蕾娅换班坐在汤姆边上，因为那时候她自己也感觉不舒服，就好像城市漂浮在水上的晃动令她难受一样。一开始，两个姑娘之间还有些难堪，然而经过几次看望之后，赫丝塔鼓起勇气，开口问道，"你会告诉他们吗？"

"告诉谁什么？"

"告诉每个人，是我将你们出卖给了阿尔汉格尔斯克？"

弗蕾娅自己也一直在思考这个问题，她考虑了一会儿才回答道："要是我告诉的话呢？"

赫丝塔低头看着地板，用她磨旧了的靴子碾平厚实地毯上的隆起："要是你告诉了他们，我就没法再留下来了。我会离开，去往某个地方，而你会拥有汤姆。"

弗蕾娅微笑起来。她会一直喜欢着汤姆，不过她对他的一见钟情已经在格陵兰冰原上的什么地方消退掉了。"我是安克雷奇的女藩侯，"她说，"如果我结婚，一定会是为了某个好的政治理由。也许，对象会是来自城市下层的某个人，或者……"（她犹豫了一下，忽然想到了泰摩，他是那么地可爱而又笨拙，于是脸便微微一红。）"无论如何……"她赶紧继续说道，"我希望你留下来。安克雷奇需要像你这样的人。"

赫丝塔点点头。她能想象得到她的父亲，很久很久以前在伦敦上层的某个房间里，与马格努斯·克罗姆之间发生过就像现在一样的对话："所以假如有麻烦来了，好比若是大叔和他的迷失小子们找到了你们小小的定居点，或者有空中海盗发动攻击，或者有像彭尼罗那样的叛徒需要被迅速灭口，你就会找到我，帮你做这些脏活？"

"哎，你看上去的确相当擅长这些。"弗蕾娅说道。

"而如果我选择不做呢？"

"那么我就把阿尔汉格尔斯克的事告诉每个人。"弗蕾娅说，"不过除此之外，它会是我们之间的秘密。"

"这是勒索。"赫丝塔说。

"喔，是吗？ 天哪！"弗蕾娅看上去相当愉快，就好像她感觉自己终于开始适应如何掌管一座城市了。

赫丝塔仔细地望了弗蕾娅片刻，然后露出了她那畸曲的微笑。


最终，在旅程即将结束的时候，某一晚她坐在汤姆床边的椅子里，在半梦半醒之间被一个轻微的熟悉声音惊醒。那个声音只说了一声："小赫？"

她晃晃脑袋，俯身过去，摸了摸他的额头，然后对着他苍白而忧虑的脸笑了笑："汤姆，你好多了！"

"我以为我会死掉的。"他说。

"你差点就死了。"

"猎手团呢？"

"全走了。而阿尔汉格尔斯克陷在我们后头某个地方的冰层陷阱里。我们正往南走，直指古代美国的腹地。好吧，可能是古代加拿大，从技术上讲，没人能确定以前的界线是怎么划定的了。"

汤姆皱起眉："那么彭尼罗教授没有说谎？ 死亡大陆真的又变绿了？"

赫丝塔搔搔脑袋："那我可不知道。出现了某张旧地图——这解释起来很复杂。一开始我看不出为什么与彭尼罗相比我们就更应该相信斯诺利·奥瓦尔逊，不过这儿绝对有一块块绿地。有时候雾气散开，你就能看到一棵棵枝条弯弯的小树，还有一些沿着山坡生长的东西。我猜就是那些唤起了所有飞行员之间流传的故事。不过这完全不是彭尼罗所保证的那样。这里不是狩猎场，只是一两座小岛而已。安克雷奇需要转变为一座定居城。"

汤姆看起来很害怕，于是赫丝塔抓着他的手，暗自骂自己不该吓唬他的，她都忘了像他这样的城里人是有多么恐惧在光秃秃的大地上生活："我就是在一座小岛上出生的，记得吗？ 那地方很好。我们在这里会过上好日子的。"

汤姆点了点头，微笑起来，凝视着她。她看上去很好： 相当苍白，不管从哪种审美观来说都仍旧不算漂亮，却十分动人心弦。身上穿着新的黑衣服，她告诉他这是从极地商场的一家店里拿来的，以替换掉她的囚服。她还洗过了头发，用一个银色的东西将头发扎在脑后，这是他记忆中的第一次，当他望着她的时候她没有试图遮起她的脸。他伸出手碰了碰她的脸颊："你没事吧？ 你的脸色有点发白。"

赫丝塔笑了起来："你是唯一一个会注意到我看上去怎么样的

人。我的意思是，除了明显的外貌之外。我只是感觉有点儿反胃。"
(最好先别告诉他，当赫丝塔对温窦莲抱怨自己晕船时，温窦莲所发现的事情。这会让他震惊得再次病倒的。)

汤姆摸了摸她的嘴唇："我知道那感觉很糟，为了那些你不得不杀掉的人。我依旧还为杀死史莱克而感到内疚，还有皮尤西和詹曲。不过这不是你的错。你必须那么做。"

"是的。"她悄声说着，为他们之间的差异而微笑起来。因为当她想到马思嘉与他的猎手团的死时，她一点儿也不感到内疚，只有一种满足感，以及对自己已经适应了它而感到的开心和惊奇。她在他身边的床上躺了下来，拥抱着他，脑海中浮现出自从他们第一次来到安克雷奇时起发生的所有事情。"我是瓦伦丁的女儿。"当确定他已经睡着了之后，她柔声说道。她躺在那儿，双臂环抱着汤姆，腹中孕育着他的孩子，这真是一件美妙的事。


弗蕾娅醒来时，发现窗帘之间露出一线灰色的天光。在她宫殿外的街道上有人在高呼："陆地！陆地！"这不是什么新闻，因为安克雷奇现在已经靠近陆地有好几天了，正谨慎地沿着一条狭长的水湾，向着那个斯诺利·奥瓦尔逊称之为桃花源的地方前进。不过高呼声一直叫个不停。弗蕾娅爬下床，穿上了她的长裙，拉开窗帘，打开长窗，走到外面寒冷的阳台上。黎明破晓，澄净如冰。在城市的两侧，黑色的群山踞坐于它们的倒影之上，点缀着一条条雪带，在悬崖峭壁与遍布碎石的缓坡之间，出现了一棵棵矮小细瘦的松树，就好像新剃光的脑袋上长出的第一层发茬。而在那儿……

她的双手紧紧攥着阳台栏杆，覆着寒霜的金属带来的刺痛反而令她兴高采烈，因为这证明她不是在做梦。前方，透过飘浮于静水上方的雾气，一座岛屿的轮廓渐渐清晰起来。她看见岛屿高处有片片松林，白桦树上仍挂着一簇簇夏天留下来的树叶，灿若黄金。她看见陡坡被灌木丛染上浓绿，又被枯蕨草染上锈红。她看见在一丛丛花楸、刺李、橡树的深色树林间点缀着如花边般的白雪，而在远处，越过一条波光粼粼的海峡，又有另一座岛屿，以及还有一座。于是她放声大笑起来，感受着她的城市在脚下最后一次轻轻颤抖，然后略转方向，开始减速，载着她安全地进入西方的秘密锚地[1]。

---

1. 安克雷奇的名称即意为"锚泊地"。此处为双关，既指岛屿西侧的锚地，又指安克雷奇在文明世界的最西端躲藏了起来。

# 鸣谢

我感谢学乐出版社的所有人，特别是科尔斯滕·斯基德莫尔和霍利·斯基特，他们在我写这本书的时候给予了帮助与建议。

菲利普·瑞弗

于达特穆尔,2003 年

本故事将在《致命引擎系列 III · 邪恶装置》中延续

**图书在版编目(CIP)数据**

罪孽赏金/(英)菲利普·瑞弗(Philip Reeve)著；
姜迪夏译. —上海：上海译文出版社,2019.4
(致命引擎系列；2)
书名原文：Predator's gold
ISBN 978-7-5327-8013-6

Ⅰ.①罪… Ⅱ.①菲…②姜… Ⅲ.①长篇小说—英
国—现代 Ⅳ.①I561.45

中国版本图书馆 CIP 数据核字(2019)第 035746 号

Philip Reeve
**Predator's Gold**
Text © Philip Reeve，2003
2019 SHANGHAI TRANSLATION PUBLISHING HOUSE (STPH)

图字：09-2018-892 号

**罪孽赏金**
[英]菲利普·瑞弗 著 姜迪夏 译
责任编辑/黄雅琴 装帧设计/胡 枫 王楠莹

上海译文出版社有限公司出版、发行
网址：www. yiwen. com. cn
200001 上海福建中路 193 号
上海市崇明县裕安印刷厂印刷

开本 890×1240 1/32 印张 11.25 插页 2 字数 167,000
2019 年 4 月第 1 版 2019 年 4 月第 1 次印刷
印数：0,001—8,000 册

ISBN 978-7-5327-8013-6/I·4925
定价：55.00 元